松江 鄭澈 漢詩全集

김주수 옮김

황금소나무

서 문

송강의 시조와 가사 작품이 뛰어나다는 것은 만인이 공감하는 주지의 사실이다. 나는 송강의 시조와 가사 작품에 매료되어 송강의 한시까지 관심을 가지게 되었다. 그런 그의 시적 재주와 흥취를 한글작품뿐 아니라 한시 작품에서도 함께 찾아보고 싶었기 때문이다.

비단 송강의 시문학뿐만 아니라 한국의 고전문학은 한문과 한글, 이두 가지 언어 체계로 이루어져 있다. 싫던 좋던 우리는 반드시 이두가지를 함께 살펴야 한다. 그렇지 않고 어느 한쪽만을 중시한다면 그것은 한쪽을 잃어버린 절름발이에 불과할 것이기 때문이다.

종래의 국문학에서는 한문으로 된 작품들에 대한 수용과 관심이 많이 부족한 듯하다. 근래에 다소 나아진 점이 없지는 않으나 아직도 기본 인식 차원에서도 해결되지 않은 큰 문제점들이 보인다.

요컨대 연암 박지원의 소설은 한문으로 되어 있음에도 국문학 작품으로 적극 수용해서 중요하게 다루는 반면, 한시 또한 똑같이 한문으로 되어 있는데도 한시는 국문학에서 별로 비중 있게 다루지 않는다. 동일하게 한문으로 창작된 것인데, 한문소설은 크게 대접 받는 반면 내내 한시는 찬밥 신세이다. 정말 너무나 이율배반적인 말도 안 되는 잣대를 들이대고 있는 것이다.

송강의 경우만 해도, 한글 시가 작품보다 한시의 양이 배에, 배가 훨씬 넘는다. 그들이 어느 쪽에 비중을 더 두었는지는 쉽게 짐작해 볼 수 있는 일이 아닌가?

그것은 모두 잘못된 역사 인식에서 기인하는 것이며 그 결과는 엄청난 양의 고귀한 문화유산을 먼지가 되게 하는 길이다. 뿌리 깊은 나무는 바람에 아니 흔들린다 하였거니와 우리가 어찌 스스로, 우리의 미래에 있어 더없이 소중한 '문화와 정신의 토양'을 버릴 것인가. 우리는 우리 선조들이 이룩해 놓은 그 토양에서 다시 찬란한 열매와 꽃을 피워 내야 한다. 뿌리를 잘라 내고 커다란 번영을 꿈꾸는 것은 자신의 일부를 자르고서 스스로 건강하기를 바라는 것과 무엇이 다르겠는가.

이런 맥락에서 우리 한시에 대한 관심이 보다 높아져야 하고, 그래서 그 번역 또한 더 많이 이루어져야 할 것이며, 교육을 통한 전달 또한 그림자처럼 그 뒤를 따라야 할 것이다.

어떤 언어를 불문하고 번역에 있어 시 번역만큼 어려운 것은 없다. 특히 시 번역은 으레 의역과 직역 사이에 긴장이 팽팽할 뿐 아니라, 번역을 잘 해도 원시의 맛을 살려내기가 극히 어렵다.

아울러 의역을 하면 역문을 읽기에는 좋지만 원문을 이해하는 데는 어려움을 준다. 반면 직역을 하면 원문을 이해하는 데는 도움이 되지만 역문이 어색해진다. 그럼 어떤 번역이 좋은 것일까? 아마도 어떤 하나의 목적에 기준하여, 철저히 의역과 직역 중 하나를 택하거나 혹은 직역과 의역을 절절히 조화시키는 것이 아닐까 한다.

이에 이 책의 번역은 직역을 중심에 두고 의역을 적절히 가감하기로 했다. 그것은 번역문을 어디까지나 원문으로 다가가기 위한 징검다리라고 생각했기 때문이다. 뜻글자의 함의로 만들어지는 한시의 운치란 애초에 한글 번역으로는 만들어 낼 수가 없는 것이다. 독자들은 가능한

한 원문 중심으로 글을 읽어주시기 바란다. 이것이 전집 번역임에도 불구하고 번거로움을 참고 원문의 단어 주석까지 단 이유이다.

우리말은 특히 종결어미가 매우 발달했기 때문에, 종결어미에 따라 시의 어감이 매우 달라지고, 또 다양해진다. 이 때문에 번역함에 있어 다양한 어조를 살리기 위해 송강의 한글작품과 여러 고전시가에서부터 현대시에 이르기까지 두루 참고하여, 그러한 맛을 살리고자 하였다.

내가 태어나던 해인 1974년에 정운한 선생에 의해 『송강집』이 초역된 바 있다. 선학의 노고가 있어, 번역함에 많은 힘이 되었음에 깊이 감사의 말씀을 올린다. 필자의 부족함으로 시의 원의가 조금이라도 해손되지는 않았을까 늘 노심초사하였다. 아무쪼록 그 노심초사가 헛되지 않기를 바랄 뿐이다.

김주수 씀

목 차

1부
五言絶句

(217편)

1. 秋日作　　가을날 짓다

山雨夜鳴竹	산비가 밤에 댓잎에 울고
草蟲秋近床	풀벌레는 가을이라 침상에 가깝네.
流年那可駐	흐르는 세월을 어찌 머물게 하리
白髮不禁長	백발이 자람을 금할 수 없나니.

2. 平湖堂 二首　　평호당 2수

宇宙殘生在	우주에 남은 쇠잔한 인생
江湖白髮多	강호에 백발만 많아라.
明時休痛哭	밝은 때라 통곡도 못하고서
醉後一長歌	취한 후에 길게 노래나 하노라.

3.

遠岫頻晴雨	먼 산자락 자주 개었다 흐렸다 하니
漁村乍有無	어촌이 잠깐 있었다 없었다 하네.
孤舟一片月	외론 배에 한 조각 달만이
萬里照平湖	만리의 평호를 비추네.

4. 別退陶先生　　퇴계선생과 이별하며

追到廣陵上　　뒤좇아 광릉에 이르렀거늘
仙舟已杳冥　　仙舟는 이미 떠나 아득하고나.
秋風滿江思　　가을바람의 강가에 그리움만 가득하나니
斜時獨登亭　　저물녘에 홀로 정자에 올라라.

5. 祝堯樓　　축요루

去國一千里　　나라 떠난 천리 밖,
天涯又見秋　　하늘 끝에서 또 가을을 대하네.
孤臣已白髮　　외로운 신하는 이미 백발이거니
獨上祝堯樓　　홀로 축요루에 올라라.

6. 滌襟軒雜詠 三首　　척금헌 잡영 3수

　冠岳晴雲　　관악의 개인 구름
何物得長生　　어떤 物이 장생을 얻을까
浮雲亦多事　　뜬구름 역시 일이 많나니
飛揚遠水邊　　먼 물가에서 날아올랐다가
起滅長空裏　　긴 허공 속에 일었다 사라지노라.

7. 平郊牧笛　　평교 목동의 피리소리

人間足是非　　인간에겐 시비가 넘치고
世上多憂喜　　세상에는 기쁨과 근심도 많아라.
牛背笛聲人　　소 등에서 피리 부는 이여
天遊吾與爾　　天遊는 나와 그대뿐!

　1. 天遊: 자연을 벗하여 사물에 구애받지 않고 자유로움.

　8. 前江漁唱　　앞 강 어부의 노래
歌起蓼花灣　　여뀌꽃 물굽이에 노랫소리 일고
江童理漁罩　　강촌의 아이는 가리를 손질하네.
幽人初罷眠　　묻혀 사는 이 막 잠에서 깨니
落月隨歸棹　　지는 달은 돌아오는 배를 따라오네.

9. 棲霞堂雜詠 四首　　서하당 잡영 4수

　松窓　　　　송창
倦客初驚睡　　게으른 객이 갓 놀라 깨어
中宵獨倚窓　　한밤에 홀로 창가에 기대거니
無端萬壑雨　　뜻밖에 만 골짝에 비가 내려
十里度前江　　십리의 앞 강을 지나네.

10. 書架　　　　서가

仙家靑玉案　　仙家에 푸른 옥책상
案上白雲篇　　그 책상 위에 '백운편'
盥水焚香讀　　손 씻어 향 사르고 읽으니
松陰竹影前　　솔 그늘 대 그림자 앞에 어울려!

11. 琴軒　　　　금헌
君有一張琴　　그대에게 한 장 거문고 있어
聲希是大音　　소리가 세상에 드문 대음일세.
大音知者少　　대음을 알아주는 이 적어서
彈向白雲深　　흰구름 깊은 곳에서나 타시는가.

12. 藥圃　　　　약포
造化生生意　　조화옹의 낳고 낳는 뜻
春天一雨餘　　봄 하늘 비 뿌린 후에 있고야.
從來有道骨　　지금껏 도골은 있어 왔나니
不必養生書　　양생서가 꼭 필요한 건 아니어라.

13. 息影亭雜詠 十首　　　식영정 잡영 십수

蒼溪白石　　푸른 시냇가 하얀 돌
細熨長長練　　곱게 다린 긴긴 비단 물결

14

平鋪瀸瀸銀	잔잔히 깔린 찰랑이는 은결 같네.
遇風時吼峽	바람을 만날 때면 골짝일 울리고
得雨夜驚人	비를 얻은 밤이면 사람을 놀래키네.

1. 식영정은 김성원이 스승 임억령을 위해 1560년에 지은 정자이다. 전라남도 담양군에 있으며, 식영정 잡영 십수는 정철이 스승 임억령의 시에 차운한 시이다.

14. 水檻觀魚 물우리에 고기를 보다

欲識魚之樂	물고기의 즐거움을 알고 싶어서
終朝俯石灘	아침이 다하도록 돌여울을 들여다보았네.
吾閒人盡羨	나의 한가함을 모두들 부러워하지만
猶不及魚閒	오히려 물고기의 한가함엔 미치지 못하네.

15. 陽坡種瓜 陽坡에 오이를 심다

身藏子眞谷	자진의 골짜기에 몸을 숨기고
手理邵平瓜	소평처럼 오이를 가꾸네.
雨裏時巡圃	비 속에 때때로 채마밭 돌고서
閒來着短簑	짧은 도롱이 쓰고 한가롭게 돌아온다네.

1. 자진곡: 漢나라시대의 도인 鄭子眞이 谷口에 은거해 살던 것을 이름. 이후로 정씨의 범칭.
2. 소평: 秦나라 東陵候였던 소평은 나라가 망하자 벼슬을 버리고, 장안성 동쪽에 은거해 오이를 심고 살았다 한다.

16. 環碧龍湫   환벽정의 용추

危亭俯凝湛   높은 정자에서 맑은 물 굽어보나니
一上似登船   한 번 올라보면 배에 오른 듯
未必有神物   꼭 신물(용)이야 있으랴만
肅然無夜眠   숙연하여 잠 못 이루네.

  1. 凝湛: 물이 괴어 깊고 맑음. 혹은 마음이 맑고 잔잔함을 비유

17. 松潭泛舟   송담에 뜬 배

舟繫古松下   오래된 소나무 밑에 배 매어 놓고
客登寒雨磯   객은 찬비 내리는 물기슭에 올라라.
水風醒酒入   물가 바람은 마시는 술을 깨우는데
沙鳥近人飛   모랫가 새는 사람 곁에서 날으네.

18. 石亭納凉   석정에서 서늘함을 즐기다

萬古蒼苔石   만고에 푸른 이끼 앉은 돌
山翁作臥床   산 늙은이의 臥床이 되었나니
長松不受暑   큰 소나무라 더위도 받지 않고
虛壑自生凉   빈 골짝에 서늘한 기운 절로 솟네.

19. 平郊牧笛   평교의 목적소리

飯牛烟草中　　이내 낀 풀밭에서 소 먹이며
弄笛斜陽裏　　석양 속에 피리를 부나니
野調不成腔　　시골 노래라 곡조를 이루지 못해도
淸音自應指　　맑은 소리 절로 손가락에 응하네.

　1. 腔 곡조(가락)강

20. 斷橋歸僧　　단교에서 돌아오는 승

翳翳林鴉集　　어둑어둑 숲에 까마귀 모이고
亭亭峽日曛　　亭亭한 골짜기도 어스레한데
歸僧九節杖　　구절장 지고서 돌아오는 저 스님
遙帶萬山雲　　아득히 만산의 구름을 둘렀네.

　1. 翳翳: 환하지 아니한 모양. 해가 질 무렵의 어스레한 모양.
　2. 亭亭: 아름다운 모양. 예쁜 모양. 혹은 우뚝 솟은 모양.

21. 白沙水鴨　　흰 모래 위에 조는 오리

風搖羽不整　　바람이 흔드니 깃이 너울너울
日照色增妍　　햇살 비추어 색 더욱 곱구나.
纔罷水中浴　　물 속에 목욕 끝내자마자
偶成沙上眠　　어느새 모래 위에서 조나니.

22. 仙遊洞　　선유동

何年海上仙　어느 해에 바다 위 신선께서
棲此雲山裏　이 구름 산 속에 깃드셨나.
怊悵撫遺蹤　자취를 어루만지며 슬퍼하는
白頭門下士　흰 머리 문하의 선비라네.

1. 海上仙은 스승 임억령을 말한다.

23. 飜曲題霞堂碧梧　번곡을 서하당 벽오동나무에 쓰다

樓外碧梧樹　누각 밖의 벽오동 나무
鳳兮何不來　봉황새는 어찌 아니 오는가.
無心一片月　무심한 한 조각 달만이
中夜獨徘徊　한밤에 홀로 서성이느니.

24. 遙寄霞堂主人 金公成遠　멀리 서하당 주인에게 부치다 김성원공

骨肉爲行路　골육 간에도 길을 달리하고,
親朋惑越秦　친한 벗도 혹 앙숙이 되지만
交情保白首　사귄 정 백발까지 보전키는
海內獨斯人　세상에 단지 이 사람뿐.

1. 爲行路: 서로 길을 떠난다는 뜻.
2. 越秦: 월나라와 진나라 서로 원수지간을 뜻함.

25. 贈金君瑛 二首   김군 영에게 주다   2수

積雪留歸客   쌓인 눈이 돌아가는 객을 붙들어
松黃煖夜杯   관솔불로 밤 술잔을 데우네.
十年如逝水   십 년 세월이 흐르는 물과 같느니
逝水不重來   흘러간 물은 다시 오지 않고야.

26.

步武辭靑瑣   궁궐을 하직하고 나와
茅茨對碧山   모옥에서 청산과 마주하네.
行藏醉醒裏   취했다 깼다함 속에 모습 감췄나니
蹤跡是非間   종적이야 시비 사이에 두고서.

1. 步武: 걸음걸이. 보는 6척 무는 그 절반
2. 靑瑣: 궁궐의 문. 漢나라 때 궁문에 쇠사슬을 같은 모양을 새기고 푸른 칠을 했음을 이름.
3. 行藏: 세상에 나아감과 물러남.

27. 宿松江亭舍 三首   송강정사에 묵으며   3수

借名三十載   삼십 년을 이름만 빌렸으니
非主亦非賓   주인도 아니요 객도 아니지.
茅茨纔盖屋   띠풀로 겨우 지붕이나 이고서
復作北歸人   다시 북으로 가는 사람일 뿐.

28.

主人客共到	주인과 객이 함께 도착했을 젠
暮角驚沙鷗	저물녘 沙鷗가 놀래이더니,
沙鷗送主客	沙鷗가 주객을 전송하고자
還下水中洲	도리어 물가 모래톱으로 내려오고나.

29.

明月在空庭	빈 뜰에 달은 밝은데
主人何處去	주인은 어디를 갔을까.
落葉掩柴門	낙엽은 사립문을 가리고
風松夜深語	바람과 솔이 밤 깊도록 이야기하네.

30. 懷河西   하서를 그리며

東方無出處	동방엔 출처 없더니
獨有湛齋翁	유독 담재옹이 있었네.
年年七月日	해마다 7월 7석이면
痛哭萬山中	만산에 통곡하노라.

河西一號湛齋, 每値仁廟諱辰前期, 携酒入山醉後號哭無節云 하서의 별호는 담재이다.
매번 인묘 忌辰을 맞으면 술을 가지고 산으로 들어가 취한 후에 통곡하여 절제를 잃었
다 한다.

1. 出處: 벼슬에 나아가고 물러나는 일.

31. 訪重興寺　　중흥사를 방문하고서

一別中興寺　　중흥사 한 번 이별한 후
悠悠二十年　　아득히 20년이나 지났구나.
靑山猶舊色　　청산은 옛 빛깔 그대론데
白髮已蕭然　　백발은 이미 쓸쓸만 하네.

32. 題三角山龕　　　삼각산 감에 쓰다

寺在三峰外　　절이 세 봉우리 밖에 있느니
懸崖第幾層　　매달린 낭떠러지는 그 몇 층일까.
山中正積雪　　산중이라 그대로 눈은 쌓였건만
盡日不逢僧　　종일토록 스님은 못 만났어라.

33. 逢僧寄栗谷　　　스님을 만나 율곡에게 부치다

折取葛山葵　　갈산에서 아욱 꺾어
逢僧寄西海　　스님 만나 서해로 부치네.
西海路漫漫　　서해 길은 아득도 한데
能無顔色改　　안색이나 바뀌지 마시길.

34. 紫竹杖送牛溪　　자죽장을 우계에게 보내다

梁園紫竹杖	양원의 자주빛 대지팡이
寄與牛溪翁	우계옹에게 부치노라.
持此向何處	이걸 가지고 어디로 가냐면
破山雲水中	파산의 저 운수 속으로….

35. 寓居東郊主人不在　　동교에 우거하는데 주인이 없네

古木棲寒鵲	고목에 쓸쓸히 까치는 깃드는데
空堂無主人	빈 집엔 주인은 없어라.
東村老桃發	동녘 마을에 늦봉숭아꽃 피었느니
又送一年春	또 한 해의 봄을 보내는구나.

36. 洛下逢金希閔克孝書贈　서울에서 김희민(극효)을 만나 써서 주다

土窟留連飮	토굴에서 머물며 술 마시던 일
于今十一年	벌써 11년이나 되었네.
容顔各衰換	얼굴이야 각기 쇠하였지만
懷抱尙依然	회포야 오히려 의연하고나.

37. 去國　　나라를 떠나며

去國魂頻逝	나라를 떠나왔지만 혼이야 자주 가나니
傷時鬢已秋	때를 슬퍼하여 귀밑머리 이미 세었네.
終南一千里	종남산 일천리에
歸夢幾時休	돌아가는 꿈 어느 때에 쉬려나.

38. 竹林家對月　　대나무숲 집에서 달을 대하며

舊歲靑天月	지난해엔 靑天에 저 달을
迎之白玉堂	백옥당에서 맞았더니,
如何東嶺影	어찌하여 동령에 달 그림자
照此竹林觴	이 대숲의 술잔에 비추느뇨.

39. 楓嶽道中遇僧　　금강산 길에서 중을 만나다

前途有好事	앞길에 좋은 일이 있는지
僧出白雲間	스님이 흰 구름 새를 나가네.
萬二千峯樹	일만 이천 봉에 나무는
秋來葉葉丹	가을되어 잎잎마다 단풍지나니.

40. 江亭　　강가 정자

日夕江風起	해질 무렵 강바람 이노니
波濤自擊撞	파도야 절로 치누나.
山翁睡初罷	산 늙은이 잠에서 갓 깨어
忽忽倚虛窓	멍하니 빈 창에 기대었고야.

41. 絶句　　절구

嶺海無消息	영해엔 소식도 없는데
風塵有是非	속세엔 시비만 있어라.
一生長作客	한 생에 길이 객이 되나니
萬事獨關扉	만사에 홀로 문을 잠그네.

　1. 嶺海: 湖南, 湖北의 兩省. 모두 五嶺의 남쪽에 있어 바다와 가까우므로 이름.

42. 月夜　　달밤

隨雲度重嶺	구름 따라 여러 고개를 넘어
伴月宿虛簷	달 벗하고 빈집에서 잤지요.
晨起解舟去	새벽에 일어나 배 풀어 떠나니
麻衣淸露霑	베옷에 맑은 이슬이 젖지요.

43. 題雪梅詩卷　　설매의 시권에 쓰다

片片窮簷雪	조각조각 처마에 눈은 쌓이고
刀刀萬壑風	윙-윙 만 골짝에 바람은 이는데
僧來無一語	스님은 와서 말 한마디 없고
燈火五更中	등불만 오경 중에 빛나고야.

44. 統軍亭　　　통군정

我欲過江去	내 이 강을 건너가서
直登松鶻山	곧바로 송골산에 올라
西招華表鶴	서쪽으로 화표학 불러다가
相與戲雲間	구름 사이에서 함께 노닐고져.

1. 華表鶴: 漢나라 사람 丁令威는 太霄觀의 道士로 후에 학이 되어 華表柱에 날아 앉아 말하기를 '有鳥有鳥丁令威 去家千年今始歸 城郭如古人民非 何不學仙塚累累' 라 하였다.
2. 통군정: 평안도 의주에 있는 정자. 서북쪽 국경의 거점이었던 의주성의 군사 지휘처로 쓰였음.

45. 靈泉窟　　　영천굴

萬古靈泉窟	만고에 영천굴이요
三天小洞門	삼천에 소동문이라.

窓前巢翡翠　　창 앞엔 비취의 둥지 있고
簷際宿歸雲　　처마 끝엔 구름도 잤다가 가네.

1. 三天: 도가에서 '玉淸·上淸·太淸'을 일러 三天이라 한다. 곧 신선 세계를 일컫는다.

46. 萬師臺　　만사대

南溪沐余髮　　남쪽 냇가에 머리 감고서
更上萬師臺　　다시금 만사대에 오르네.
服食從渠住　　복식이야 일상을 따르지만
時看羽客來　　때때로 신선이 옴을 본다네.

1. 羽客: 날개가 달린 신선.

47. 金剛山雜詠　　금강산 잡영

穴網峯前寺　　혈망봉 앞에 절이 있어
寒流對石門　　찬 물결이 석문이랑 대하고 있네.
秋風一聲笛　　가을 바람에 한 피리 소리가
吹破萬山雲　　만산의 구름을 꿰뚫나니.

48. 題山僧軸　　산승의 시축에 쓰다

曆日僧何識　역일이야 산승이 어찌 알리요
山花記四時　산꽃으로 四時를 아나니
時於碧雲裏　때때로 푸른 구름 속에서
桐葉坐題詩　앉아서 오동잎에 시를 쓴다네.

49. 示李敬賓 二首　　이경빈에게 보이다　2수

溪寒敬賢院　찬 시냇가 경현원에
月近喚仙亭　달 가까운 喚仙亭이라.
釣罷携餘興　낚시 파하고 남은 흥 쥐고서
沙頭有玉瓶　모랫가에서 좋은 술을 마시네.

50.

小築臨溪上　시냇가에 조그만 집을 짓고
幽懷寄竹林　그윽한 회포는 죽림에 부치노라.
清風夜半起　맑은 바람 밤중에 이노니
草屋奏鳴琴　초옥에서 거문고를 울린다네.

51. 聯句　연구

秋雲低薄暮　가을 구름은 저물녘에 나직한데

別意醉中生河西　이별의 정은 취중에 이네.(하서)
前路崎嶇甚　　갈 길은 기구하기만 하니
相留多少情　　서로 머물고 싶은 다소의 정이여.(정철)

　1. 相留: 서로 머물고 싶어함.

52. 卽事　　즉사

萬竹鳴寒雨　　萬竹에 찬비가 울리는데
迢迢江漢心　　아득한 江漢의 마음이여.
幽人自多事　　묻혀 사는 이 스스로 일도 많아
中夜獨橫琴　　밤중에 홀로 거문고를 탄다네.

53. 村居雜興　　시골에서의 흥

年年禾滿野　　해마다 벼는 들에 가득하고
處處酒盈罃　　곳곳마다 술은 단지에 그득하네.
肯泣楊朱路　　양주처럼 갈림길에서 우올까
寧悲宋玉秋　　아니면 송옥의 가을을 슬퍼할까.

　1. 罃는 꿀을 뜻함. 술을 그르기 때문에 술단지를 이름.
　2. 楊朱泣崎: 양주가 갈림길에서 울었다는 고사. 淮南子說林에 '楊子見岐路而哭之 爲其
　　　可以南 可以北'이라 하였다.
　3. 宋玉: 楚나라 사람으로 일찍이 悲秋賦를 지었음.

28

54. 竹樓聯句　　죽루에서의 연구

卜夜開情飲	밤을 가려 정겹게 술 마시니
靑燈暎竹樓而順	푸른 등불은 竹樓에 비춰누나.(이순:고경명의 자)
醉歌如有助	醉歌에 신명이 도우는 듯
高處碧雲留	높은 곳에 푸른 구름 머무는고야.

55. 大岾逢崔希稷棄　二首　대점에서 최기(희직)를 만나다　2수

山村酒初熟	산촌에 술이 갓 익자
千里故人來	천리에서 벗이 왔네.
寸心論未盡	寸心을 다 논하기도 전에
庭樹夕陽催	뜰에 나무가 석양을 재촉하나니.

56.

久病交遊廢	오랜 병에 사귐도 폐하고
柴門風雪撞	사립문엔 풍설만 치더니
山家有盛事	山家에도 좋은 일 있어
歲晚酒盈缸	歲暮라 항아리에 술이 가득하여라.

57. 萬日寺獨坐　　만일사에 홀로 앉아서

有客身多病　　나그네 몸에 병도 많아

棲棲湖海間　　湖海 사이에 허둥되나니

蒼茫北歸意　　북으로 돌아갈 뜻은 아득만 한데

風雨滿空山　　풍우는 빈 산에 가득하고야.

1. 棲棲: 바쁘고 안정되지 아니한 모양.

58. 贈成重任輅　　성중임(로)에게 주다

勝日携筇出　　날씨 좋아 지팡이 지고 나왔지

非關問酒旗　　술집을 찾으려던 건 아니었네.

偶然閒問答　　우연히 한가하게 문답하나니

多事杏花時　　살구꽃 한-창 때로세.

59. 出城　　성을 나오다

安危去國日　　安危로 인해 나라를 떠나는 날

風雨出城人　　비바람 속에 성을 나왔네.

離思如春草　　이별의 생각은 봄풀 같나니

江南處處新　　江南의 곳곳마다 새롭구나.

60. 將適鷗浦舟中有作　　장차 구포로 가려는 배에서 짓다

岸樹依依立　　언덕에 나무는 무성히도 섰고
江波渺渺平　　강 물결은 아득히도 반드럽구나.
平生素輕別　　평생에 늘 이별을 가벼이 여겼더니
於此轉多情　　오늘에사 더욱 정이 많고야.

　1. 依依:무성한 모양. 素는 평소.

61. 江亭對酒次柳郎中拱辰韻　　강정에서 술을 대하며 유낭중
(공신) 운에 차하다

調元雖拙手　　政事엔 비록 졸렬하지만
把酒卽眞人　　술 쥐면 바로 진인이라.
富貴今猶在　　부귀야 아직도 남았나니
江天萬柳春　　강천엔 만 버들에 봄이구나.

　1. 調元手: 조정에서 정치함을 이름. 정승의 비유.

62. 宜月亭 二首　　의월정　2수

白嶽連天起　　白嶽은 하늘에 닿아 일어나고
城川入海遙　　城의 냇물은 바다로 들어 아득하나니
年年芳草路　　해마다 향기로운 풀길을 따라
人度夕陽橋　　사람들이 석양의 다리를 지나네.

63.

夕霏生睥睨	저녁 안개 담 위에 솟고
春酒滿舼船	봄 술은 큰 술잔에 가득하네.
烽火休轉警	봉화의 警報가 멈쳤나니
王師且壓邊	왕의 군사가 또 변방을 제압했으리.

1. 睥睨: 성 위에 쌓은 낮은 담.
2. 舼船: 배 모양의 큰 술잔.

64. 戲李都事期男別妓　이도사 기남이 기생과 이별함을 놀리며

別路重重隔	이별의 길은 거듭거듭 막혔고
愁腸寸寸灰	근심의 속은 마디마디 재가 되었네.
靑山人獨去	사람은 청산을 홀로 가는데
暝樹鳥雙廻	저물녘 숲으로 새는 쌍으로 오네.

65. 珍島舟中奉贈霞翁求和　진도의 배 안에서 하옹에게 봉증하여 화답을 구하다

三春餘幾日	봄날이 며칠이나 남았는가
百歲已殘生	백세면 이미 인생도 다하거니.
海上烟花老	바다 위 烟花는 늙었는데
樽前病眼明	술잔 앞에선 병든 눈이 밝고야.

66. 奉呈烟叟   연수에게 봉증하다

烟波望不極	연기 낀 파도 바라봐도 끝없는데
日月思悠悠	밤낮으로 생각함 아득만 하네.
愁倚碧梧檻	시름겨워 벽오동 난간에 기대었나니
仙舟何處遊	仙舟는 어느 곳에 노시난고.

67. 盧子平新作小艇于喚仙亭下要余共登   二首
노자평이 새로 작은 배를 만들어 환선정 아래다 두고 나게 함께 오르길 청하다 2수

多事玉川子	일 많은 옥천자
亭前具小舟	정자 앞에 작은 배 갖추었네.
竹輿時獨出	대수레로 때때로 홀로 나와선
携酒月中遊	술 지고 달 중에 노니네.

68.

水殘猶勝艇	물은 얕아져도 배를 이기듯

吾衰尙引杯　　나는 쇠약해도 술을 마시노라.
今宵有殘月　　오늘밤에도 쇠잔한 달은 남았으니
醉後更登臺　　취한 후에 다시금 대에 오르네.

　1.殘月: 날이 밝을 때까지 남아 있는 달. 새벽달.

69. 題山人詩軸　　산인의 시축에 쓰다

求詩下靑山　　시 구하러 청산을 내려오다니
無乃僧未閒　　스님도 한가하지 못함이 아니리요.
歸去閉石室　　돌아가 石頭室 닫고서
臥看雲往還　　누워서 오가는 구름이나 보시길.

　1. 無乃: ～않겠는가.

70. 村居値誕日感懷　　촌집에 거하면서 임금의 탄신을 맞은 감회

竹日亭亭下　　댓잎에 해는 곱게곱게 져가고
山飈激激呼　　산 바람은 세차게 부는구나.
今辰會慶節　　오늘은 마침 경절이거늘
愁臥老臣孤　　외론 늙은 신하는 시름겨워 누웠네라.

　1. 亭亭: 아름다운 모양.

71. 霞堂夜坐　　밤에 하당에 앉아서

移席對花樹	자리 옮겨 꽃나무랑 대하고
下階臨玉泉	계단 내려 맑은 샘에 다다랐네.
因之候明月	이곳에서 밝은 달 기다리느니
終夜望雲天	밤이 다하도록 구름 하늘만 보네.

72. 次林士久韻　　임사구의 운에 차하다

雖爲戴帽人	비록 사모 쓴 이 되었지만
本是耕田者	본시 밭 갈던 이라,
多少未歸心	多少의 못 돌아간 이 마음
海城風雨夜	바닷가 城에 비바람 치는 이 밤….

73. 題萬壽洞隣家壁 二首　　만수동 이웃집 벽에 쓰다 2수

萬壽名山路	만수동 명산 길을
秋風病客來	가을 바람에 병든 객은 왔나니
淸愁同老杜	맑은 시름은 두보와 같아
處處喜徵杯	곳곳에 술 청함을 기뻐한다네.

74. 題淸源驛　청원역에서 쓰다

驛樓殘日酒　석양의 驛樓에서 술 마시는데
征馬楚山雲　초산의 구름 속으로 말 달려가네.
樓下潺潺水　樓 아래에 졸졸 흐르는 물
隨人出洞門　사람 따라 동문 밖으로 가네.

75. 寄東菴東菴許公震號　동암에게 부치다(동암은 허공진의 호다)

南海人長病　남해 사람은 오래 병을 앓는데
東菴月幾圓　東菴의 달은 몇 번이나 둥글었던고.
梅花一枝夢　매화꽃 한 가지 꿈에
獨起五更天　홀로 깨나니 오경의 하늘….

76. 贈四止翁　사지옹에게 주다

四止菴中老　사지암에 늙은이
三年病裏人　삼년이나 병중에 있었네.
湖山一杯酒　湖山의 한 잔 술
醉興不無神　취흥에 신명이야 없지 않거니.

77. 酒席戲贈竹林守 英胤　술자리에서 죽림수(이영윤)에게 주다

偶爾逢春酒	우연히 봄 술을 만나
依然發舊狂	의연히 옛 광증 일어났네.
王孫休記憶	왕손은 기억하지 마시길
醉語大無當	취중에 말은 마땅함 없나니.

78. 奉贈君會舊契　二首　옛 친구 군회에게 봉증하다　2수

世分兼交道	세분에다 친교까지 겸했더니
蒼茫二十年	창망히도 20년이나 되었네.
殘生各孤露	남은 생 각기 고독한 이슬 되어
白首淚雙懸	백발의 두 눈에 눈물만 맺혔구나.

　1. 世分: 세상의 분수와 인연.

79.

世事長含淚	세상 일에 길이 눈물 머금었나니
離懷獨對樽	이별의 회포에 홀로 술잔을 대하네.
月中三峽水	달빛에 세 골짜기 흐르는 물
淸夜不堪聞	맑은 밤에 차마 듣지 못할레라.

80. 君會送酒色味俱佳詩以謝之　군회가 술을 보냈는데 맛과 색이 모두 좋아 시로써 사례하다

一酌延豊酒　　연풍주 한 잔에
令人萬慮空　　사람의 만 가지 시름 잊었나니
何須吸沆瀣　　모름지기 밤이슬은 마셔서 무엇하리
直欲御凉風　　곧바로 서늘한 바람을 부릴 것을….

　1. 沆瀣: 야간의 水氣가 엉긴 맑은 이슬을 말하는데, 보통 仙人의 음료수를 뜻하는 말로 쓰인다.

81. 謝使相公來訪 四首　사상공이 찾아줌에 감사하며　4수

老去病轉嬰　　늙어 갊에 병 더욱 깊어
山中久不出　　산 속에서 오래도록 나오지 않았네.
佳期歲已闌　　아름다운 기약 세월은 이미 늦었나니
竹裏愁寒日　　대나무 속에서 추운 날을 시름하노라.

82.

古峽烟霞滿　　옛 골짜기에 연기와 놀 가득한데
空庭鳥雀喧　　빈 뜰엔 여러 새가 지저귀네.
今朝使華至　　오늘 아침 사신 행차 이르러
童子早開門　　동자는 일찍 문 열었다네.

83.

落日歸鴉亂	해는 져서 돌아오는 까마귀 어지럽고
秋天古木昏	가을 하늘은 고목이랑 어둑어둑
山中無過客	산중이라 지나는 이 없으니
十日不開門	십일 동안 문도 열지 않았네.

84.

天外故人來	하늘 밖에서 벗이 왔나니
他鄕客病久	타향의 객이 병든 지 오래이네.
山妻有好顔	산거의 아내도 좋은 얼굴로
瓮裏開新酒	항아리 속 새 술을 열어보네.

85. 別林婿檜　사위 임회와 작별하며

北嶽啣杯客	북악에서 술 마신 객은
東床坦腹人	東床에 배 깔고 엎드린 이(사위)라,
林間對落日	숲 사이에서 지는 해를 대하고
醉後見天眞	취한 후에 天眞을 보인다네.

1. 啣은 銜과 同字. 銜杯는 술을 마심.
2. 東床坦腹: 탄복은 배를 깔고 엎드린다는 뜻이다. 晉나라 太尉 郗鑑이 왕씨에게 사위
   감을 구했는데 왕씨의 여러 子弟들은 모두 조심을 하는데 유독 왕희지는 東床에
   배를 퉁기고 밥을 먹으며 못들은 척 했다고 한다. 치감은 왕희지를 사위로 택했다.
   곧 사위를 이름

86. 琴嵓　　금암

暝色生寒樹	저녁 빛은 차가운 숲에서 나고
秋聲入石灘	가을 소리는 돌여울로 드네.
麻衣露全濕	베옷에 이슬 다복히 젖으며
江路月俱還	강 길에 달과 벗하여 돌아오네.

87. 淸源棘裏淸源江界別號　청원의 귀양살이 중에(淸源은 江界의 별칭)

居世不知世	세상에 살면서도 세상을 모르고
戴天難見天	하늘을 이고 있어도 하늘을 보기 어렵네.
知心惟白髮	마음 알아주는 건 백발뿐이어서
隨我又經年	나를 따라 또 한 해를 보네노라.

88. 詠新月　새 달을 읊다

已下西岑否　　벌써 서산을 넘어갔는가

將生東嶺時　　장차 東嶺에 다시 떠올 때는

丁寧語風伯　　정녕 풍백에게 일러서

莫使片雲知　　조각구름일랑 모르게 하기를.

89. 自江都將下湖南舟中作　강도에서 장차 호남으로 내려가는 배에서 짓다

正下蕭蕭葉　　우수수 잎은 곧바로 떨어지고

方生渺渺波　　바야흐로 파도는 아득히 일거니

今當出塞日　　변방을 나가는 오늘에사

誰憶大風歌　　누가 대풍가를 기억하리요.

1. 大風歌: 漢高祖가 천자가 된 뒤에 고향인 풍패를 지나다가 父老들과 술을 마시면서 노래를 부르기를, "큰바람이 일어남이여 구름이 흩날리도다. 위엄이 四海를 덮음이여 고향에 돌아왔도다. 어쩌면 猛士를 얻어 사방을 지킬꼬."라 하였다.

90. 奉贈聽天沈相名守慶　청천 심정승(수경)에게 봉증하다

黃閣淸樽日　　황각에서 맑은 술 마시던 날

門生座主詩　　문생과 좌주가 시 지었더니

回頭已往跡　　머리 돌려보면 이미 지나간 자취

白髮共絲絲　　백발에 함께 실실이 세었네.

  1. 黃閣은 재상의 관서.
  2. 座主는 과거 볼 때의 試官. 門生은 과거의 시험관을 선생이라고 하는 데 대하여
     수험자의 자칭

91. 守歲   수세(섣달 그믐날의 밤샘)

萬里思君淚   만리 밖에서 님 그리는 눈물
三更守歲心   三更에 해 보내는 마음이여.
寧爲夢中鶴   차라리 꿈속에 학이나 되어
度盡西塞岑   변방 서쪽 산을 다 넘어 봤으면.

92. 客舘別成重任   객관에서 성중임과 이별하며

曙色依依至   새벽 빛은 뭉게뭉게 이르고
離觴衮衮傾   이별의 잔은 연이어 기우네.
我心如短燭   내 마음 짧아진 촛불과 같아서
垂死更分明   꺼질 무렵에야 더욱 밝고야.

  1. 垂死: 거의 죽게 됨. 방금 죽으려 함.
  2. 依依: 무성한 모양. 衮衮: 연이은 모양

93. 夜坐遣懷   밤에 앉아 회포를 보내다

42

深夜客無睡　　밤은 깊은데 객은 잠들지 못하고
殘生愁已生　　남은 생에 이미 시름만 더하네.
當杯莫停手　　술잔을 당해선 손을 멈추지 마시길
萬事欲無情　　만사에 無情하고자 하나니.

94. 偶題　　우연히 읊다

雨意初分暝　　비 오려하여 문득 어두워지고
江光遠帶風　　강빛은 멀리 바람을 둘렀네.
思君數行淚　　님 그리워 두어줄 눈물 흘리며
獨立萬山中　　홀로 만산 중에 섰나니.

　1. 分暝: 어둠이 퍼지다.

95. 口號　　읊조림

白髮心俱白　　머리 희니 마음도 함께 희어지고
山靑眼亦靑　　산이 푸르니 눈도 또한 푸르러라.
流年如可駐　　흐르는 세월을 머무르게 할 수 있다면
鴨水去還停　　압록강 물도 가다가 도로 멈추리.

96. 贈義州牧　　의주 목사에게 주다

不省公來去　공이 왔는지 가는지 살펴 보지도 않고
無端自醉醒　무단히 스스로 취했다 깼다 하네.
雨餘江水漲　비 온 후라 강물이 불었을테니
今日更登亭　오늘은 다시금 정자에 오를꺼나.

97. 燕京道中　연경 길에

粉堞圍山麓　하얀 성가퀴는 산기슭을 둘렀고
淸湖接海天　맑은 호수는 바다와 접했구나.
平蕪無限樹　널찍한 들에 나무는 끝없는데
萬落太平烟　온 촌락엔 태평으로 연기 일거니.

  1. 粉堞: 하얀 성가퀴
  2. 平蕪: 잡초가 우거진 평평한 들.

98. 夜坐感懷　밤에 앉아 느끼는 감회

悄悄候虫夕　쓸쓸하게 철 벌레 우는 저녁
蕭蕭邊草秋　스산한 변방 풀잎의 가을
行宮何處是　행궁은 어느 곳에 계신지
孤竹海西州　고죽군 살던 해서이러니.

  1. 悄悄: 근심하여 기운이 없는 모양. 조용한 모양.
    行宮은 임금이 거동할 때 묵는 離宮

2. 孤竹君: 백이, 숙제를 이름. 고죽은 商날 때의 제후국. 고죽의 왕자 백이, 숙제가 전설에 해주에서 살았다고 한다.

99. 夜坐　밤에 앉아서

華月已吐嶺	고운 달은 이미 재 위에 올랐고
凉風微動帷	스늘한 바람은 가볍게 휘장을 흔드네.
忽忽感時序	문득 시간의 질서를 느끼나니
悠悠增我思	유유히 내 생각만 더하누나.

100. 途中　도중에

逝水正如此	흐르는 물은 정녕 이와 같거늘
徂年那可停	가는 세월을 어찌 멈추리.
天機自袞袞	天機는 절로 돌고 도는데
客鬢更星星	나그네 귀밑머리는 더욱 희뜩희뜩 하고나.

1. 星星: 머리털이 희뜩희뜩한 모양

101. 寄瀛洲使君　영주(제주) 사군에게 주다

| 已誤尋眞計 | 신선 찾을 계획일랑 이미 틀렸나니 |

45

誰傳度海書　　누가 바다 건너 이 서신을 전하리.
相思一枕夢　　그리움에 한 베개로 꿈꾸는데
山雨杏花初　　산비에 살구꽃은 갓 피었도다.

<속 집>

102. 詠鶴贈宋仁垂英耈　　학을 읊어 송인수(영구)에게 주다

水月諧心性　　심성은 물에 뜬 달과 어울리고
風霜賴羽毛　　풍상엔 깃과 털에 의지한다네.
須棲烟島裏　　모름지기 연기 자욱한 섬 속에 깃드시고
莫坐露松梢　　드러난 소나무 가지에랑 앉지 마시길.

103. 客夜惜別　二首　　나그네 밤에 석별의 정　　2수

不是耽杯酒　　술이 탐나서가 아니라
應緣愴別情　　이별의 정이 슬퍼서라네.
明朝送君後　　내일 아침 그대 보낸 후엔
風雨滿孤城　　풍우가 외론 성에 가득 하리라.

104.

孤燈落寒燼	외로운 등불에 차가운 재는 떨어지는데
缺月送淸光	이지러진 달은 맑은 빛을 보내네.
把酒復怊悵	술 지고 다시금 슬퍼하노니
論情誰短長	정을 논하면 누가 길고 짧을지.

105. 統軍亭口占癸巳　통군정에서 읊조림(계사년)

片雨明斜日	여우비에 해 비끼어 밝고
孤雲照海天	외론 구름은 海天에 비춰네.
臨江一長嘯	강가에서 한번 긴 휘파람 부노니
起盡九龍眠	아홉 용이 모두 잠에서 깨어나리.

106. 席上口號 三首　석상에서 읊다　3수

暮雲生睥睨	저녁 구름은 성곽에 솟고
江雨起蒼茫	강 비는 아득한 곳에서 내리네.
萬事干戈裏	온갖 일 난리 속인데
龍灣酒一觴	용만에서 술 한잔 마시도다.

1. 睥睨: 성 위에 쌓은 작은 담

107.

舊國今恢復	조국이 회복된 지금에도
吾行正杳茫	내 걸음 정히 아득하고나.
四時九天上	어느 때 저 구천을 올라가서
吸盡紫霞觴	紫霞酒 진토록 마시일꼬.

1. 舊國: 故國
2. 紫霞酒: 신선이 마시는 술.

108.

渚鷺雙雙白	물가에 백로는 쌍쌍이 희고
江雲片片靑	강가 구름은 조각조각 푸르고나.
世間無別恨	세상에 이별의 恨이 없다면
吾亦一杯停	나 또한 한잔 술 멈추련만.

109. 途中   도중

行役豈非苦	行役이 어찌 괴롭지 않겠냐만
別離良亦難	이별 또한 진실로 어렵고야.
同心幸同伴	마음 맞아 짝하는 이 있어
聊以解愁顔	애오라지 시름 얼굴 풀리어라.

110. 奉贈君會舊契 尹景禧 三首   옛 친구 윤군회(경희)에게 봉증하다

兒說雙溪洞　　아이들 말이 쌍계동은
孤雲隱不還　　고운이 隱居하여 나오지 않은 곳이라 하네.
築居名偶似　　집 지은 곳 이름 우연히 같으니
吾欲老玆山　　나도 이 산에서 늙고지고.

　1. 孤雲: 최치원의 호

111.

爲問延城宰　　연성 원님에게 묻노니
何時得再逢　　어느 때에 다시 만나 보올꼬.
雙溪五更酒　　쌍계에서 오경에 술 마시다
回首正春風　　머리 돌리니 마침 봄바람….

112.

遠人長抱病　　먼 데 사람 오래도록 병을 앓거니
仙子杳難期　　신선은 아득하여 기약하기 어렵네.
遙夜石房靜　　이슥토록 돌방은 고요하나니
幽懷淸磬知　　그윽한 회포를 淸磬은 알리라.

　1. 遙夜: 긴 밤.

113. 謝使相公見訪 三首 사상공이 찾아줌에 사례하여 3수

望月月方吐　달 바라보니 달은 이제 솟으려는데
待人人獨立　사람은 기다려도 사람만 홀로 섰네.
疏簾不用鉤　성긴 발이라 걷을 필요 없으니
夜久秋寒入　밤 이슥하여 가을 기운 스며드네.

114.
柴門幸有客　사립문 찾아든 객이 있으니
天上謫來仙　천상에서 귀양 온 신선이라.
市遠無兼味　시장은 멀어 맛은 더할 수 없고
敎兒煮玉涎　아이를 시켜 차를 다리게 하네.

115.
相思一村心　그리는 한 조각 마음이야
付與東流去　동쪽 흐르는 물에 보냈지.
仙馭不須徐　그대의 수레 아무쪼록 늦지 마시길
愁人正凝佇　시름겨운 이 정히 응시하고 섰나니.

116. 醉呈使節案下此詩有親筆半草粧留大帖　취하여 사절의 案下에

써 드리다(이 시는 반초로 쓴 친필이어서 장식되어 첩으로 남아 있다)

爲訪棠陰伯 팥배나무 그늘의 使節을 방문키 위해
炎程任驛塵 여름 길 역 먼지를 견디었네.
溪山迎晚賞 산과 계곡이 늦은 완상을 맞아주니
俱是意中人 이 모두 마음속 사람이네.

  1. 棠陰: 은혜로운 정사를 펴는 지방 장관을 뜻한다. 周나라 召公이 감당나무 그늘[棠
    陰] 아래에서 은혜로운 정사를 행했던 고사가 있다. 『史記 燕召公世家』

117. 贈林子順悌號白湖 임자순에게 드리다(임제의 호는 백호)

客睡何曾着 나그네 언제쯤 잠이 들지
樓前有急灘 누 앞엔 급한 여울 있네.
思君一片夢 그대를 생각하는 한 조각 꿈은
應自海南還 응당 해남에서 돌아오나니.

118. 寄成仲深文濬 성중심(문준)에게 부치다

漠漠胡天雪 막막한 북방 하늘에 눈 내리거니
蕭蕭楚客魂 쓸쓸한 초객의 혼이라오.
殘年大狼狽 늘그막의 큰 낭패에
悔不用君語 그대 말 듣지 않음을 후회한다네.

119. 挽崔嘉運慶昌, 以下隨得隨書無序次 최가운의 만사(名 경창. 이하는 얻는 대로 써내려 차서가 없다.)

匹馬入雲山	필마가 구름 속으로 들어가노니
東風何處嘶	동풍 어느 곳에서 우는가.
將軍臥細柳	장군이 둔영에 누웠으니
不復上雲梯	다시는 구름 다리엔 못 오르리.

1. 細柳: 장군이 屯營을 두는 곳. 漢나라 주아부가 이곳에 둔영을 둔 것에서 비롯.

120. 滌襟軒雜詠 四首 척금헌 잡영 4수

清溪晩雨	맑은 시내에 늦은 비
東風吹雨來	동풍이 비 몰고 와서
濯此人間熱	인간사 더위를 씻어주네.
如從道士歸	道士 갈 제 따라가서
臥聽清溪咽	맑은 시내 울림을 누워서 들으리.

121.

露梁烟樹	이슬 서린 다리에 연기 낀 나무

52

漁舟下浦沙　　고깃배는 개펄 모랫가로 내려가고
暝色生江樹　　저녁 빛은 강 숲에 생겨나네.
待月欲鉤簾　　달을 기다려 발을 걷느니
淸光恐隔霧　　맑은 빛이 안개에 가릴까 두려워라.

122.

銅雀風帆　　　동작의 풍범

今朝入海帆　　오늘 아침 바다로 떠나간 배는
巨竹俱長緪　　큰 간대에 긴 줄을 갖추었더니
東去杳無蹤　　동으로 가서는 아득히 종적 없고
滿船江月影　　강가 달그림자만 배에 가득하여라.

　　1. 銅雀: 지명.

123.

瓦村返照　　　와촌의 저녁 볕

不耐送人時　　사람을 보낼 때는 못 견디겠더니
還宜覓酒處　　술집 찾음에는 도리어 마땅해라.
孤舟渡口橫　　외로운 배가 나루를 비끼어 가니
我欲江南去　　나도 저 강남으로 가고 싶구나.

　　1. 返照: 저녁때의 볕.

124. 棲霞堂雜詠金成遠號 四首　　서하당잡영(김성원의 호. 4수)

月戶　　달빛 비치는 집

野鶴招常至　　들에 학은 부르면 늘 오건만

山精喚不應　　산에 정기는 불러도 대답이 없네.

停杯一問月　　술잔 멈추고 달에게 한번 묻는 것

豈獨古人會　　어찌 옛사람만 알리요.

125.

蓮池　　연못

山中畏逢雨　　산중에 비 맞을까 두려웠는데

淨友也能喧　　연꽃이 능히 떠들어

漏泄仙家景　　선가의 풍경을 누설하느니

淸香滿洞門　　맑은 향이 동구에 가득하고나.

　　1. 淨友: 蓮의 다른 이름.

126.

假山　　가산

巧削神應助　　교묘히 깍은 솜씨 신의 도움인 듯

深藏海幾重　　바다 몇 굽이에 깊이 감추었구나.

侯門歌吹地　　노래하고 피리 부는 권세가의 땅이

爭似此山翁　　어찌 이 산 늙은이와 같으리요.

127.

石井　　돌샘

天雲何處看　　하늘의 구름을 어디서 볼까 하니
活水方澄井　　물 솟는 네모난 맑은 우물 속에서.
終日自無風　　종일토록 절로 바람 없으니
一塵寧到鏡　　어찌 먼지 한점 거울에 닿았으리요.

128. 息影亭雜詠次韻 十首　식영정잡영(임억령시)에 차운하다
10수

瑞石閒雲　　상서로운 돌에 한가한 구름
初從底處生　　처음엔 어느 곳에서 생겼다가
更向何方斂　　다시 어느 곳으로 향하여 가는가.
去來本無心　　가고 옴에 본디 마음 없기에
可怡不可厭　　기뻐하여 싫지 않아라.

129.

碧梧凉月　　벽오동에 서늘한 달
人懷五色羽　　사람은 봉황을 그리는데
月掛一枝梧　　달은 오동나무 가지 끝에 걸렸고나.
白髮滿秋鏡　　백발이 가을 거울 속에 가득하노니
衰容非壯夫　　쇠잔한 얼굴은 이제 장부가 아니어라.

130.

蒼松晴雪　　푸른 소나무에 개인 눈

白玉峯巒矗　　백옥 봉우리 우뚝 솟았는데

蒼龍鬐鬣傾　　老松은 갈기가 기우러졌네.

月中光不正　　달 아래에 빛은 어스레한데

風外響堪驚　　바람 밖에 울림은 더욱 놀랍네.

1. 蒼龍: 푸른 용, 늙은 용 혹은 老松을 이르는 말.

131.

釣臺雙松　　낚시터에 두 소나무

日哦二松下　　낮엔 두 소나무 아래서 시 읊으며

潭底見遊鱗　　못 밑에 노니는 고기를 보았네.

終夕不登釣　　종일토록 고기는 아니 낚이는데

忘機惟主人　　유독 주인은 세사를 잊었고나.

1. 忘機: 귀찮은 세사를 잊음. 機는 마음의 꾸밈(機心)

132.

鶴洞暮烟　　학 마을의 저녁 연기

長天看獨鶴　　긴 하늘에 외론 학을 바라보니

露頂更藏腰　　정수리만 들어내곤 허리는 감추었네.
終日有烟氣　　종일토록 연기 자오록하니
無心歸舊巢　　옛 집으로 돌아갈 마음 잊은 듯.

133.

鸕鷀巖　　노자암

偶因水中巖　　우연히 물 속에 바위가 있어
目以鸕鷀處　　바다가마우지 있음을 보네.
其意不須魚　　물고기에게 뜻이 있는 건 아니지만
烟波自來去　　烟波 속에 그냥 왔다 갔다 하고나.

134.

紫薇灘　　백일홍 여울

花能住百日　　꽃이 능히 백일을 지내기에
所以水邊栽　　이 때문에 물가에 심었다오.
春後有如此　　봄 이후에도 이와 같으니
東君無乃猜　　봄신이 어찌 시기하지 않으리.

1. 紫薇: 백일홍의 이칭.
2. 東君: 태양의 신 혹은 봄을 맡은 동쪽의 신.

135.

桃花逕　　복사꽃 길

麗景三春暮　　고운 빛 세 봄이 저물녘에

夭桃一色齊　　어여쁜 복사꽃 한 색으로 가지런하네.

古來花下路　　예부터 꽃 아래 길은

迢遞使人迷　　길 가는 이 혼미케 한다네.

1. 迢遞: 먼 모양.

136.

芳草洲　　방초주

古峽深如海　　오랜 골짜긴 깊어서 바다 같고

芳洲草似綿　　꽃 피는 섬의 芳草는 솜결 같고나.

初宜雨後屐　　처음엔 비 뒤에 나막신 신기에 좋더니

更合醉來眠　　취한 후엔 자기에도 알맞아라.

137.

芙蓉塘　　부용당

龍若閟玆水　　용이 만약 이 물에 숨었다면

如今應噬臍　　이제 와선 응당 후회하리라.

芙蓉爛紅白　　연꽃이 붉고 희게 흐드러져

車馬簇前溪　　車馬가 시냇가 앞에 모였어라.

1. 如今: 이제. 지금.
2. 噬臍: 배꼽을 물어뜯으려 해도 입이 닿지 아니 한다는 뜻으로 후회해도 소용없다는

58

뜻.(噬臍莫及)

138. 遙寄霞堂主人   멀리 하당주인에게 보내다

霞老平生友   霞堂 늙은이 그대는 평생의 벗이라
難忘夢寐間   꿈에서도 잊기가 어려워라.
吾方走塵世   나는 지금 속세에서 바쁘지만
君獨臥雲山   그대는 홀로 구름 산에 누웠겠지.

139. 贈金君瑛   김군 영에게 주다

皓首吾兄弟   흰 머리 우리 형제
秋風此離別   가을바람 속에 이 같은 이별이라니.
臨岐一杯酒   가림 길에서 한 잔 술 드오니
風雨助吟思   풍우가 시 읊을 생각을 돕누나.

140. 止酒謝客   술을 끊고 손님에게 사례하다.

老杜新停日   늙은 두보가 새로 술 끊던 날
親朋載酒時   친한 벗이 술 싣고 찾아왔네.
懽情隨處減   기쁨의 정은 가는 곳마다 줄어들고

壯志逐年衰　　　장쾌한 뜻은 해를 좇아 쇠하여만 가누나.

141. 寄呈玉谷老仙　　옥곡 노선에게 부치다

懷哉玉谷老　　　그리워라 옥곡옹이여,
已矣松江人　　　끝났고나 송강인이야.
滯酒天南夕　　　하늘 남쪽 저녁 술마저 막히었고
迢迢愁白蘋　　　아슬히 하얀 마름만이 시름겨워라.

　　1. 已矣: 끝장이로다. 절망의 뜻을 영탄조로 이르는 말. 迢迢는 먼 모양.

142. 贈別門生　　　문생과 이별하며 주다

好在諸君子　　　잘 지내길 여러 군자들이여
詩書貴及時　　　詩書는 때를 지킴이 좋다네.
芳年不長住　　　청춘은 오래 머물지 않나니
墜緖杳難期　　　실마릴 놓치면 아득하여 기약하기 어렵다네.

143. 驪江醉吟　　　여강에서 취하여 읊다

落日那能住　　　지는 해를 어찌 멈추이리
重陰不可開　　　짙은 그늘이야 열 수가 없어라.

驪江西達漢　　여강은 서로 흘러 한강에 닿으리니
醉後一登臺　　취한 후에 등대에나 오르리라.

144. 題沈公亭壁　　심공의 정자 벽에 쓰다

不見休文丈　　심공을 뵙지 못했으니
空聞集勝亭　　좋은 정자에 모인단 말 헛소문일 뿐.
中秋端正月　　중추절의 단아한 보름달에
携酒扣巖扃　　술 쥐고서 바위 문이나 두들기리다.

　1. 休文丈: 당나라 沈約의 字. 沈公의 정자에서 쓰기에 비유하여 이름.

145. 題山僧詩軸　　산승의 시축에 쓰다

白髮秋逾長　　백발은 가을이라 더욱 길지만
丹心死未休　　丹心은 죽어서도 쉬지를 않나니
方從赤松子　　이제부터 적송자를 따라가서
辟穀謝封留　　음식도 아니 먹고 벼슬도 사양하리.

　1. 赤松子: 고대의 신선. 漢나라 張良이 적송자를 따라가서 辟穀하겠다 했으나 留侯에
　봉하자 만족하였다 한다.

146. 關東夜酌 二首　　관동에서 밤에 술 마시다

夜酌移西檻　서쪽 난간으로 옮겨와 술 마시는데
春心繞北辰　봄 마음은 북극성을 둘렀네.
明朝嶺東路　내일 아침 영동 길에는
嵐翠濕衣巾　비취빛 이내 의관을 적시이리.

147.
卜夜開深酌　밤을 가려 술 깊이 마시며
論懷對獨燈　외론 등불과 회포를 나누네.
江南一千里　강남이 일천리라서
消息杳難承　소식 아득히 닿기가 어려워라.

148. 思菴訃至己丑七月 二首　사암의 부고가 오다　2수

我似失羣鴻　나는 무리 잃은 기러기 같은데
依依何處托　흐렁흐렁 어느 곳에나 의지할고.
參商蘆葦間　參商이 되어 갈대 사이에 있노니
影與寒雲落　그림자와 찬 구름만 떨어지네.

1. 思菴은 박순의 호.　依依: 확실하지 아니한 모양.
2. 參商: 두 별의 이름. 參은 동쪽에, 商은 서쪽에 있어 서로 반대편에 나타나 보지
  못함. 그래서 서로 만나지 못함을 비유.

149.

伯淳無福故	백순이 복 없는 까닭은
天下也無福	천하가 복이 없기 때문이지.
命矣奈如何	運命을 어찌하랴
西風一痛哭	서쪽 바람에 한껏 통곡하나니.

1. 伯淳: 북송의 유학자 程顥의 자. 세상에서 明道先生이라 불렸음. 여기서는 박순을 비유함.

150. 挽趙主簿堪字克己號玉川子 二首   조주부 감의 만사 (자는 극기, 호는 옥천자) 2수

白老溪翁故	백로와 계옹이 연고 있어
因之托契深	이로써 나도 깊이 사귀었지.
晚來情更厚	뒤늦게 정이 더욱 두터워졌나니
吾過子能箴	내 잘못을 그대가 능히 깨우치었네.

151.

聞說千年宅	이야기 들으니 천년의 幽宅이라
山重水復奇	산 첩첩에 물 더욱 기이하다고.
猶勝葬嬴博	오히려 영박에 장사함보다 나으리니
況與栗翁隨	하물며 율옹과 함께 함에랴.

1. 嬴博: 예기에 延陵季子가 齊나라에 갔다가 돌아오는 길에 큰 아들이 죽어 嬴博의

사이에다 장사하였다고 한다.

152. 贈栗谷時與栗谷爭東西黨議未契有是作 二首 율곡에게 주다 (이때 율곡과 더불어 동서의 당론을 논의하다가, 뜻이 마무리되지 않아 이 글을 지었다) 2수

欲言言是垢	말하고자 하여 말하면 때가 되고
思默默爲塵	묵묵히 생각하면 침묵이 티끌이 되네.
語默皆塵垢	말하건 말건 모두 티끌과 때가 되어서
臨書愧故人	글로 쓰려니 이 또한 벗에게 부끄럽고나.

153.

君言有斟酌	그대 말엔 짐작이 있고
我意沒商量	나의 뜻엔 헤아림 적으니
爛漫同歸日	爛漫히 함께 돌아가는 날엔
方知此味長	바야흐로 이 맛의 깊을 알리라.

1. 商量: 헤아려 생각함. (헤아릴 상)

154. 餞席贈任士邵廷老 二首 전별하는 자리에서 임사소(정로)에게 주다 2수

餞席臨長道　　먼 길에 임하여 전별하는 자리

征人倒急觴　　가는 이 급히 술 비웠네.

猶嫌意未已　　그래도 마음이 다 풀리지 않아서

更赴子眞庄　　나의 집으로 다시 왔다네.

1. 嫌意: 만족 못하는 미진한 마음.　未已: 마치지 않다.
2. 鄭子眞: 정자진은 漢나라 사람으로 谷口에 집을 두고 수도하였음. 후세에 鄭氏의
   전용어로 쓰임.

155.

久病寧爲客　　오랜 병에 어찌 나그네 되어

衰年重別人　　늙은 나이에 다시 이별하는가.

驛亭風雪日　　驛亭에 눈 바람 섞어 치는 날에

携酒莫論巡　　술 쥐고서 巡杯일랑 논하지 마시길….

156. 悅雲亭亭在伊川, 時柳公祖訒爲縣宰　열운정(정자가 이천에 있는데 이
때 유공 조인이 현재가 되었다)

人皆登此亭　　사람들이 모두들 이 정자에 올라서

悅雲不悅酒　　구름은 즐기고 술은 아니 즐기네.

好惡萬不同　　좋아하고 싫어함이 모두들 같지 않아서

悅酒吾與主　　나와 주인만이 술을 즐기네.

157. 統軍亭　통군정

遲矣吾行也	더디구나 내 걸음이여
終南在眼前	종남산이 눈 앞에 있네.
將瞻華嶽月	장차 華嶽 위의 달을 보리니
醉後更移船	취한 후에 다시금 배를 옮기리.

　1. 華嶽: 오악의 하나(西嶽). 泰山(동악), 衡山(남악), 恒山(북악), 嵩山(중악).

158. 重陽前日偶吟　중양절 전날 우연히 읊다

爲問槽頭信	묻노니 술통의 첫 소식
何如三峽泉	삼협의 샘은 어떠한가.
重陽只隔日	중양절은 단지 하루 사인데
凉冷對秋天	쓸쓸히 가을 하늘만 대하고나.

159. 題雙溪雪雲詩軸　쌍계사 설운의 시축에 쓰다

未到雙溪寺	쌍계사에 이르지도 않았는데
先逢七寶僧	칠보승을 먼저 만났네.
僧乎從我否	스님이여 나를 다르려는가
春入白雲層	흰 구름 층층이에 봄이 들었나니.

160. 贈李萬戶義南辛巳　　이만호(의남)에게 주다 신사년

鳴弓睨南海　　활시위 울리며 남해를 흘깃 보니
南海靜無塵　　남해는 고요하야 먼지도 없구나.
萬里長城望　　만리장성 같은 촉망이
從知屬此人　　이 사람에게 속하였음을 알겠네.

161. 示李敬賓　　이경빈에게 보이다

小屋圍金橘　　조그만 집에 금귤을 두루고
名茶煮玉川　　玉川이라 좋은 차를 다리네.
生涯此亦足　　생애가 이것으로 족하나니
君是峽中仙　　그대는 산골짝의 신선이라.

　1. 玉川: 당나라 사람 盧同의 호, 일찍이 茶歌를 지었음.

162. 秋思　가을 생각

秋風中夜起　　가을바람이 밤중에 일거니
客夢未能圓　　나그네의 꿈이 원만치 못해라.
遙想蟾宮女　　멀리 월궁의 항아를 생각건대
凄涼亦不眠　　처량하여 그 역시 잠 못 들리라.

163. 次玄成韻 三首　현성의 운에 차하다　3수

病後驚新節　　병 앓은 후라 새 절기에 놀라는데
天涯對故人　　하늘 끝에서 벗과 마주했네.
隣家白酒熟　　이웃집에 탁주가 익었고
墻角瑞香新　　담장 모퉁이엔 서향이 새로워라.

　1. 瑞香: 팥꽃나무과의 常綠灌木. 백색의 향기 있는 꽃이 피며, 보통 열매를 맺지 않음.

164.

雨送浮雲黑　　비는 떠도는 먹구름 보내나
風開谷日陰　　바람은 골짝의 해 그늘을 열었네.
柴門幸無事　　사립문에 다행히 일 없으니
樽酒細論心　　술잔 나누며 속마음 논하네.

165.

城市萍蹤倦　　城市에 발걸음 게으르다
江湖草屋成　　강호에 草屋을 이루었네.
功名大槐國　　공명은 헛된 꿈이라
高枕笑浮生　　高枕에 덧없는 생을 비웃는다.

　1. 城市: 성으로 둘러쌓인 市街.
　2. 萍蹤: 浮萍草의 떠다닌 자취. 각처로 유랑함을 이름.
　3. 槐安國: 개미의 서울. 당나라 순우분이 자기 집 남쪽에 있는 늙은 회화나무 밑에서

술에 취하여 잠들었는데 꿈에 大槐安國(개미나라) 南柯郡을 다스리어 20년간이나 부귀를 누리다가 깨었다는 고사. 한때의 헛된 부귀와 꿈을 이름.
4. 高枕: 베개를 높이 베고 마음 편하게 잠. 전하여 안심함.

166. 偶吟   우연히 읊다

流水峽中出	흐르는 물은 골짜기에서 나와
迢迢何所之	아득히 어느 곳으로 가는고.
爾能達江漢	네가 능히 江漢에 이를 것이면
吾欲寄幽思	내 그윽한 생각 부치이련만.

167. 村居雜興   시골에 사는 여러 흥

舊計梅千樹	옛 계획은 매화 천 그루였는데
新盟竹數竿	새로 맹세하기는 대나무 몇 그루.
若非耕釣路	만약 밭 갈고 낚시하는 길 아니라면
常欲掩柴關	늘 사립문 빗장을 닫아 두고파.

168. 題平湖堂 二首   평호당에 쓰다 2수

滿窓紅躑躅   창에는 붉은 철쭉 가득하고

臨水碧玲瓏　　물가엔 푸른 빛이 영롱하네.
萬事殘生裏　　萬事의 쇠잔한 인생 속에
孤舟落照中　　외론 배는 落照 중에 있나니.

169.

渺渺江聲遠　　아득히 강물 소리는 멀고
蒼蒼暝色生　　어둑어둑 어둠은 생겨나네.
中宵有明月　　밤중에 밝은 달이 있어
不寐倚虛欞　　빈 난간에 기대어 잠 못 들어 하노라.

　1. 蒼蒼: 어둑어둑한 모양.　　欞 격자창 령. 처마 령.

170. 贈崔甥浚　　생질 최준에게 주다

酷似牟之舅　　우지와 외삼촌처럼 매우 비슷하다고
人言我曰無　　사람들은 말하지만 나는 아니라 하네.
吾狂爾若學　　내 광기를 네가 배운다면
州里可行乎　　州里라도 가히 행할 수 있으리오.

　1. 牟之舅: 晉나라 하무기는 東晉의 명장으로 劉牟之의 外甥인데 그 용력이 舅氏와 매
　　우 비슷하였다고 한다.
　2. 州里: 문명의 고장으로 도읍지를 이름. 논어에 '雖州里 行乎哉'라 하였음.

171. 金孺晦家對盆菊　김유회의 집에서 국화 화분을 대하며

孺晦籬邊菊	유회집 울타리 곁의 국화는
涵翁盞底香	내 술잔 밑에 향기고야.
那知竹窓雪	어찌 알았으리 대나무 창가 눈꽃에
別有一重陽	따로 하나의 중양절이 있을 줄을.

1. 季涵은 송강의 자.
2. 重陽: 음력 9일 9일의 명절. 국화로 떡을 해 먹으며 남녀가 단풍과 국화를 완상하고, 사대부는 높은 곳에 올라 시를 지었다.

172. 余多病怯寒 山行衣累襲 飮至醉眞如酒瓮狀 山僧又以舁土竹籠 略作輿子 勸余入之 余笑而賦此　나는 병이 많은 데다 추위를 겁내어 산행에는 옷을 여러 겹으로 입는데, 술에 취하면 참으로 술 항아리 모양이다. 산승이 또한 들것과 대바구니로 대충 가마를 만들어 나에게 들어가라 권하므로 나는 웃고서 이 시를 지었다.

酒瓮重重裏	술 항아리 겹겹이 싸서
盛之小竹籠	작은 대바구니에 담았지요.
人間有畢卓	인간에 필탁 있어
深入白雲中	흰 구름 속으로 깊이 들어가나니.

1. 畢卓: 晉나라 사람으로 젊어서 방탕하였다. 吏部郎으로 있으면서 노상 술을 마시다가, 벼슬에서 쫓겨났다. 한 번은 이웃집 술을 훔쳐 마시다가 들켜서 포박을 당하였

는데 필탁인 것을 알고 풀어 주었다. 그래서 필탁은 그 주인을 불러다 술 항아리 옆에서 잔치를 벌려주고 떠났다 한다.

2. 盛 담을 성.

173. 海雲亭口號 二首   해운정에서 읊다 2수

吾方捲簾待	내 바야흐로 발 걷어 기다리느니
月欲到天明	달은 하늘에 닿아 밝으려 하네.
樽蟻須添綠	푸른 술에 綠蟻야 더할망정
江雲莫謾生	강 구름일랑 머흘하지 말기를.

1. 綠蟻: 푸른 술의 별칭. 혹은 약주(美酒)에 뜬 찹쌀 밥티.
2. 謾은 漫과 통용.

174.

神仙不可遇	신선을 만나지 못했거니
岸上靑楓樹	언덕 위엔 푸른 단풍나무뿐.
瀛海路茫茫	영해의 길은 아득만 한데
碧雲何處住	푸른 구름은 어느 곳에 머물렀는고.

1. 瀛海: 瀛洲. 삼신산의 하나로 동쪽 바다의 신선이 사는 곳.

175. 對月獨酌   달 벗하며 홀로 술 마시다

夕月杯中倒　　저녁달은 술잔 속에 비치고
春風面上浮　　봄바람은 내 얼굴에 떠오네.
乾坤一孤劍　　천지 사이 한 자루 외론 칼에
長嘯更登樓　　긴 휘파람 불며 다시 樓에 올라라.

176. 贈別　이별하며 주다

惜別重携手　　석별의 정에 거듭 손잡고
論懷更命樽　　회포 나누며 다시 술잔을 드네.
一生頻聚散　　일생에 자주 모였다 흩어졌다 하니
萬事任乾坤　　온갖 일은 하늘에 맡기어라.

177. 次栗谷韻贈山僧　　율곡의 시에 차운하여 산승에게 주다

流水幾時返　　흐르는 물은 어느 때 돌아오며
故人何日來　　사귀었던 벗은 어느 날에 다시 올꼬.
風塵六載淚　　風塵에 여섯 해나 눈물 흘렸거니
白首眼難開　　흰 머리에 눈도 뜨기 어려워라.

178. 雪城壁上見圭翁筆有感宋公麟壽號圭菴　설성의 벽 위에 규옹의 필적을 보고 느끼다(송인수의 호는 규암이다)

壁上圭翁筆　　　벽 위에 규옹의 필적
無從涕自揮　　　까닭없이 눈물이 절로 나네.
親朋滿天地　　　친한 벗이야 천지에 가득하지만
如子古猶稀　　　그대 같은 이는 옛날에도 드물었네.

179. 奉贈君會舊契　四首　　옛 친구 군회에게 주다　4수

凌溪距蘆洞　　　凌溪가 蘆洞와 떨어져 있지만
一棹便通津　　　노 하나면 쉽게 나루를 건너리.
欲以延民口　　　백성들이 계속 삶을 보전코자
明年更借恂　　　내년에도 또 그대를 빌려달라 하겠네.

　1. 寇恂: 東漢의 潁川守로 임금을 따라 도적을 평정하니 백성이 길을 막으며 말하기를
　'구순을 1년만 더 빌려주기 바랍니다'라고 하였다.

180.
人言蘆洞好　　　사람들이 蘆洞이 좋다하니
吾欲卜終焉　　　나는 터 잡아 일생을 마치고져.
多事漢陽令　　　일 많은 한양의 수령이여
山醅內法傳　　　산술 빚는 가법을 전하여 줌세.

　1. 內法은 집안의 비법을 이름.

181.

我有多年脹	나에게 오래도록 창증이 있으니
醫云二朮良	의원의 말이 이출이 좋다하네.
故人如惠我	그대가 나에게 은혜를 베푼다면
一服便身康	한 번 먹고 선뜻 나으리라.

1. 二朮: 白朮과 蒼朮. 엉거시과의 다년초. 뿌리를 약재로 씀.

182.

七寶於楓岳	가을 금강산의 칠보는
仙眞伯仲間	선계와 백중간이라.
吾將高處住	나는 장차 높은 곳에 살려니
不許俗人攀	속인이 오는 건 허락지 않으리라.

183. 關東有贈妓   관동에서 기녀에게 주다

十五年前約	십오 년 전 언약에
監司察訪間	감사나 찰방이 된다 하였지.
吾言雖或中	내 말이 비록 적중했다지만
俱是鬢毛斑	그대와 함께 귀밑머리 반이나 새었네.

1. 監司나 察訪은 모두 각 지방에 이를 수 있는 벼슬이다. 하여 관동지방의 기생과
   헤어지면서 감사나 찰방이 되어 다시 만날 것을 약속했던 것이다.

184. 與白玉峯光勳遊邊山　　옥봉 백광훈과 변산에서 놀다

水淺窺龍窟　　물은 얕아 용의 굴이 엿보이고
松疎露鶴巢　　솔은 성글어 학의 집이 드러나네.
欲知仙在處　　신선 있는 곳 알고 싶다면
須入白雲高　　모름지기 흰 구름 높은 곳으로 들어가야지.

185. 石隅草堂留宿　　석우초당에서 유숙하다

曙色依微至　　새벽빛 어슴푸레 이르거니
星躔次第橫　　별자리 차츰 비끼어가네.
酒闌人欲去　　술자리 느지막이 사람들 가려할 제
茅屋小燈明　　띳집에 작은 등이 밝고야.

　　1. 依微: 흐릿함

186. 尹時晦昕見訪　　윤시회(흔)가 찾아오다

二燭從公至　　두 개의 촛불이 공을 따라와서
三更伴夜明　　三更에도 밤과 짝하여 밝나니
寸心言不盡　　마음속의 말 다하기도 전에
惟畏綠樽傾　　오직 술이 빌까 봐 걱정이리.

187. 贈宋德求象賢 　 송덕구(상현)에게 주다

在官常告病	관직에도 늘 병 있다 했으니
臨別必微杯	이별에 임해서도 약간만 취하리라.
不有壺山宋	곤산 송씨가 아니 있으면
幽懷何處開	깊은 마음일랑 어디에서 열으리.

188. 與柳西坰根同朝天之行　二首　유서경(근)과 함께 중국에 들어가다　2수

關樹早蟬集	관문 나무에 이른 매미가 모이고
江天秋雨飛	강천엔 가을비가 내리네.
思君數行淚	님 그리는 몇 줄기 눈물을
寄與判書歸	判書 가는 길에 함께 부치옵나니.

1. 早蟬: 초가을 매미

189.

江草靑相合	강풀은 푸르게 서로 엉기고
江雲濕不飛	강 구름은 젖어서 날지를 못하네.

沙風過岸上　모랫가 바람 언덕 위를 지날 제
落日放船歸　지는 해에 배 띄워 돌아오나니.

190. 附西坰詩　서경에 부치는 시

斷雨山雲合　비 그치자 산 구름 어울리고
輕風海鷰飛　실바람에 바다제비 날아오네.
浮生元是客　浮生은 본시 나그네여서
西去又東歸　서로 갔다 또 동으로 오네.

191. 山寺夜吟　산사에서 밤에 읊다

蕭蕭落木聲　부슬부슬 떨어지는 낙엽 소리를
錯認爲疎雨　성근 비 소리로 잘못 알고서
呼僧出門看　스님 불러 나가 보랬더니
月掛溪南樹　시냇가 남쪽 나무에 달만 걸려 있다네.

192. 贈朱敎官庚辰江原監司時巡到蔚珍　주교관에게 주다(경진년 강원 감사때 울진을 순도하며)

海曲此人老　바다 한 굽이에서 이 사람은 늙어가는데

明時吾輩登　　밝은 때라 우리 같은 이만 등용되었네.
狂歌驚末俗　　광기의 노래는 속된 풍속을 놀라게 하고
大醉撫南朋　　크게 취하면 南朋을 慰撫한다네.

193. 贈洪君叔錫　홍군서(석)에게 주다

燕客東菴裏　　제비는 東菴에 깃드는데
滄霞今幾年　　노을 먹기는 지금껏 몇 년인고.
白髮仍復病　　백발이라 다시 병 앓으니
靑壁老難緣　　靑壁은 이제 인연하기 어려워라.

　1. 滄霞: 노을을 먹음. 전하여 신선이 되려고 도를 닦음.
　2. 靑壁: 신선이 사는 곳. 두보의 시에 "靑壁無路難因緣"이 있음.

194. 絶句 九首　절구 9수

雨意猶含暝　　비 오려고 어둠이 깔리는데
杯心只願傾　　술 생각에 단지 잔 기우리기 바랄 뿐.
莫言明日別　　내일의 이별일랑 말하지 마시길
吾欲暫時醒　　내 잠시나마 깨어 있고 싶나니.

195.

先逢五色羽　　五色羽(봉황) 먼저 만나고
且至雪城人　　또 雪城 사람이 이르렀네.
行裏携何物　　행장 속엔 무엇이 들어나
烏程若下春　　오정과 약하춘이지.

1. 烏程과 若下春: 유명한 술이름. 오정은 중국 오정고을에서 나는 술이고, 약하춘은 장흥현의 若溪水로 만든 술.

196.

末路收高躅　　末年이라 높은 자취 거두었더니
松林掩小軒　　솔숲이 작은 집은 가렸네.
臨岐一杯酒　　갈림길에서 술 한잔 드노니
萬事欲無言　　만사는 말하고 싶지 않더라.

1. 末路: 사람의 살아가는 끝장. 末年, 老後.

197.

曾看壁上筆　　일찍이 벽 위의 필적을 보면서
共倚水邊亭　　물가 정자에 함께 기대었더라.
栗老聞相識　　율곡도 들어서 서로 아나니
存亡一涕零　　存亡에 한껏 눈물 흘리네.

198.

鵲矣無風韻　　까치는 운치 없는 새인데

何如着此翁　　어찌하여 이 늙은이에게 붙었을꼬.

玄成聞妙手　　玄成이 妙手라고 들었지만

於此畫難工　　이 모습 그리긴 어려우리.

 1. 風韻: 風度와 韻致.

199.

臨岐別數子　　갈림길에서 그대들과 이별하노니

握手更何言　　손 잡고서 다시 무슨 말을 하리요.

典學誠身外　　늘 배우며 몸가짐 성실히 하여

休令此志昏　　이 뜻을 혼미하게 하지 마르시기를.

 1. 典學: 항상 학문에 전념함.

200.

祇恐回頭錯　　삼가 머리 잘못 돌릴까 두려울 뿐

非關着脚難　　발붙이기 어려운 건 관여치 않네.

丁寧伯子訓　　정녕 程伯子의 교훈에다

想象邵翁閒　　소강절의 한가함도 상상하시길.

 1. 伯子는 程顥의 자. 邵翁은 邵康節을 일컬음. 宋나라 학자로 주역에 정통하였음.

201.

操弓出塞日　　활 쥐고 변방을 나가던 날과
看劍引杯時　　칼 보며 술잔을 들던 때도 있었지.
萬事今寥落　　만사가 이제는 적막하나니
殘生寄一枝　　남은 생을 一枝에 부치리라.

　1. 寥落: 쓸쓸함. 적막함.
　2. 一枝: 장자 逍遙遊篇에 '鷦鷯棲於深林 不過一枝'라 하여 뱁새가 숲에 보금자리를 만
　　드는 데 필요한 것은 나무 한 가지에 불과하다는 뜻. 사람은 각각 자기 분수에 만족
　　하여야 한다는 비유.

202.

舊日關東伴　　예전에 關東에서 짝하였던 이
今宵洛下觴　　오늘 밤엔 서울에서 술 마시네.
別離頻換歲　　헤어진 후 자주 해가 바뀌었더니
鬚鬢各蒼蒼　　수염과 귀밑머리 각기 시들부들 하고나.

　1. 蒼蒼: 노쇠한 모양.

203. 對花漫吟　　꽃을 대하며 읊다

花殘紅芍藥　　꽃은 쇠잔해도 작약은 붉은데
人老鄭敦寧　　사람은 늙었으니 정돈녕이여.
對花兼對酒　　꽃에다 술까지 겸했으니
宜醉不宜醒　　마땅히 취해야지 깨서는 아니 되리.

1. 漫吟: 일정한 글체가 없이 생각나는 대로 시를 지어 읊음.

204. 示栗谷　　율곡에게 보이다

君子辭黃閣	군자는 黃閣을 사양하고
小人秉東銓	소인은 東銓을 쥐었네.
賢邪進退際	현신과 간신이 나아가고 물러날 제
副學心恬然	副提學 그대 마음은 느긋하구려.

1. 黃閣: 재상의 관서. 의정부. 東銓은 吏曹 또는 그 관원의 딴 이름. 東班인 文官의 제반 인사행정을 맡은 데서 온 말.

205. 夢中作 壬辰五月, 適在江界時, 夜夢作此, 翌日蒙放, 仍下召命, 奬以忠孝 大節, 卽向行在, 迎駕於平壤　　꿈에 짓다(임진년 오월에 귀양지 강계에서 꿈에 이 시를 짓고 이튿날 방면되었다. 이에 소명을 내리고 충효대절로 推奬함으로 즉시 行在로 향하여 평양에서 大駕를 맞았다.)

| 昭代收遺直 | 밝은 시대라 곧은 이가 거두어지니 |
| 天墀曉鐸鳴 | 대궐 뜰에 새벽 목탁이 울리도다. |

1. 遺直: 옛 성현의 風度가 있는 정직한 사람.

206. 失題 二首　　실제 2수

何當化爲石　　어느 때에 돌이 되어서
屹立暮江頭　　저무는 강 머리에 우뚝 설꺼나.

出象村集晴窓軟談　상촌집 청창연담에서 나옴.

207.

萬事何關客　　만사가 객에게 무슨 관계이리
惟知酒有無　　오직 술 있고 없음을 알 뿐.

出芝峯類說廉潔卷, 挽李友直性廉不事營爲, 惟日飮無何, 客有言及世事, 輒以何關答之
지봉유설 염결권에서 나옴. 이우직의 만사에서, 성품이 청렴하여 영위를 일삼지 않고
오직 날마다 술만 마실 뿐이며 객이 혹시 세상일을 언급하면 문득 무슨 관계냐 하였다.

〈별 집〉

208. 剛叔逢差上京訪高陽村居　　강숙이 逢差하여 서울로 올라가면서 高陽의 시골집에 들리다

田間雨忽至　　밭 사이에 비 문득 이르더니
雲外日方中　　구름 밖엔 해가 막 중천이네.
萬事人將醉　　온갖 일에 사람은 취하려는데
千山路不窮　　千山의 길은 다함이 없네.

84

209. 送安君昌國歸龍城 五首　　용성으로 돌아가는 안창국을 전
송하며　5수

久作經年別　　오래도록 해 지난 이별이더니
聊同七日春　　오로지 칠일의 봄을 함께 했네.
交遊萬天地　　벗이야 천지에 가득하지만
君是意中人　　그대야말로 내 의중의 사람이어라.

210.
全家隱巖竹　　온 집이 대와 바위에 숨었나니
孤棹漾江春　　외로운 배는 봄 강에 일렁이네.
明時一欠事　　밝은 때에 한 가지 흠이라면
君作釣魚人　　그대가 고기 잡는 사람이나 된 것이지.

211.
海外年年病　　바다 밖에서 해마다 병 앓는데
江邊處處春　　강변엔 곳곳이 봄이구나.
未因乘興去　　흥을 타고서 떠나질 못하고
空作獨醒人　　부질없이 홀로 술만 깨었네.

212.

信疎天上客	천상의 객으로부터 소식이 드무니
交絶洞庭春	사귐에 洞庭春도 끊어졌네.
病久驚逢節	병이 오래라 節氣에도 놀래고
年衰怵送人	노년에 사람 보내기도 두려워라.

1. 洞庭春: 술이름.

213.

殘生如老櫟	쇠잔한 인생 늙은 상수리나무 같지만
不願更逢春	다시 봄을 만나긴 원치 않네.
已具尋眞棹	眞境 찾아갈 배는 이미 갖추었나니
將爲入海人	장차 바다로 들어가리이다.

1. 櫟은 재목으로 쓸 수 없음으로 쓸모없는 나무를 뜻하며, 樗와 병칭한다.

214. 瀟灑園書洪澄扇 自註余於丙辰秋, 與洪飮永平大橋上, 轉眄十七年矣, 今年春相遇於瀟灑園, 洪已不能識矣 二首　소쇄원에서 홍징의 부채에 쓰다(내가 병진년 가을에 홍과 더불어 여평대교 위에서 술을 마셨는데 눈 깜짝할 사이 십칠 년이나 지났다. 今年에 소쇄원에서 만났는데 홍은 이미 알아보지 못하였다.　2수)

| 柳市橋邊飮 | 柳市의 다리에서 술 마시던 |

依然歲丙辰　　　의연한 세월 병진년.

衰容初不記　　　쇠한 얼굴 처음엔 기억 못하더니

驚笑十年人　　　놀라 웃는 10년 전 사람아.

  1. 依然: 전과 다름이 없는 모양.

215.

梁園連谷口　　　양원은 곡구와 잇닿아 있는데

花鳥鬧芳辰　　　봄철이라 꽃과 새는 재재거리네.

偶爾牽幽興　　　우연히 그윽한 흥취에 이끌려

尊前逢故人　　　술잔 앞에서 옛 친구를 만났네.

  1. 梁園: 漢代의 양효왕의 동산. 전하여 皇室.

  2. 芳辰: 봄철. 春節

216. 翫水亭贈曺敎官汝忠 二首　　　완수정에서 교관 조여중에게 주다　2수

日夕衣巾重　　　밤낮으로 衣巾은 무거운데

前山嵐氣濃　　　산 앞에 이내는 더욱 짙어졌네.

應須康濟酒　　　모름지기 몸 보하는 좋은 술이라

手進兩三鍾　　　손수 두세 잔 올리옵나니.

  1. 康濟: 건강을 위해 保養함.

217.

白知松下鶴	흰 것은 솔 아래 학이고
黃見草中牛	누런 것은 풀 속에 소이네.
此景無人畵	이 경치 그릴 이 없어
山翁筆下收	山翁의 詩筆로 담아내나니.

2부

七言絶句

(203수)

〈원 집〉

1. 夜坐聞鵑   밤에 앉아 두견이 소리 듣다

掖垣南畔樹蒼蒼	궁궐 남쪽 두둑엔 나무가 울창한데
魂夢迢迢上玉堂	꿈 속 혼은 아득히 玉堂으로 가옵네.
杜宇一聲山竹裂	두견의 한 소리가 山竹을 가를 때
孤臣白髮此時長	외론 신하의 흰 머린 길어만 가느니.

> 1. 掖垣: 궁중의 正殿 곁에 있는 담.
> 2. 蒼蒼: 초목이 나서 푸룻푸룻하게 자라는 모양.
> 3. 玉堂: 홍문관의 별칭. 혹은 文士가 出仕하던 곳.

2. 漾碧亭   양벽정

滿天星月酒初醒	별과 달 하늘에 가득한데 술이 갓 깨었네
赤葉黃花漾碧亭	붉은 잎과 노란 꽃의 양벽정에서.
夢裏分明宣政殿	꿈 속에 선정전 선명하니
玉旒高拱語丁寧	면류관에 팔짱끼고 정녕코 말씀하시네.

> 1. 玉旒: 면류관, 임금을 상징함. 高拱: 높은 곳에서 팔짱을 끼고 있음.

3. 書感   감회를 쓰다

鏡裏今年白髮多　　올해 거울 속엔 흰 머리 더욱 많고
夢魂無夜不歸家　　夢魂은 밤마다 집으로 가지 않을 적 없네.
江城五月聽鶯語　　江城의 5월에 꾀꼬리 소리 들리는데
落盡棠梨千樹花　　천 그루 팥배나무 꽃은 다 지었나니.

1. 棠梨: 팥배나무

4. 宿淸溪洞　　청계동에서 자다

年來萬事入搔頭　　여러 해 동안 온갖 일에 머리를 긁었나니
天外無端作遠遊　　하늘 밖 먼 곳까지 무단히도 나다녔지야.
偶向石門深處宿　　우연히 石門 깊은 곳에서 자노라니
碧潭疎雨荻花秋　　푸른 못 성근 비의 물억새꽃 가을이네.

1. 年來: 여러 해 以來.

5. 咸興客舘對菊　　함흥 객관에서 국화를 보며

秋盡關河候雁哀　　가을 다한 변방에 철기러기 슬프고야
思歸且上望鄕臺　　돌아갈 생각에 또 望鄕臺에 올랐나니
慇懃十月咸山菊　　시월에 핀 은근한 咸山의 국화는
不爲重陽爲客開　　중양절 아니건만 객 위해 피었구나.

1. 關河: 關塞. 지방의 산하.

6. 次金判官希閔韻　　판관 김희민에 차운하다

梅花折寄數枝寒	쓸쓸한 매화가지 몇 가닥 꺾어 부치자니
照徹心肝着句難	마음을 환히 비춰 글 짓기 어렵구나.
何事年年滯京輦	무슨 일로 해마다 서울 수레 막히어서
暗香疎影夢中看	그윽한 향에 성근 그림자 꿈 속에나 보는지.

7. 與霞堂丈步屧芳草洲還于霞堂小酌　　하당장과 방초주를 거닐다가 하당으로 돌아와 술을 들다

散策芳洲倦却廻	꽃섬을 산책하다 피곤해 돌아와
殘花影裏更傳杯	남은 꽃 그늘에서 다시 술을 나누네.
年年南北相思夢	해마다 남북 오가는 그리움의 꿈은
幾度松臺夜半來	몇 번이나 밤중에 송대에 이르렀을꼬.

8. 聞隣友會棲霞堂以詩先寄　　이웃에 친구들이 霞堂에 모인다는 말을 듣고 시로써 먼저 부치다

羣仙聯袂訪仙居	여러 신선들이 소매 연하여 仙家를 찾아가나니
花發碧桃山雨餘	산 비 지난 후에 벽도화 활짝 피었네.
勝事於我已無分	좋은 일이란 나에게 나눠진 게 없으니

白頭回處意何如   흰 머리 돌릴 때에 내 맘이 어떠했으리.

1. 碧桃: 복숭아나무의 일종. 千葉의 희고 아름다운 꽃이 피며 열매는 매우 작고 먹지는
   못함. 관상용으로 심음.

9. 次環碧堂韻   환벽당 운에 차하다

一道飛泉兩岸間   한 줄기 샘물이 양 언덕 사이에 날리우고
採菱歌起蓼花灣   여뀌꽃 물굽이에 마름 캐는 노래가 이네.
山翁醉倒溪邊石   산 늙은이 시냇가 돌에 취해 누웠는데
不管沙鷗自往還   아무려나 모랫가 갈매기는 왔다 갔다 하는고나.

10. 重尋萬日寺   거듭 만일사를 찾다

一龕燈火石樓雲   한 감실의 등불과 石樓의 구름이요
往事茫茫只斷魂   지나간 일은 아득아득 혼을 끊는데
惟有歲寒雙栢樹   오직 추운 겨울 두 그루 잣나무만이
雪中蒼翠暎山門   눈 속에 푸른빛을 山門에 비추이네.

11. 題學祥詩卷   학상 스님의 시권에 쓰다

師住香山二十年   스님은 香山에 20년이나 지냈거니

藥爐經卷五更天　밤 지새며 藥爐로 불경을 읽으셨지.
人間何事有難了　인간 세상에 어떤 일이 마치기 어려워
時遣沙彌一字傳　때때로 사미 보내어 一字를 전하시는가.

1. 五更: 새벽 3~5시.
2. 藥爐: 약을 다리는 화로.
3. 沙彌: 어린 僧.

12. 大岾酒席呼韻　대점의 술자리에서 시운을 부르다.

一曲長歌思美人　한 곡조 길게 노래하며 미인을 생각하니
此身雖老此心新　이 몸이야 비록 늙었지만 마음은 새로워라.
明年梅發窓前樹　내년에 창문 앞 나무에 매화꽃 피거든
折寄江南第一春　강남의 첫 번째 봄을 꺾어다 부치리다.

13. 行次金堤　二首　김제의 행차에 쓰다　2수

六十一塘蓮子花　예순 하나의 연못에 연꽃이
秋來香盡奈如何　가을되어 향기 다 했으니 어찌하리요.
客愁無寐碧城夜　나그네 시름겨워 잠 못 드는 碧城의 밤
明月滿天凉露多　밝은 달은 하늘에 가득한데 찬서리만 많고나.

1. 주역 61번째 괘가 風澤中孚이다.

14.

千里蓬山不可忘　　천리 밖의 蓬山을 잊지 못하니

待臣衣帶御爐香　　신하의 의대와 御爐의 향이여.

樓頭蕭瑟碧梧樹　　누각 앞 벽오동은 쓸쓸한데

一夜不眠秋氣凉　　온 밤에 잠 못 들고 가을 기운만 서늘하네.

　　1. 蓬山: 옥당(出仕하는 곳)의 별칭.
　　2. 待臣: 임금을 가까이서 모시는 신하.

15. 詩山客館　　시산 객관에서

不才無補聖明時　　재주 없어 성인의 밝은 시대에 보탬도 못되고,

老去情懷酒獨知　　늙어 가는 정회는 술만이 알아주네.

客路詩山纖月上　　詩山의 나그네 길에 초생달이 오르니

黃昏更與美人期　　황혼에 다시금 미인과 기약하여이다.

　　1. 纖月: 초생달.

16. 燕子樓次韻　　　연자루에 차운하다

深夜城南獨倚樓　　깊은 밤 성 남쪽 홀로 누각에 기대옵나니

玉川秋月影悠悠　　玉川의 가을달 그림자 아득아득

淸光吾欲美人贈　　맑은 빛 고운 님께 보내련만

路斷蓬萊山上頭　　봉래산 꼭대기라 길이 끊겼네라.

17. 次霞翁韻　하옹의 운에 차하다

幽人忽起尋春興	幽人이 문득 봄 흥을 찾아
川上夕陽經短橋	夕陽이 냇물 위의 짧은 다리를 지나네.
萬樹芳菲烟景暮	온갖 나무와 화초들이 저녁연기 속에 있느니
野村新酒兩三瓢	시골의 갓 익은 술을 두세 잔 마시어라.

1. 芳菲: 향기가 나는 화초.
2. 烟景: 아지랑이가 낀 경치. 봄 경치.

18. 李夢賚家看梅　이몽뢰의 집에서 매화를 보다

病後尙餘垂死骨	앓은 후라 뼈만 앙상히 남았는데
春來還有半邊梅	봄이 와서 매화는 반 가지만 피었네.
氣味一般憔悴甚	초췌한 氣味는 너와 내가 한가지니
黃昏相値兩三杯	황혼에 서로 만나 두세 잔 마시고야.

19. 贈鄭宏度兄弟彦洪彦湜　정굉도 형제에게 주다(언홍과 언식)

病起江湖白日長	병 앓는 강호의 낮은 길기만 한데
角弓嘉樹細消詳	角弓과 嘉樹가 소상히 알겠네.
滎陽舊好逢聯璧	형양의 옛 우정 連璧을 만났나니
萬竹靑靑酒一觴	靑竹 울울이에 술 한잔 들고지고.

1. 角弓: 각궁은 《詩經》 小雅의 편명으로, 형제간에 우애를 찬미한 시이고, 가수는 좋은 나무란 뜻으로, 춘추 시대 晉나라 韓宣子가 魯나라에 사신으로 갔을 때 魯昭公이 베푼 잔치에서 각궁편의 시를 노래하고, 또 季武子가 베푼 잔치에 참여해서는 좋은 나무가 있자 그 나무를 보고 좋다고 칭찬했다고 한다. 전하여 사신과 접반사 간에 서로의 交情이 친밀함을 의미한다.
2. 聯璧: 한 쌍의 둥근 옥. 혹은 才學이 뛰어난 한 쌍의 벗.
3. 舊好: 예전의 情意.

20. 乘戰船下防踏浦　　전선을 타고 방답포로 내려가다

戰船張帆截大洋	戰船에 돛을 펴고 大洋을 가르니
亂峯無數劒攢鋩	무수한 봉우린 칼끝을 모아놓은 듯
東邊直擣扶桑穴	동쪽으로 곧장 왜놈의 소굴을 치면
不用金湯禦犬羊	적 막을 金城湯池일랑 필요 없으리.

1. 犬羊: 악한 사람의 비유.
2. 扶桑: 동쪽 바다의 해 돋는 곳에 있다는 神木. 또는 그 신목이 있는 곳. 혹은 일본.
3. 金城湯池: 방비가 아주 견고한 성.

21. 運籌軒醉題 自註族兄梁季溫思瑩爲兵使, 余適忝按使, 醉作一節而張之
운주헌에서 취하여 쓰다(족형 양계온 사영이 병사가 되고 내가 마침 안사가 되어서 취하여 절구 한수 지어 이를 펴다.)

兄爲節度弟觀察	형은 절도사요 아우는 관찰사라
南服安危屬一家	남방의 안위가 한 집안에 달려 있으니

坐使妖氛淸海徼　　바닷가 요기를 맑게 하고서
運籌軒下酌流霞　　運籌軒 아래에서 流霞酒 마실꺼나.

　1. 坐使: ~하게 하다.
　2. 海徼: 해변.
　3. 流霞: 떠도는 운기. 혹은 신선이 마신다는 美酒의 이름.

22. 雲水縣亂竹叢中見有古梅一樹　　운수현 대숲에 古梅 한
그루가 있음을 보다

梅花一樹半無枝　　매화나무 한 그루 반이나 가지 없지만
標格依然雪月時　　雪月 속에 자태는 의연해라.
休道託根非處所　　있을 곳 아닌데 있노라고 말하지 마시길
老兄心事此君知　　매화의 심사를 대나무가 알리니….

　1. 老兄: 매화　此君: 대나무

23. 次剛叔韻　　강숙의 운에 차하다

平波極目夕陽低　　평평한 물결 아스라이 석양은 지는데
醉後松間散馬蹄　　취한 후 솔 사이에 말 타고 가노라.
回首故園千里隔　　돌아보면 고향은 천리 밖인데
一年芳草又萋萋　　한 해의 芳草는 또다시 다보록하고나.

　1. 極目: 시력이 미치는 한.

2. 散馬蹄: 散은 散步의 散과 같은 의미로 취한 후에 말을 타고 여기저기 돌아다니는 것을 표현한 것.

24. 北岳次趙汝式憲韻 趙公時爲都事　북악에서 조여식(헌)의 시에 차운하다(조공이 이때 都事가 되다)

一別修門月再彎　修門을 한 번 이별 후 두 달이 되었나니
五雲歸夢五湖間　五雲 그리는 꿈은 五湖 사이에 있네.
無人劃却鷄龍北　계룡산 깎을 이 없어
愁望難通木覓山　시름에 바라봐도 목멱산 통하긴 어려울레.

1. 修門: 대궐　再彎: 달이 두 번 굽었다는 뜻으로 두 달을 말함.
2. 五雲: 靑赤白黑黃의 오색 구름. 임금 주변을 말함. 五湖: 은둔하는 곳을 이름. 고대 吳와 越 지역의 五洲. 전국 시대 越나라의 대부 范蠡가 越王 句踐을 도와 吳나라를 멸하고 覇者가 되게 한 뒤에, 일엽편주를 타고 오호(五湖)로 나가서 이름을 바꾸고 은거하였음에 이름.
3. 木覓山: 王城의 남쪽 산.(서울의 남산)

原韻1)　　원운

岡巒如畵水如彎　산등성이는 그림 같고 물은 활처럼 굽어있어
湖界蒼茫一望間　바라보면 湖西의 경계 아득하여이고.
恰似重峯三月暮　마치 춘삼월 重峯의 저물녘 같아
臨江登眺兩京山　강에 이르고 산에 올라 서울의 두 산을 보는 듯.

---

1) 이 시는 송강이 차운한 趙憲의 시〈題康津萬景樓〉이다. 문집에 실려 있음으로 그대로 함께 번역하였음.

25. 銀臺直夜寄洪學士迪　　銀臺에 야직하면서 학사 홍적에게
부치다

掖垣風雨夜厭厭	궁궐 담장에 밤 비바람 후둑후둑,
世事羈心白髮添	世事에 나그네 시름 흰 머리만 더해지네.
窓外芙蓉抱香死	창 밖에 芙蓉은 향기 품고 죽나니
五更燈火獨鉤簾	五更에 등불 밝히고서 홀로 발을 걷네.

　1. 厭厭: 무성한 모양. 掖垣은 궁궐 正殿 곁에 있는 담.

26. 次朴希正韻　　박희정이 시에 차운하다

高樓客散夜將闌	높은 누각에 객은 흩어지고 밤은 깊은데
歌罷滄浪蠟燭殘	滄浪曲 파하니 밀촛불이 쇠잔하이.
獨采蓮花何處贈	연꽃 홀로 따내어 어느 곳에 부치올까
美人千里香雲端	향기론 구름 끝 천리 밖의 고운 님께로.

　1. 滄浪曲: 굴원의 漁父詞에 나오는 노랫말로 "창랑의 물이 맑으면 나의 갓끈을 씻고,
　　창랑의 물이 흐리면 나의 발을 씻으리라.〔滄浪之水淸兮 可以濯我纓 滄浪之水濁兮
　　可以濯我足〕"라 하였다.

27. 山陽客舍　　산양의 객사에서

身如老馬倦征途	몸은 늙은 말 같아 갈 길에 지쳤느니

此地還思隱鍛爐　　이곳에서 쇠 달구는 화로로 숨어살까 생각하네.
三萬六千餘幾日　　삼만 육천일(百年)이 얼마나 남았을꼬
東家濁酒可長呼　　동쪽집에 막걸리나 길이 불러 마실꺼나.

1. 鍛爐: 晉나라 嵇康(자는 叔夜)이 山陽縣에 은거해 살았는데, 그는 성미가 괴이하여 큰 버드나무 아래서 쇠붙이를 불에 달구어 두들기기를 좋아하였고 한다. 이규보의 시에 "鍛爐頭叔夜"라는 구절이 있다. '산양'의 同音으로 인해 비유함.
2. 長呼: 술 가져오라고 길게 부르는 모습.

28. 竹西樓　　죽서루

竹樓珠翠映江天　　죽서루 珠簾과 翠竹은 강물에 비치고
上界仙音下界傳　　천상의 仙樂은 하계에 내려오네.
江上數峯人不見　　강 위 몇 봉우리에 사람은 보이지 않고
海雲飛盡月娟娟　　바다구름 다 불고 달빛만이 곱구나.

29. 嶺東雜詠　　영동의 잡영

行裝竊比永郞仙　　내 행장 가만히 영랑선과 비기니
萬二峯頭碧海前　　일만 이천 봉의 푸른 바다 앞이네.
千樹梨花渾似雪　　천 그루 배꽃은 온통 눈이 내린 듯
孤舟又下鏡湖天　　외론 배는 또 거울 호수를 내려가나니.

1. 竊比: 가만히 비교함.
2. 永郞仙: 신라 4선의 하나.

30. 磨天嶺　마천령

千仞江頭一杯酒	천 길 강 등성이에서 술 한잔 마시느니
朔雲飛盡海茫茫	북쪽 구름 다 날아가고 바다는 아득아득
元戎秦捷知何日	元戎의 승전보는 어느 날에 들을지
老子逢春欲發狂	늙은이는 봄을 만나 미칠 것만 같아라.

1. 元戎: 뭇 군사. 衆兵. 혹은 元師. 장군.
2. 捷 이길 첩, 捷報.

31. 過花石亭　화석정을 지나며

山形背立本同根	山形은 등지고 섰어도 본디 뿌리는 하나요
江水分流亦一根	강물은 나뉘어 흘러도 또한 근원은 하나이네.
花石古亭人不見	花石이라 옛 정자에 사람은 보이지 않으니
夕陽歸路重銷魂	돌아오는 석양 길에 거듭 혼이 끊기노라.

李景臨誤以花石亭一絶, 錄爲柳西崖作, 朴玄石酷信其說, 余明其不然, 而
朴公不信, 余歸考家藏初草, 明載此絶, 而其編中碧澗亭題下, 有松江先祖
手筆, 明知其錄在松江稿無疑, 幷其本草送示玄石, 而玄石終不解惑. 甚矣
其固滯, 曾以此說, 告於尤菴先生, 先生笑曰, 此作明是松江作無疑, 景臨
後生, 誤錄何怪, 仍誦水流無彼此, 地勢有西東之句曰, 古亦有如此句法,
右丈巖所錄

이경림이 잘못 알고 화석정 一絶을 유서애의 소작이라 기록했는데 현석
이 그 말을 혹신하므로 나는 그렇지 않다고 밝혔으나 박공은 믿지 아니하
였다. 나는 돌아와서 家藏한 初草를 상고한 즉 분명히 이 절구가 실려 있

고, 그 편 가운데 '벽간정'이란 제목 아래 송강 선조의 手筆이 있으니 그 松江稿에 기록되어 있음이 의심할 여지가 없다. 그래서 그 본초마저 현석에게 보였는데 현석은 종시 의심을 풀지 못하니 그 固滯란 너무도 심하다. 일찍이 이 말을 우암 선생께 아뢨더니 선생은 웃으면서 '이 시는 松江의 작임에 의심이 없다. 경림은 후생이니 誤錄도 있을 법하지 않느냐' 하고 인하여 '水流無彼此 地勢有西東'이란 시구를 외우면서 '옛날에도 이러한 句法이 있었다'라 하였다. 右는 장암의 기록이다.(문집은 縱書이기 때문에 오른쪽이라 한 것임)

32. 白叅贊仁傑挽詩　　백참찬 인준의 만시

孤忠一代無雙士	외론 충정은 당대에 짝이 없는 선비요
獻納三更獨啓人	충언으로 三更에도 홀로 아뢰던 사람이었네.
山嶽降精生此老	산악의 정기가 내려 이 분을 낳았으니
歸天應復作星辰	하늘로 돌아간 후 응당 다시 별이 되었으리.

　1. 獻納: 충성된 말로 간언함.

33. 挽友　　벗의 만사

人說人間勝地下	사람들 말이 인간세가 저승보다 낫다지만
我言地下勝人間	내 말은 저승이 人世보다 낫다하네.
左携栗谷右君望	왼쪽에 율곡을 쥐고 오른쪽에 군망을 쥐어

半夜松風臥碧山　　밤 중 솔바람의 푸른 산에 누었으면….

34. 送金參判重晦朝京_{名繼輝}　김참판 중회를 보내 明京에 감을 보내며(名은 계휘)

世事蕭條不可言　세상사 시들부들 말도 하기 싫어
薊西風雨掩重門　薊西 비바람에 안팎 문 꼭꼭 닫았네.
新霜已着經秋鬢　새 서리가 가을 지난 귀밑머리에 이미 앉았건만
薊水燕雲又送君　薊水 燕雲으로 또 그대를 보내옵다니.

　1. 蕭條: 쓸쓸한 모양.

35. 權都事_{用中}來訪　권도사(용중)가 찾아오다

索居窮巷少人尋　궁벽한 마을이라 찾는 이도 적으니
紅葉窓前一膝深　창 앞에 붉은 잎은 무릎까지 쌓였구나.
何意江南舊都事　어찌 알았으리 강남의 옛 都事가
夕陽鞍馬到荒林　夕陽에 말을 몰아 이 누추한 곳까지 올 줄이야.

36. 寄示牛溪　우계에게 부치다

禁掖何年捧玉音　　대궐에서 어느 해에 옥음을 받들었던가

白頭三宿小臣心　　흰머리로 세 밤을 기다렸던 小臣의 마음이여.

平生欲止陶公酒　　평생에 도연명의 술을 끊고 싶지만

每到愁時淺淺斟　　매번 근심스러울 때마다 조금씩 마실 수밖에….

1. 禁掖: 대궐 안. 궁중.　玉音은 임금의 음성.
2. 三宿: 조정을 떠나면서 왕이 다시 부르기를 기대하여 천천히 가는 것을 말한다. 孟子가 천 리 먼 길을 꺼리지 않고 다시 齊나라 왕을 찾아갔다가 뜻이 맞지 않아 떠날 때, 왕이 다시 부르기를 바라는 마음에서 都城에서 3일 밤을 자고 晝邑으로 나갔다. 《孟子 公孫丑下》

37. 題龍頭會軸 先祖爲左贊成時, 政府三公及左右贊成, 俱是文科壯元, 并經典 文衡或兩舘提學, 故刱設龍頭契軸, 一時稱爲盛事, 丈嚴所錄　　용주회 시축에 쓰다(先祖가 左贊成이 되었을 때 정부의 三公 및 左右贊成이 모두 다 문과 장원으로, 經典 文衡이나 혹 兩館의 提學을 아울러 지녔으므로 고로 龍頭契軸을 창설하여 일시에 盛事로 칭하였음. 丈嚴이 기록하다.)

五學士爲五狀頭　　五學士를 五壯元이라 하니

聲名到我不相侔　　그 명성 나에겐 맞지 않네.

只應好事無分別　　다만 호사가들이 분별없이

等謂當時第一流　　우리들을 일컬어 당시 第一流라 하네.

1. 狀頭: 壯元.

38. 醉題鄭相芝衍宅　　정승 정지연 댁에서 취하여 쓰다

塵中豈識今丞相　　塵世라 지금의 승상을 어찌 알리요
醉後猶呼舊佐郎　　취한 후에 오히려 옛날처럼 좌랑이라 부르네.
握手前楹談絶倒　　기둥 앞에서 손잡고 이야기 나누느니
終南山色送靑蒼　　종남산이 푸른빛을 보내어주네.

　相公與先公, 同在銓曹, 爲下僚　상공이 先公과 더불어 銓曹에서 함께 하료가 되었다.

　1. 談絶倒: 이야기가 아주 재미있어 抱腹絶倒함을 이름.

39. 寓居桂林亭榭　　계림정사에서 우거하다

秋雨荒臺鬼燐靑　　가을비 나리는 荒臺에 도깨비불이 파랗고
古龕無主草冥冥　　옛 禪龕엔 주인 없어 풀만이 어둑어둑
年年歲歲王孫恨　　년마다 해마다 王孫의 한이
散作虫音夜滿庭　　밤이면 벌레소리 되어 온 뜰에 가득하네.

40. 東岡送酒　　동강이 술을 보내다

岡翁菊酒遠題封　　동강옹이 멀리서 국화주 보내주니
色奪秋波泂若空　　가을 물빛을 얻어 맑기가 빈 듯하네.
曉對雪山開一盞　　새벽에 눈산 마주하고 한 잔 마시니
坐令枯骨起春風　　그대로 마른 뼈에 봄바람이 이는 듯.

　1. 題封: 술 뚜껑에 封하였다고 쓰는 것을 이름.

2. 坐令: ~을 하게 하다. 坐使와 같은 뜻

41. 讀老杜杜鵑詩　老杜의 두견시를 읊다

清晨詠罷杜鵑詩　　맑은 새벽 두견시 읊고 나서
白頭三千丈更垂　　흰 머리 삼천장이나 더 드리웠네.
涪萬雲安一天下　　부만과 운안은 같은 하늘이건만
有無何事若參差　　어떤 일 있고 없어 늘 들쑥날쑥하는지.

1. 涪萬雲安: 두보의 〈杜鵑〉 시에 "서천에는 두견화가 있고, 동천에는 두견화가 없네.
부만에는 두견화가 없고, 운안에는 두견화가 있다네.(西川有杜鵑 東川無杜鵑 涪萬
無杜鵑 雲安有杜鵑)"라 하였다.

42. 次藥圃韻　　약포의 운에 차하다

壯歲從公直玉堂　　젊은 시절 공을 따라 옥당에 宿直하며
玳筵銀燭興偏長　　대모자리 은촛대에 흥이 자못 길었는데
如今共把天涯酒　　이제야 하늘 끝에서 함께 술 드니
時事茫茫鬢髮蒼　　세상 일 아득하고 귀밑머리만 늙었세라.

1. 玳筵銀燭: 玳瑁로 꾸민 은촛대. 혹은 밤의 화려한 연회.
2. 偏長: 어느 한 방면의 특별한 장점. 여기서는 흥이 매우 길다의 뜻.

43. 漢京寒食　　한경에서의 한식

嚴城樹色曉蒼蒼	嚴城의 나무빛은 새벽되어 푸르르고
殘月依微在屋梁	쇠잔한 달빛은 집 들보에 아른아른
愁裏一春門獨閉	시름 속의 봄이기에 홀로 문 닫았거니
落花寒食意茫茫	꽃 지는 寒食에도 마음만 아득아득하네.

1. 寒食: 동지 뒤 105일 되는 날. 왕실에서는 종묘 및 각 陵園에 제향하고 민가에서는 조상의 성묘를 함.
2. 一春: '봄 동안 내내'를 뜻함.

44. 舟中謝客 先祖一日渡臨津, 先有二客在彼岸, 及船到泊, 二客進前相揖, 各通姓名, 乃曰吾輩在此, 望見尊儀度不凡, 私相語曰, 成牛溪歟, 閔持平歟, 及此相對, 始覺吾輩所料錯云, 故卽吟此絶而謝之, 丈嚴所錄　**배 안에서 손님에게 謝하다**(선조가 하루는 임진강을 건너는데, 먼저 두 객이 저쪽 언덕에 있다가 배가 언덕에 당도하자 두 객이 앞으로 나와 서로 읍하고 각기 성명을 통하니, 이에 하는 말이 '우리들이 이쪽에서 尊丈의 儀度가 비범함을 바라보고 서로 말하기를 성우계인가 아니면 민지평인가 하였는데 이에 미처 서로 대면하고 보니 비로소 우리들이 착각했다는 것을 알았습니다' 함으로 곧 이 절구를 지어 謝했다. 장암의 기록.)

我非成閔卽狂生	나는 성우계도 문지평도 아니라 미치광이라
半百人間醉得名	반평생을 술로써 이름 얻었나니
欲向新知說平素	처음 보는 이에게 내 삶을 이야기하면
靑山送罵白鷗驚	청산이 꾸짖고 백로도 놀래리라.

45. 送寄伯魯孝曾歸南中　남중으로 돌아가는 기백로(효중)을

보내고

君歸正及梅花動	매화 필 때 그대가 돌아가니
折取當窓第一枝	창가에 첫 번째 매화 한 가지 꺾어다가
寄我洛城殘雪裏	서울의 殘雪 속 내게 부쳐주면
故鄕消息故人知	고향 소식을 벗(나)도 알으리.

  1. 正及: 바로 그 순간.

46. 題學禪詩軸 二首　학선의 시축에 쓰다

下山經歲憶山詩	下山한 지 해 넘어 산을 추억해 지은 시
惠遠襟期支遁詞	혜원의 마음이요, 지둔의 글이어라.
蹤跡似雲紛不定	발자취 구름 같아 어리저리 일정함 없어
纏着北出又南之	잠깐 북에 나타났다 또 남으로 가네.

  1. 惠遠, 支遁: 모두 晉나라 高僧.
  2. 襟期: 마음에 생각함. 또 그 말.

47.

袖裏依然海上詩	소매 속엔 의연히 바다의 시 들어있고
相逢今月白雲詞	서로 만난 오늘 밤엔 흰구름 문장이라.
年來濯髮扶桑計	여러 해 품어왔던 扶桑에서 머리감을 계획
一葉扁舟任所之	一葉片舟 가는 대로 이 몸을 맡길꺼나.

1. 扶桑: 동쪽 바다에 해 돋는 곳에 있다는 神木. 또는 그 신목이 있는 곳.
2. 濯髮: 머리를 씻음. 세속의 때를 씻고 고결함을 지킴의 비유.

48. 用韻贈山僧   용운하여 산승에게 주다

一病江南故國遙   강남에서 병 앓으니 고국은 아슬한데
久無車馬渡溪橋   시냇가 다리 건너는 車馬는 없은 지 오래네.
時時乞句山僧至   때때로 시 구하고자 산승이 이르니
莫道柴門太寂寥   사립문이 너무 적막하다곤 마시기를.

49. 別藥圃   약포와 작별하다

西海行旋過竹州   서해를 돌아 竹州를 지나니
亂山關樹夕陽愁   뭇 산 關樹에 석양이 시름겨워라.
離心正似芭蕉葉   이별의 마음이란 꼭 파초잎 같아서
秋雨山中夜夜抽   산중 가을비에 밤마다 자라나네.

1. 關樹: 관문에 있는 나무.
2. 抽: 잎이 자람을 뜻함

50. 道逢丐子   길에서 걸인을 만나다

夫篴婦歌兒在背　　남편은 피리불고 아내는 애 업고서 노랠 불러
叩人門戶被人嗔　　남의 집 문을 두드리다 욕을 먹네.
昔有問牛今不問　　옛날엔 소를 물었고 지금 물어보지 않네만
不堪行路一沾巾　　지나는 길에 눈물 적시는 건 참지 못할레라.

　1. 問牛: 問牛喘의 준말. 漢나라 정승 丙吉이 死傷者가 길에 가득한 것을 보고서도 묻지
　　않다가, 사람이 소를 심하게 몰아 소가 혀를 빼물고 헐떡이는 것을 보고 '소를 몇
　　里程이나 몰고 왔느냐'고 물었다는 고사. 묻기가 죄스럽고 부끄럽다는 뜻.

51. 偶吟　　우연히 읊다

年來不讀養生書　　그 동안 양생서를 읽지 않았거니
萬事都忘醉夢餘　　취한 꿈속에 뭇 일들일랑 모두 잊었지.
家近華山靑入座　　집이 華山에 가까워 푸른빛이 자리에 드나니
閉門終日似逃虛　　문 닫은 종일이 逃虛와 같고나.

　1. 華山: 陳搏이 五代時에 화산에 은거하며 백일이나 잠만 자고 일어나지 않았다 한다.
　2. 逃虛: 虛의 세계로 달아남. 道家적 의미로 은둔하여 도를 닦음을 비유.

52.　移寓風樹亭　　풍수정으로 옮겨가서 우거하다

江雨霏霏江草萋　　강비 부슬부슬 강풀은 다보록한데
山花落盡杜鵑啼　　산꽃은 모두 떨어지고 두견이 우네.
芳時如許人難住　　꽃다운 시절에 머물기도 어려워
辛苦移舟又向西　　간신히 배 옮겨서 또 서로 간다네.

53. 廣寒樓前水細如帶, 浚而拓之, 旣又移竹小嶼, 遂把杯長吟
   광한루 앞 물줄기가 가늘어 띠와 같으므로 파서 넓히고 또 대
나무를 소서에 옮기고 나서 잔을 들고 길게 읊다

恢拓銀河弄明月   은하수를 지어내어 밝은 달 희롱하고
栽培苦竹挹淸風   참대나무 재배하여 맑은 바람 끄러 왔네.
一年南國巡宣化   한 해 남국에 巡宣의 덕화는
只在淸風明月中   단지 맑은 바람과 밝은 달 속에 있으리.

1. 남원 광한루는 하늘 세계를 상징적으로 땅위에 재현한 건축물로 물은 은하수를 상
   징하며, 3개의 小嶼는 신선이 산다는 三神山을 뜻한다.
2. 巡宣: 巡宣은 정치의 덕화를 두루 편다는 뜻으로,《詩經》大雅의 江漢에 "왕께서 소호
   를 명하사, 와서 정사를 두루 펴라 하시다.〔王命召虎 來旬來宣〕"라고 한 데서 온 말
   로, 지방관이 된 것을 의미한다. 旬은 곧 두루 다스린다는 뜻으로, 巡과 통용된다.

54. 送人歸龍城   용성으로 가는 이를 보내며

銀漢樓頭烏鵲橋   銀漢樓 머리의 오작교
舊遊回首夢迢迢   옛 놀던 것 돌이켜보면 꿈속에 아득아득.
當年手植江心竹   그 해에 손수 심었던 江心의 대나무는
千尺如今已上霄   지금쯤 천척이나 자라서 하늘에 닿았으리.

1. 銀漢樓: 廣寒樓를 말함

55. 朴景進漸家口號惜別　박경진 漸의 집에서 석별을 읊다

雪晴南陌馬蹄忙	눈 개인 남쪽 두둑에 말발굽은 바쁜데
城樹依微暝色蒼	城樹는 흐릿하여 푸른빛이 뷜동말동
怊悵故人西海別	서해로 떠나는 벗과 헤어짐이 슬퍼
一燈傾盡五更觴	등불 다하도록 五更까지 술잔 드나니.

56. 無題　무제

劉何沈醉屈何醒	劉伶은 왜 취했고 屈原을 왜 깨었던가
二老行藏未易評	두 늙은이의 行藏 평하기 쉽지 않네.
人去至今多說話	사람은 가고 이곳엔 이야기만 분분하나
世間惟有飲留名	세상엔 오직 술꾼만 그 이름을 남기었네.

1. 劉伶: 晉나라 사람으로 竹林七賢의 한 사람. 지극히 술을 좋아하여 일찍이 酒德頌을 지었음.
2. 屈原: 전국시대 楚의 大夫이며 시인. 참소를 당하여 소원되매 離騷經을 짓고, 멱라수에 빠져 죽었음.

57. 病中書懷　병중에 회포를 쓰다

家懷湘楚青山遠　집 생각의 남방에 푸른 산은 먼데
身繫安危白髮長　安危에 몸이 매여 백발만 길었네.
每到五更愁未睡　매번 五更에도 시름으로 잠 못 들고
臥看明月下西廊　누워서 밝은 달이 서쪽 행랑으로 지는 걸 보네.

　1. 湘楚: 楚나라 湘南. 송강의 고향이 남쪽에 있음으로 비유하여 이름.

58. 壺山客舘　　호산객관

天下傷心送客亭　천하에 마음 상하는 객 보내는 정자에
江流不盡亂峯青　강물 끝없이 흐르고 亂峯은 푸르러라.
江南處處春風起　강남 곳곳에 봄바람 일거니
萬竹林中酒半醒　萬竹의 숲 속에 술이 반이나 깨었네라.

　1. 亂峯: 여기저기 솟은 고저가 고르지 않은 산봉우리.

59. 題梁別坐溪亭　　양별좌의 시냇가 정자에서 쓰다

迢遞高亭獨倚闌　아스라이 높은 정자 홀로 난간에 기대니
峽灘如雨響生寒　산여울이 비소리 같아 찬 기운 울리우네.
田翁到老無餘事　田翁은 늙어지어 할 일이 없는지라
一部農書信手看　농서 한 벌을 이리저리 보나니.

　1. 迢遞: 높은 모양.
　2. 信手: 손이 움직이는 대로 둠.

115

60. 醉後口號　　취한 후에 읊다

塞垣何處獨憑樓　　변방 어느 곳 홀로 樓에 기대었나니
萬事驚心白盡頭　　만사에 놀란 마음 모두 희었네.
欲向蓬萊問消息　　봉래산 향하여 소식을 묻고 싶은데
夕陽無限碧雲愁　　석양에 푸른 구름 시름만 그지없네.

61. 送僧入月出山　　월출산 들어가는 승을 보내며

月出山中道甲寺　　월출산 속 道甲寺의
白雲蒼壁舊題詩　　흰 구름 푸른 벽에 그 옛날 시 적었지.
吾衰已負重尋約　　나 쇠약하야 다시 찾을 언약 저버리고
送爾秋風落葉時　　가을바람 잎 질 제 그대만 보내는고야.

62. 贈別栗谷 時與栗谷言事未契有此作　　율곡에게 증별한다(이때 율
곡과 시사를 이야기하다 맺지 못하여 이 시를 짓다.)

君意似山終不動　　그대 뜻은 산과 같아 끝내 움직이지 않고
我行如水幾時廻　　나의 행은 물과 같아 어느 때에 돌아오리.
如水似山皆是命　　산 같고 물 같아 이 모두 운명인지
白頭秋日思難裁　　가을날 흰머리로 생각하기 어려워라.

116

63. 別林子順悌作　　임자순(悌)을 이별하고 지음

曉起覓君君不在	새벽에 일어나 그대 찾으니 그대 없고
長河雲氣接頭流	은하수의 雲氣만 두류산에 드리웠네.
他日竹林須見訪	다른 날 竹林으로 선뜻 찾아준다면
濁醪吾與老妻謀	내 아내와 더불어 막걸리 준비하여이다.

1. 長河: 큰 강. 혹은 銀河. 天河.

64. 寄贈苔軒　　태헌에게 보내다

欲采黃花贈所思	黃菊花 캐내어 그리운 이께 보내련만
碧雲仙路杳難期	푸른 구름의 仙路라서 기약하기 어렵고나.
未堪風雨空山裏	빈 산 속에 비바람 섞어 치니
一盞靑燈不寐時	한 잔 푸른 등불에 잠 못 들어 하는고야.

1. 未堪風雨: 견딜 수 없을 만큼 풍우가 심함.

65. 題魯希聖山亭　　노희성의 산정에서 쓰다

松下精廬俯玉溪	소나무 아래 精廬에서 玉溪를 보느니
玉溪秋水繞墻啼	옥 같은 가을 물결은 담을 싸고 울리어라.
山翁睡起捲葦箔	山翁이 잠에서 깨어 갈대발을 걷으니
庭院無人風露凄	정원엔 사람 없고 바람과 이슬만 쓸쓸하네.

66. 夜坐聞雁　밤에 앉아 기러기 소리를 듣다

邊城獨雁月俱來　변성의 외론 기러기 달과 함께 와서는
淚盡懷君響更哀　님 그려 눈물 다하고 울음 더욱 구슬퍼라.
天外建章長入望　하늘 밖 建章殿이 멀리 眺望에 들어오니
老夫從此不登臺　늙은 몸 이제부터 臺에 아니 오르리.

67. 正月十六日作 自註今日, 乃河西栗谷諱日　정월 16일에 짓다(오늘은 바로 하서 율곡의 휘일)

湛老栗翁今日逝　오늘은 湛齋과 栗谷이 돌아간 날
從前食素老難能　이제껏 素飯도 늙어지니 못하겠네.
出處各應殊霽潦　出處는 각기 형편 따라 다르지만
衿懷均是一條冰　가슴에 머금은 맘이야 똑같이 한 가닥 얼음이네.

1. 食素: 고기나 생선이 섞이지 않은 반찬(尸位素餐). 예전엔 제사 때 素飯을 먹었음.
2. 霽行潦止: '비가 개면 움직이고 비가 오면 머문다'의 뜻으로 각기 형편에 맞게 행함을 이름.

68. 新年祝 五首　신년을 축하하여　5수

118

新年祝新年祝　　　새해를 축원하야 새해를 축원하야
所祝新年掃犬羊　　　새해에 비는 바는 오랑캐 쓸어내고
坐使鑾輿廻塞上　　　임금 수레 국경에서 돌아오시게 하여
仰瞻黃道日重光　　　거듭 빛나는 黃道의 해를 우러러 보기를.

　　1. 黃道: 태양이 운행하는 軌道. 혹은 천자가 거동하는 길.
　　2. 鑾輿: 천자가 타는 마차. 鑾駕.

69.

新年祝新年祝　　　새해를 축원하야 새해를 축원하야
所祝新年朝著淸　　　새해에 비는 바 朝廷이 맑아져서
痛掃東西南北說　　　동서남북 붕당일랑 모두 쓸어내고
一心寅協做昇平　　　일심으로 삼가 협력하여 태평성대 이루기를.

　　1. 寅協:《書經》〈皐陶謨〉에서 조정 신하들이 함께 경건하고 공손한 자세로 화합함을
　　　뜻하는 말로 '동인협공(同寅協恭)'이라 하였는데, 그 주에 "군신은 마땅히 조심하고
　　　두려워함을 함께하고 공경함을 합쳐야 한다.〔君臣當同其寅畏 協其恭敬〕"하였다.
　　2. 昇平: 泰平한 세상.

70.

新年祝新年祝　　　새해를 축원하야 새해를 축원하야
所祝新年年穀豊　　　새해에 비는 바 새해엔 곡식이 풍성하야
白屋更無民戚戚　　　초가집에선 백성에게 근심 걱정 없어지고
丹墀再聽樂彤彤　　　대궐에는 즈런즈런 풍악소리 다시 듣기를 ….

　　1. 白屋: 초가. 가난한 집. 혹은 庶民　丹墀는 붉은 칠을 한 궁전의 지대. 전하여 궁전,

대궐.
　2. 戚戚: 근심하는 모양.
　3. 肜肜: 화평하고 즐거운 모양. 혹은 따뜻한 모양.

71.

新年祝新年祝	새해를 축원하야 새해를 축원하야
所祝新年邦亂平	새해에 비는 바 나라에 난리가 평정되야
湖海老臣歸故里	湖海의 늙은 신하 고향으로 돌아가서
臥看梅藥雪中期	눈 속에 매화꽃을 누워서 보게 되기를.

72.

新年祝新年祝	새해를 축원하여 새해를 축원하야
所祝新年士志堅	새해에 비는 바 선비의 뜻이 굳어
夷險生死惟一視	평탄과 험함, 생과 사를 오직 하나로 보아
是非榮辱莫周旋	시비와 영욕일랑 주선치 말기를.

73. 自歎　　자탄

歸田不早竟趨塵	일찍이 전원으로 돌아가질 못하고 風塵을 좇았으니
除却人非自誤身	人欲을 버리지 못하여 스스로 몸을 그르쳤네라.
贏得鏡中千丈白	얼굴은 시들어 거울엔 백발만 천장이니

莫言圖畵在麒麟   麒麟閣에 그림 있다 말하지 마시길.

1. 人非: 物是人非라 하여 경물은 그대로인데 인사는 그렇지 않다는 뜻에서, 人事나 人欲을 일컬음.
2. 麒麟閣: 前漢의 武帝가 기린을 얻었을 때 건축한 누각. 宣帝가 공신 11인의 상을 그리어 閣上에 걸었다.

74. 到永柔縣   영유현에 이르러

梨花時節雨霏霏   배꽃 피는 시절에 비는 주룩주룩
滿目干戈獨掩扉   병장기 눈에 가득하니 홀로 사립문 닫았네.
迢遞塞天愁玉輦   아슬한 변방 하늘 임금님 걱정에
老臣危涕日沾衣   늙은 신하는 눈물이 날마다 옷에 젖나니.

1. 危涕: 가슴 아파하며 눈물을 흘림.

75. 亂中別人   난리 속에 사람과 이별하다

亂中相値海山秋   난리 속에 함께 海山의 가을을 맞았으니
惜別何嫌數日留   여러 날을 머물다 헤어진들 무엇이 싫으리요.
燭淚五更花吐爐   五更이라 촛눈물 다하여 꽃을 토하는데
羈懷一夕雪渾頭   하룻밤 객지 시름에 머리엔 눈만 흩뿌리느니.

76. 次李孝移延兒韻示栖坰 癸巳赴京時, 柳公根爲副使　이효이(정면)
의 시에 차운하여 서경에게 보이다(계사년에 중국에 갈 때 유공 근이
부사가 되었다.)

家在迢迢漢水陽　　아스라이 한강 남쪽에 집이 있느니
客中消了幾炎凉　　몇 해나 객지에서 지내었던고.
鴨江西去薊門樹　　압록강 서쪽으로 薊門樹를 지나거니
又是一年行路長　　긴 행로에 또 일 년이 가는고야.

　1. 陽: 남쪽 양.

77. 重陽前夜在江都旅寓　　중양절 전날 밤 강도의 여관에서

江都風雨夜厭厭　　江都에 비바람이 밤중에 후둑후둑
萬目干戈客滯淹　　병장기 가득하여 객의 갈 길 막혔네라.
無限別愁無限淚　　한정 없는 슬픔에 한정 없는 눈물이라
海村何處有靑帘　　海村 어느 곳에 술집 旗 걸렸는고.

　1. 厭厭: 무성한 모양.
　2. 靑帘: 술집의 깃발. 렴

<속 집>

78. 待李景魯希參不至 이경노(희삼)을 기다리는데 오지 아니하다

登山望望遠來人	산에 올라 바라봐도 멀리서 오는 이 없고
愁外湖天草色新	시름 밖의 호남엔 풀색만 새롭구나.
日暮東橋橫萬頃	해지는 東橋엔 햇빛이 만 이랑인데
誰憑驛使寄音塵	누가 驛使 편에 소식 전해주려나.

1. 望望: 뜻을 잃은 모양.
2. 音塵: 소식. 편지.

79. 奉贈俛仰相公和敎之韻宋純號 二首 면앙 상공의 화교한 운에 봉증하다(송순의 호. 2수)

待漏西門韻水蒼	대루원 西門에 水蒼玉이 울리고
麒麟香動啓明堂	계명당엔 기린향이 진동하네.
天顔有喜身先識	임금님 기쁜 얼굴 내가 먼저 알리니
黼坐前頭玉燭長	보좌 앞머리에 玉燭은 길이 밝으리.

1. 待漏院: 百官이 아침 일찍 출조하여 參朝하는 시각까지 기다리는 곳. 漏는 물시계로 漏刻이 울리는 것을 기다렸다가 入朝한 까닭에 이름.
2. 水蒼: 水蒼玉은 몸에 차는 佩玉으로, 대부 이상의 관원이라야 찰 수 있다.
3. 玉燭: 옥 촛불. 혹은 사철의 기후가 고르고 날씨가 화창하여 일월이 환히 비치는 일.

123

80.

剔盡巖苔萬丈蒼　　萬丈의 푸른 바위에 이끼를 다 깎아내어
暮年棲息有茅堂　　만년의 서식처로 떳집을 지었네라.
仙亭見說牛鳴外　　들으니 소 울음 밖에 仙亭이 가까우니
秋月春風興更長　　가을 달 봄바람에 흥이 더욱 길으리.

81. 次贈李潑　　차운하여 이발에게 주다

綠楊官北馬蹄驕　　푸른 버들 官北의 말발굽은 씩씩한데
客枕無人伴寂廖　　객의 베갯가엔 사람 없어 寂漠함과 짝하네.
數箇長髥君拉去　　서너 개 긴 수염을 그대가 뽑아가니
老夫風釆便蕭條　　老夫의 풍채가 문득 쓸쓸하여라.

82. 失題　　실제

楚山千疊久逃虛　　초산이라 천 첩첩에 은거한 지 오래더니
五色時看繞帝居　　五色雲이 때때로 帝宮을 두름을 보네.
聞說大庭喧蹈舞　　듣기에 大庭엔 시끄러이 발 구르며 춤춘다기에
白頭霑灑老臣裾　　흰머리 늙은 신하는 옷자락으로 눈물을 뿌리네.

83. 戲贈林子順悌　　임자순께 희증하다

124

百年長劍倚孤城　　백년을 긴 칼 차고 孤城에 의지하야
酒倒南溟鱠斫鯨　　남쪽 바다로 술 마시고 고래로 회치자 했더니
身世獨憐如倦翼　　홀로 가련한 이내 신세 고달픈 새와 같아
謀生不過一枝營　　生計란 고작 一枝에 지나지 않으이다.

1. 一枝營: 장자 逍遙遊篇에 '鷦鷯棲於深林 不過一枝'라 하였다. 자신의 分數에 자족함
　　을 이름.

84. 高興倅林士久吉秀欲於本縣相別詩以讓之　　고흥원님 임사
구(길수)가 본현에서 상별하고자 함으로 시로써 사양하다

湖外難逢自遠朋　　湖外라 먼데서 오는 친구는 만나기 어렵나니
白頭輕別怨高興　　白頭에 이별 가벼이 여기는 고흥이 원망스러라.
津亭南望蓬瀛近　　津亭에서 남쪽을 바라면 봉래·영주 가까워
日暮扁舟擬共登　　저물녘 조각배에 함께 오르려 하였건만 ….

1. 蓬瀛: 蓬萊와 瀛洲. 모두 삼신산의 중의 하나.

85. 又贈士久　　또 임사구에게 주다

酒入愁腸已破城　　술이 드니 근심스러운 속이 풀리는데
百年田地眼前平　　백년 田地는 눈앞에 평탄하이.
明朝掛席南川漲　　내일 아침 돛 달고서 南川으로 들면
天外煙波霽色明　　하늘 밖 烟波 속에 갠 빛이 밝으리.

86. 興霞堂丈步屧芳草州還于霞堂小酌 三首　하당장과 더불어 방초주를 거닐다가 하당으로 돌아와 술 마시다

石溜泠泠入小池	바위 샘물 똑똑 작은 못에 떨어지고
落花無數泛淪漪	떨어진 꽃은 무수히 잔물결에 떠 있네라.
山翁老去機心少	山翁이야 늙어갈수록　機心이 적어서
細草靑苔睡鴨依	가는 풀 푸른 이끼에 조는 오리들 의지삼나니.

1. 石溜: 메마른 자갈밭. 혹은 바위 사이로 흐르는 시내.　泠泠: 물의 맑은 소리.
2. 淪漪: 잔 물결. 細波.
3. 機心: 교묘히 속이는 마음.

87.

江湖流落敢忘君	강호에 이리저리 헤매인들 임금이야 잊을손가
身似離鴻獨去羣	신세가 홀로 무리 잃은 기러기 같구나.
猶有山中數杯酒	다행이 산중에 몇 잔 술이 있어
落花時節惜相分	꽃 지는 시절 서로 나뉘는 게 못내 슬퍼라.

88.

| 勝日山中復一杯 | 산중 좋은 날에 다시 술 한잔 |

126

小窓西畔碧桃開　　작은 창 서쪽 두둑에 벽도화 피었구나.
流年冉冉人將老　　흐르는 세월 유유히 사람도 장차 늙어지니
歸思臨高未易裁　　돌아가 높이 임할 생각 끊기가 쉽지 않네.

　1. 冉冉: 세월 같은 것이 가는 모양.

89. 寒泉精舍有吟 歲在丙子初夏, 與霞堂丈人, 聯榻此寺, 講論近思錄記其事
한천정사에서 읊다(병자년 초여름에 하당장과 더불어 이 절에서 자리를 나란
히 하여 근사록을 강론하고 그 일을 기록하다)

古寺烟霏山木蒼　　오랜 절에 연기 일고 산 나무는 푸른데
平臺散策袖生凉　　平臺 산책길에 소매가 스늘하이
窓前向日葵心苦　　창문 앞 해 향한 접시꽃은 괴로웁고
天外投林鳥翼長　　하늘 밖 숲 찾아든 새 날갠 길도다.

90. 贈道文師　　도문사에게 주다

小築新營竹綠亭　　조그맣게 竹綠亭 새로 짓고서
松江水潔濯吾纓　　松江의 맑은 물에 갓끈을 씻고야.
世間車馬都揮絶　　세상에 車馬일랑 모두 물리치고
山月江風與爾評　　山月과 강바람을 그대와 함께 평하리.

127

91. 大岾酒席呼韻　대점의 술자리에서 호운하다

天恩遙與野梅新　멀리 天恩이 野梅와 더불어 새롭고
照徹茅茨二月香　이월의 달빛이 띳집에 두루 비추나니,
垂死病人能拜命　죽음 드리운 病人에게 벼슬을 내리시어
親朋壺榼自鄕隣　친한 벗들이 술통 들고서 이웃에서 찾아드네.

1. 拜命: 벼슬아치가 됨. 임관됨. 관직에 취임할 때 군주 앞에서 절하므로 이름.
2. 照徹: 두루 비춤.

92. 玉果永歸亭題詠　옥과 영귀정에서 읊어 쓰다

平臨鳥背乾坤逈　새 등 뒤에 넓게 깔린 천지는 아득하고
高揭雲間日月明　구름 사이 높이 걸린 일월은 밝아라.
十二曲欄吹玉篴　열두 굽이 난간에 옥피리 소리
三山未卜此三淸　三神山에도 이 三淸은 아니 있으리.

93. 楓溪寄梧陰　풍계에서 오음에게 부치다

雨後楓溪瀑水凉　비온 후 楓溪에 폭포소리 서늘하고
坐來環佩響鏘鏘　앉아보니 패옥소리 쟁강쟁강
須臾客去空山靜　잠깐 사이 객은 가고 산은 비어 고요한데
深夜星辰自動光　깊은 밤 별들이 스스로 빛을 발하네.

94. 酒席口號   술자리에서 읊다

今夜江南露洗天	오늘밤 강남에 하늘이 맑게 개어
碧虛千里月輪懸	千里의 푸른 허공에 둥근 달이 걸렸네.
移樽更向門前設	문 앞으로 술자리 다시 옮겨
去去留留摠黯然	가는 이 오는 이 모두 다 슬플레라.

1. 設은 陳設(음식을 床에 차려 놓음)의 뜻.
2. 去去留留: 去留의 뜻. 가고 가고, 머물고 머물고.

95. 靈隱寺   영은사

十里逃虛已喜跫	은일의 십리 길 발걸음 즐거운데
知心況復故人逢	하물며 마음 아는 벗을 다시 만났네라.
溪頭煮酒收松子	시냇가 솔방울로 술 데워 마시고
醉入山樓已動鍾	취한 채 山樓에 드니 벌써 종소리 울리네.

1. 逃虛: 허의 세계로 도피해 간다는 뜻.

96. 次霞翁韻   하옹시에 차운하다

草屋前頭月一輪　　초가집 앞엔 둥근 달 하나
寒梅心事寄殘春　　찬 매화 심사일랑 쇠잔한 봄에 부치네.
當杯未覺經年病　　술잔 대하여 오랜 병도 잊고서
醉後題詩掃壁塵　　취한 후에 벽 먼지 쓸어내고 시를 쓰나니.

97. 乘戰船下防踏浦　　싸움배 타고서 답방포로 내려가다

轅門南畔下琵琶　　轅門의 남쪽 물가에 배 대어 놓으니
海色天光暮更多　　바다색 하늘빛이 저물녘에 더욱 더하네.
老去佳辰長作客　　늙어지어 좋은 날에도 길이 나그네 되니
踏靑明日又誰家　　내일은 또 어느 집에서 踏靑일랑 하리꼬.

  1. 轅門: 끌채를 세워서 만든 문. 곧 軍門. 陣營의 문.
  2. 踏靑: 푸른 풀 위를 걷는다는 뜻으로 보통 봄날에 郊外의 산책을 이름.
  3. 下琵琶: 백락천의 시 비파행에 '비파가 끝나자 배에서 내리다'가 있음. 배에서 내린
     다는 뜻.

98. 運籌軒醉題　　운주헌에서 취해 쓰다

煙花三月下江沱　　꽃 피는 삼월에 江沱를 내려가니
人道浮來博望槎　　사람들 말하기를 박망사가 떠온다고.
今日轅門看劒飮　　오늘은 원문에서 칼 보며 술 마시니
白頭隨處沐恩波　　늙은 몸 가는 곳마다 恩波에 젖는고나.

1. 江沱: 양자강과 그 지류인 타강. 일설에는 양자강을 타강이라고도 함.
2. 博望槎: 漢나라 때 博望侯에 봉해진 張騫이 일찍이 大夏國에 사신 갔다가 뗏목을 타고 黃河의 근원을 거슬러 올라가 銀河水에 이르렀다는 傳說에서 온 말이다.
3. 煙花: 繁華. 초목이 무성하고 꽃이 화려하게 핌.

99. 松浦舟中逢金剛叔成遠林士久吉秀　송포의 배 속에서 김강숙(성원)과 임사구(길수)를 만나다

壬戌年間如一夢　임술년 사이가 하룻밤 꿈과 같아
三人鬚鬢各棲霜　세 사람 모두 수염과 귀밑머리에 서리 앉았네.
他鄕幸遇同心友　타향에서 다행히 마음 맞는 벗이야 만났지만
碧海春風去路長　푸른 바다 봄바람에 갈 길만 멀어라.

100. 聽潮樓月下作 趙重峯丙戌疏曰鄭某按湖南, 氷壺自潔, 赤心奉公, 其許國一念, 炳炳於聽潮樓之詩云云　청조루 달 아래서 짓다(조중봉의 병술년 소에 이르기를 '정모가 호남을 살필 적에 氷壺처럼 맑고 赤心으로 奉公하였으니 그 나라 대한 경경한 일념은 청조루의 시에 있다'고 하였다.)

壯士襟期一劒知　장사의 가슴 속을 한 자루 칼이 아나니
聽潮樓上月明時　청조루 위에 달이야 밝고야.
不報君恩不返國　君恩을 아니 갚으면 돌아가지 않으리니
寧爲精衛繞南陲　차라리 정위새 되어서 남쪽 변방을 휘감으리.

1. 襟期: 마음에 생각함. 또, 그 일.

131

101. 錦城別安申之   금성에서 안신지와 이별하다

離人亭畔草靑靑   헤어지는 정자 두둑엔 풀이 푸릇푸릇한데
千里歸鞍拂曉星   천리 길 돌아가는 안장엔 새벽빛 떨치우네.
孤客病淹漳浦日   외론 객은 병으로 갯가에 체류하거니
宦情羈思不須醒   宦情과 客愁로 술 깨지 못할레라.

  1. 宦情: 벼슬살이 하는 심정 혹은 벼슬을 하고 싶은 마음.
  2. 羈思: 나그네 생각.

102. 次錦城東軒韻   금성동헌에 차운하다

歸思滔滔萬折東   돌아갈 생각은 도도히 매번 동으로 꺾이는데
蒼溪峽裏竹林中   푸른 산골짝 시냇가의 대숲 속엔
空階一夜梧桐雨   하룻밤 빈 섬돌의 오동잎 빗소리
携鏡明朝減舊容   내일 아침 거울 대하면 옛 얼굴 아니리라.

  1. 萬折東: 만 번 꺾여도 동으로.

103. 謁曹溪廟   조계묘에 알현하다

沙翁去世幾回春　　沙翁이 가신 지 그 몇 해던가
一經窮山草木緡　　깊은 산 외딴 길에 초목이 우거졌네.
門下少年今白首　　門下의 소년이 지금엔 백발이니
此生元是夢中人　　이 삶이란 본시 꿈속 인생인 것을.

　1. 緡: 낚시줄 민. 성할 민.

104. 次長溪韓大胤林居韻字彦冑號碧溪　　장계 한대윤 임거의 운에 차하다(자는 언주, 호는 벽계)

長溪屈曲走如蛇　　긴 시내 굽어굽어 뱀 같이 가건마는
竹林茅簷是子家　　대숲 속 띳집이 바로 그대의 집이네야.
他日蹇驢乘興往　　다른 날 나귀 타고 흥에 겨워 가서는
釣竿吾欲坐晴沙　　낚싯대 가지고서 맑게 갠 모랫가에 앉으리.

　附原韻2)　　　원운을 부기하다

松江才調抱龍蛇　　송강의 재주 龍蛇를 품었기에
變態無窮作一家　　변화 무궁하여 일가를 이루었네.
今日訪公偸少暇　　오늘 잠깐 틈을 내어 공을 방문하니
開樽邀我坐溪沙　　시냇가 모래 위로 술 가지고 나를 맞네.

　1. 偸暇: 틈을 냄.

─────────────────

2) 이 시는 송강이 차운한 한대윤의 原詩이나, 문집에 실려 있음으로 그대로 옮겨 번역하였음.

2. 龍蛇: 비상한 인물. 성현, 영웅.

105. 安參議自裕家對酒戲吟 時南東岡彦經同往賦詩字季弘   안참의(자유)의 집에서 술을 대하여 희음하다(이때 동강 남언경이 함께 가서 시를 지었다. 자는 계홍이다.)

君家有酒酸且醎	그대 집에 술이 있어 시고도 짜니
酸味還同鄭季涵	신맛이야 도리어 정계함과 같아라.
於國於家俱不用	나라에도 집에도 모두 도움 안 되니
不如歸去臥江南	돌아가 강남에 눕는 것만 못하리.

106. 附東岡詩   동강의 시에 붙이다

人間師表安參議	인간에 사표가 안참의라면
天下風流鄭季涵	천하에 풍류는 정계함일세.
惟有飄飄遺世者	오직 세상 버리고서 표표히 다니는 이
不如名字姓云南	이름자는 모르네만 성은 남가라네.

  1. 飄飄: 방랑하는 모양.

107. 隣人送菊   이웃 사람이 국화를 보내다

隣翁寄我黃金花　　이웃 늙은이 나에게 黃菊을 보내주어
置在曲欄明月下　　밝은 달빛 아래 曲欄에 두었지.
花不分明香滿堂　　꽃은 또렷하지 않아도 향기가 집에 가득하니
世間誰是知音子　　세상엔 누가 바로 知音이 되어줄까.
　　世間惑作歲寒(세간은 혹 세한으로도 한다)

108. 送人入頭流山　　두류산 들어가는 이를 보내며

頭流山在白雲表　　두류산이 흰 구름 밖에 있느니
獨往神傷吾未從　　그대 홀로 가고 나는 못 가 마음 상해라.
手弄天王峰上月　　천왕봉 위의 달을 손으로 만지거든
淸光須寄喚仙東　　맑은 빛일랑 仙童을 불러다 부쳐 주시길.

　1. 仙東의 東자는 童子의 誤字인 듯함.

109. 雪後登嶽　　눈 온 뒤에 산에 오르다

掃雪獨登蒼玉屛　　눈 쓸고 홀로 푸른 옥 병풍에 오르니
眼前銀海極茫茫　　눈 앞 은빛 바다는 끝없이 아득하네.
猶嫌遙眺礙三角　　그래도 조망이 삼각산에 가릴까봐
更上一峰天地長　　다시 한 봉우리 오르니 천지가 장쾌하여라.

　1. 玉屛은 嶽에 대한 비유.
　2. 猶嫌: 그래도 의심이 간다는 뜻.

110. 嶺東雜詠 영동잡영

百川纔及古城門 百川이 옛 성문에 미치자마자
萬瀑難窮始發源 발원 알 수 없는 萬瀑洞이 되었네라.
此去毗盧頂上路 여기서 비로봉 꼭대기 길로 가자하면
幾重山隔幾重雲 몇 겹 산과 몇 겹 구름이 막혔는고.

111. 望漢樓 망한루

望漢樓上漢江遠 망한루 위에 한강은 멀기만 한데
漢客思歸歸幾時 돌아갈 생각의 한양 나그네 어느 때 돌아갈까.
邊心寄與柳亭水 변방 마음 柳亭의 물에 부치나니
西入海門無盡期 기약 없이 서해로 들어가네.

  1. 寄與: 보내 줌. 부쳐 줌.
  2. 無盡期: 다할 기약이 없다.

112. 湖亭憶朴思菴 호정에서 박사암을 추억하다

江上高臺春草深 강 위 높은 대에 봄풀은 짙은데
仙遊往跡杳難尋 신선 놀다간 자취일랑 아득하여 찾기가 어려워라.
若非跨鶴淸都去 만약 학을 타고서 淸都로 아니 갔다면
正是騎星故國臨 곧바로 별을 타고서 고국을 굽어보시리.

136

113. 寄示牛溪   우계에게 부치다

苦調難諧衆楚音	괴로운 음조는 세상 무리완 어울리기 어렵나니
病夫於世已無心	病夫인지라 이미 세상엔 마음 없어라.
遙知湖外松林下	멀리서도 알겠거니 그댄 湖外의 松林 아래서
歲暮寒醪滿意斟	세모에 찬 막걸리 마음껏 마시리라.

1. 遙知: 멀리에서도 어떠할 것임을 짐작하거나 안다는 말.

114. 舟中口號   배 안에 읊다

萬事如今各白頭	온갖 일에 이젠 모두 백발 되었는데
夕陽西下水分流	석양은 서로 지고 물은 나뉘어 흐르네.
蓬山何處美人在	봉래산 어느 곳에 고운님이 계신고
江月欲生江樹愁	江月은 돋으려 하는데 江樹는 시름겹나니.

115. 次贈竹房僧   죽방의 승에게 차운해 주다

削立巉巉萬仞岡   우뚝이 깎아 세운 만 길의 산등성이

歸雲一片在斜陽　　돌아가는 구름 한 조각 夕陽에 비끼었네.
居僧獨掩竹房坐　　스님 홀로 문 닫고 竹房에 앉아
却謂雲忙身不忙　　도리어 내 몸은 아니 바쁜데 구름은 바쁘다 하네.

　　1. 巉巉: 높고 험한 모양. 험준한 모양.

116. 送崔彦明滉觀察海西之行　　최언명(황)의 해서 관찰행을 보내며

黃鶴仙人海西去　　누런 학의 신선이 海西로 가나니
首陽山下芙蓉堂　　首陽山 아래 부용당일레.
芙蓉五月淸香發　　오월이라 부용엔 맑은 향이 발하니
與子政聲誰短長　　그대의 善政과 더불어 어느 것이 더 나을지.

　　1. 政聲: 善政으로 들리는 명성.

117. 閒居卽事　　한가히 지내며 쓰다

聞道蓬萊化日升　　들으니 봉래산에 化日이 올라서
頑雲捲盡瑞雲凝　　완악한 구름일랑 모두 걷히고 瑞雲만 웅겼다 하네.
山中近日不關戶　　근일엔 산중에 문 아니 잠그니
恐有求詩矸雪僧　　승이 눈 걸으며 찾아와 시 구할까 싶어서.

　　1. 化日: 德敎로 나라가 잘 다스려짐을 비유하는 말. 혹은 白晝.

138

118. 放舟　　배를 띄우다

睡起江村曉放舟	江村에서 자다 깨어 새벽에 배 띄우니
峽流風定正安流	협곡 물결 바람 잘 제 평온히 흐르네.
吾行日日應千里	내 걸음은 날마다 십리씩 갈 것이니
可到三山又十洲	三神山과 十洲에 닿을 수 있겠지.

　1. 十洲: 신선이 산다는 열 섬.

119. 盧議政思愼嘗種前朝牧丹賞玩, 後孫又以此求詩於當代諸公　　노의정 사신이 일찍이 前朝의 모란을 심어 완상하였고 후손이 또 이것으로 당시의 諸公에게 시를 구했다

種得前朝舊牧丹	前朝의 옛 모란을 심어 두고서
携壺月日對靑山	술 쥐고서 날마다 청산을 대하네.
豈知歌舞華堂上	어찌 알았으리 가무하던 華堂 위에
春燕營巢亦未閒	봄 제비가 둥지 틀기 바쁠 줄을.

　1. 前朝: 前의 조정. 先帝의 治世.

120. 別風樹亭　　풍수정을 이별하며

好在西湖風樹亭	좋이 있거라 西湖에 풍수정이여

如今鬢髮已星星　　이젠 수염과 귀밑머리 이미 희끗희끗하느니
重來早晩吾何卜　　내 어찌 조만간에 다시 오겠다 약속하리
將入深山獨掩扃　　장차 깊은 산에 들어가 홀로 빗장을 닿을 것을.

1. 星星: 머리털이 희뜩희뜩한 모양.

121. 口號　　읊다

蓬山相望碧雲層　　봉래산 바라보니 푸른 구름 층층이라
再造鵷班病未能　　병든 몸 다시 鵷班에 서진 못하리라.
秖是孤臣死不死　　단지 외론 신하는 죽든 살든
百年方寸一條冰　　백년의 맘이 한 조각 얼음인 것을.

1. 봉산(蓬山): 여기서는 궁궐을 이름.
2. 원반(鵷班): 백관이 조정에 들어갈 때 서열지어 나가는 것을 이름.

122. 送人歸龍城　　용성으로 돌아가는 이를 보내며

仙遊回首帶方城　　머리 돌려 남원의 仙遊를 생각하니
年鬢蕭條換十星　　귀밑머리 쓸쓸히 10년이나 지났네라.
爲問廣寒樓下竹　　묻노니 광한루 아래 대나무는
如今不改舊時靑　　지금도 변함없이 예처럼 푸르른지.

1. 帶方城: 지금의 남원 지역을 이름

123. 次復菴韻朴公漸號   복암 시에 차운하다(박공 점의 號)

松聲欲靜漏聲殘	솔바람 소리 고요해지고 漏聲도 쇠잔한데
酒興方濃宦興闌	취흥이 무르익자 벼슬 흥은 흩어져라.
好是一年三月暮	좋구나 일 년 춘삼월의 저물녘에
萬條花發照長安	만 가지에 꽃이 피어 장안을 비추느니.

1. 루성(漏聲): 물시계의 물이 떨어지는 소리.

124. 病中偶吟   병중에 우연히 읊다

壽逾知命位三公	수명은 50을 넘었고 자리는 정승이라
雖死猶勝八十翁	비록 죽는다 해도 80늙은이 보다 나으리.
唯有人間未盡酒	오직 인간에 다 못 마신 술이 있으니
數年加我願天同	몇 년만 내게 더해 준다면 소원을 이루겠네.

1. 願天同: 하늘에 바라는 바가 같아지다.

125. 江榭遣悶   강사에서 수심을 보내다

歸心恰似廣津波	돌아갈 마음은 廣津의 물결 같아서
西下終南咽更多	西로 종남을 내려갈 제 더욱 목메이네.
直北山前回白首	곧장 북악산 앞으로 흰 머리 돌리니
一杯愁絶夕陽斜	석양에 한 잔 술로 시름겨워 하노라.

126. 馬上逢朴參判口號以贈　말 위에서 박참판을 만나 읊고
주다

馬上逢君一携手　　　말 위에서 그대 만나 손을 잡으니
街童指點也無嫌　　　거리 아이들이 손짓해도 싫지 않아라.
只恨秋山煙雨裏　　　다만 아쉬운 건 가을산 안개비 내릴 제
萬家無處覓靑帘　　　많은 집 중에 靑帘을 찾을 수 없는 게지.

127. 贈成進士名輅字重任 三首　성진사에 주다(이름은 로, 자는 중임)

重任天資十分好　　　그대는 천품이 여러 모로 좋거늘
如何耽酒老夫如　　　어찌 술을 탐하는 건 늙은 나와 같으뇨.
男兒三十猶非少　　　남아 나이 30은 적은 나이 아니니
切己工夫愼莫徐　　　절실한 공부일랑 삼가 게을리 말기를.

128.
人生四十四年內　　　내 인생 마흔네 살 동안
痛飮形骸土木如　　　술 실컷 마시어 몰골이 흙이나 나무 같네.
嗜慾前頭趁更疾　　　좋아하는 것의 앞머리론 그리 빠르면서
矜持裏面步何徐　　　긍지의 이면으론 발걸음 어찌 그리 느린지.

1. 矜持는 몸가짐, 裏面은 속마음 혹은 衷心.

142

129.

心經附註規模密　　심경의 주석은 규모가 정밀하여

學者觀之藥石如　　학자가 그것을 보면 藥石과 같겠네.

鷄犬牛羊勤譬諭　　鷄犬과 牛羊의 비유로 간곡히 일깨워주니

勗哉吾黨敢虛徐　　우리들이 감히 허수이하여 천천히 하리이꼬.

　1. 藥石: 약과 침. 혹은 경계가 되는 유익한 말.
　2. 鷄犬牛羊:『孟子』告子章에 '잃어버린 鷄犬은 찾을 줄 알면서, 잃어버린 마음은 찾을
　　줄 모른다'고 하였다. 또 '산에 牛羊을 풀어놓고 길러 산의 美材를 해치는 것처럼
　　사람이 放心으로 자신의 좋은 본성을 해친다고 비유'하였다.　虛徐: 허수이하고 천
　　천히 하다.

130. 詠紫薇花　　자미화를 읊다

一園春色紫薇花　　온 동산에 봄빛의 紫微花는

纔看佳人勝玉釵　　미인의 옥비녀보다 나아 보이네.

莫向長安樓上望　　장안의 樓 위에서 바라보지 말기를

滿街爭是戀芳華　　온 거리가 다투어 향기로운 꽃을 사모하나니.

　1. 纔看: 그렇게 보인다 혹은 보자마자, 이제야 본다.

131. 隣友昨夜遊賞白嶽雪景醉未赴　　어젯밤 이웃의 친구들이
백악의 설경을 놀며 감상했는데 취하여 가지 못했다

三更雪月山頭篴　　눈 내린 깊은 밤에 산정에서 피리를 부니

百萬長安盡起眠　　백만의 장안이 모두 잠에서 깨고나.
唯是此翁聞不得　　오직 이 늙은이만 듣지 못하여
醉魂方在伏羲天　　취한 혼이 바야흐로 伏羲天에 있었나니.

  1. 伏羲天: 가식이나 설명이 필요 없는 천연의 太古 시대.

132. 禁府蓮亭獨坐　　금부의 연정에 홀로 앉다

傍人莫道此身忙　　그대여 이 내 몸 바쁘다 마시길
欲把名場換酒場　　名場을 酒場과 바꾸고 싶나니.
時向曲欄成獨坐　　때때로 曲欄 향하여 홀로 앉으면
玉池荷氣滿襟香　　玉池의 연꽃향 옷깃에 가득하여이다.

  1. 名場: 명리를 구하는 곳. 酒場은 술 마시는 곳.

133. 訪梧陰閑居不遇　　오음의 한거를 찾았는데 만나지 못하다

幽居寂寞近城市　　적적한 幽居가 성시와 가까운데
雨後終南翠色多　　비 온 후라 종남산에 비취빛 많구나.
滿地梧陰人不見　　오동 그늘은 땅에 가득한데 사람은 보이지 않으니
夕陽搖棹下楊花　　석양에 노 저어 楊花로 내려가나이다.

134. 謝延豊倅送酒　　연풍 원님이 술을 보내어 사하다

144

延豊美酒勝新風　　연풍의 좋은 술은 신풍의 술보다 나아서
色到銀杯洞若空　　은잔에 따르면 투명하여 비어있는 듯.
雪後遠朋來問疾　　눈 온 뒤에 먼 곳의 벗이 문병을 왔나니
亂山歸路錯西東　　亂山의 돌아가는 길이 동서로 섞이었으리.

135. 歸來　　돌아오다

歸來不必世相違　　돌아옴이 꼭 세상 등져서는 아니거니
偶似陶公悟昨非　　우연히 도연명처럼 어제의 잘못을 깨달았을 뿐.
采采黃花聊取醉　　황국화 실컷 따다 취토록 즐기느니
倒巾高詠鴈南歸　　두건도 벗겨진 채 鴈南歸를 소리 높여 읊노라.

1. 悟昨非: 도연명이 벼슬을 버리고 고향에 돌아오면서, '지난날이 잘못되었고, 지금이
   옳음을 깨달았다'고 했다. 도연명 〈歸去來辭〉에 "悟已往之不諫 知來者之可追 實迷途
   其未遠 覺今是而昨非"에 근거한 말이다.
2. 鴈南歸: 한 무제가 일찍이 河東에 행차하여 后土에 제사를 지내고 나서 帝京을 돌아
   보고는 기쁘게 여겨 배를 타고 中流에서 신하들과 宴飮하면서 〈秋風辭〉를 지어 불
   렀는데, "가을바람이 일고 흰 구름이 나니, 초목은 시들어 떨어지고 기러기는 남으
   로 돌아가도다.(秋風起兮白雲飛 草木黃落兮雁南歸)"라 하였다.

136. 夜行　　야행

嶺月初生度夜溪　　東嶺에 달 갓 돋을 제 시내를 건너
分明沙石各東西　　沙石 분명하여 동서를 알겠더니

淸輝不到陰崖裏　　그늘진 비탈엔 맑은 빛이 비치지 않아
入谷還愁去路迷　　골짜기에 들어 갈 길 희미한 게 도리어 걱정이네.

137. 金大諫重晦救三尹有吟　김대간 중회가 삼윤을 구하여 읊다

早秋風力暖同春　　이른 가을바람이 봄처럼 따뜻하니
寒者宜之熱者嚬　　추운 이는 좋다하고 더운 이는 찡그리네.
留待五更霜後鴈　　五更의 서리 앉은 후에 기러길 기다리느니
一聲高起上層旻　　한껏 소리치며 하늘 높은 곳에 오르기를.

138. 題學祥詩卷　　학상의 시권에 쓰다

香爐峰寺別經年　　향로봉 절에서 이별한 지 해를 지났더니
東上毗盧玉倚天　　동으로 하늘에 기댄 비로봉에 올랐네.
無限滄溟萬里眼　　무한 창해의 萬里의 눈 속이니
永郎消息海中傳　　바다 속 영랑의 소식을 전하여 주리.

139. 失題　　실제

二十年前石門路　　이십 년 전 石門 길

重來不獨山川改　　다시 오니 山川만 변한 게 아니고야.

高歌一曲對君笑　　한 곡조 높이 부르며 그대와 웃으리니

何處人間酒如海　　인간 어느 곳이 술이 바다 같으료.

140. 鷗浦寓舍贈崔生　　구포우사에서 최생에게 주다

潮水初生錦葉飛　　밀물이 갓 올라오고 단풍잎 날리울 제

玉人京國送將歸　　옥 같은 이가 장차 서울로 가려하네.

緘書欲問書雲信　　편지로 書雲의 소식을 묻고 싶나니

今夜妖星退紫微　　오늘밤엔 妖星이 紫微를 물러났는지.

  1. 書雲: 옛날엔 동지, 하지, 춘분, 추분에 臺觀에 올라 오색의 구름기운을 바라보며
     길흉을 점치고 策에다 썼다고 한다.
  2. 紫微: 북두성의 북쪽에 있는 성좌. 天帝가 거처하는 곳이라 함. 전하여 천자의 대궐.

141. 月夜作　　달밤에 짓다

秋風乍起愁枯竹　　가을바람 잠시 일어 마른 대나무 시름겨운데

嶺月初生是美人　　재 위로 달 갓 돋으니 바로 미인이로세.

不覺依然成再拜　　나도 몰래 의연히 두 번 절하고 나니

孤臣此夜白髮新　　이 밤에 孤臣의 백발만 새롭구나.

142. 贈韓察訪性之　　한찰방 성지에게 주다

祥雲察訪性之歸　　祥雲의 찰방 한성지가 돌아가니
鄭季涵何不飮酒　　정계함이 어찌 술을 아니 마시리.
爲問工曹參判公　　공조참판공에게 묻나니
翰林風月今何有　　翰林의 風月은 요즘엔 어떠한지?

　1. 翰林: 학자 또는 문인의 모임. 혹은 한림원의 약칭.

143. 挽金重晦 繼輝字,號黃岡官大憲　　김중회의 만사(계휘의 자, 호는
황강, 벼슬은 대헌이다)

可笑人生一紙書　　우스워라 인생이여, 한 장 편지가
計音偕至意何如　　부음과 함께 오니 그 뜻이 어떠한지.
中夜縣司爲位哭　　밤중에 고을 官司에 位 마련하고 우나니
楚山風雨亦簫疎　　楚山에 비바람도 소슬만 하고나.

144. 新年祝　五首　　신년축　5수

新年祝新年祝　　신년을 축원하여 신년을 축원하여
所祝新年少酒杯　　신년에 비는 바 술은 조금만 마시고
讀盡心經近思錄　　심경과 근사록 모두 읽어서

許君親見聖賢來   임금께서 성현이 왔음을 친히 보았다 하시도록.

1. 心經: 송나라 진덕수가 경전과 여러 학자의 저술에서 심성 수양에 관한 격언을 모아 편찬한 책.
2. 近思錄 송나라 주희, 여주겸이 편찬한 책. 주무숙, 정명도, 정이천, 장횡거의 설에서 일상생활의 수양에 필요한 622조를 추려서 14문으로 분류하였음.

145.

新年祝新年祝   신년을 축하하여 신년을 축하하여
所祝新年有子賢   신년에 비는 바 어진 아들 있어
不向人間爭寵利   세상에 나아가 榮利를 아니 다투고
還從物外臥林泉   도리어 物外를 따라 林泉에 누었으면.

146.

新年祝新年祝   신년을 축원하여 신년을 축원하여
所祝新年風俗醇   신년에 비는 바 풍속이 醇厚하야
家有愛君憂國士   집엔 임금을 사랑하며 나라를 걱정하는 선비 있고
世無非古是今人   세상엔 옛날은 그르고 지금은 옳다는 이 없기를.

1. 非古是今: 도연명이 은거하면서 한 말로, 은일하는 이를 이름.

147.

新年祝新年祝   신년을 축원하여 신년을 축원하여

所祝新年諸疾除　　　신년에 비는 바 모든 병 없어지어
閱盡人間百八十　　　人間에 백팔십을 다 지내고서
終爲仙鶴上蒼虛　　　끝낸 仙鶴이 되야 하늘에 오르기를.

148.
新年祝新年祝　　　　신년을 축원하여 신년을 축원하여
所祝新年芳景遲　　　신년에 비는 바 꽃다운 풍경 더디 가서
入耳無非好消息　　　귀에 들리는 것은 좋은 소식 아님이 없고
滿前皆是美男兒　　　눈앞에는 모두들 美男兒 되기를.

149. 湖老南松老西去, 去留之際, 烏得無情, 卽援筆長吟　호로
는 남으로, 송로는 서로 가니 떠남과 머묾에 즈음하여 어찌 정
이 없겠는가. 즉석에서 붓을 쥐고 길게 읊다

南天片月龍城古　　　남쪽 하늘 조각달은 龍城에 예스럽고
西塞孤雲鶻峀遙　　　서쪽 변방 외론 구름은 鶻峀에 아슬하네.
達水似諳征客恨　　　達水는 나그네의 시름을 아는 듯
東流直上漢陽橋　　　동으로 흘러 곧장 한양교로 가나니.

150. 次李孝移廷冕韻, 呈西坰峰叟 峰叟卽一峰李民覺, 公赴京時, 西坰爲

副使, 一峰爲書狀　이효이(정면)의 운에 차하여 서경과 봉수에게
주다(봉수는 곧 일봉 이민각인데 공이 명나라 서울에 갈 때 서경이 副使가 되고
일봉이 書狀官이 되었다.)

荒村下馬步斜陽　荒村에 말 내려 석양에 걷노니
水木淸陰近夕涼　水木의 맑은 그늘 저녁에 서늘하이.
莫道去年隨玉輦　지난해 玉輦의 수행일랑 말 마시길
火雲千里塞天長　천리 변방 하늘에 불구름이 일었나니.

151. 登舍北高亭口占　집 북쪽의 높은 정자에 올라 읊다

高亭獨上望新晴　높은 정자에 홀로 올라 갓 갠 모습을 보나니
不盡長江無限情　다함없는 長江에 다함없는 情이라.
若爲化作橫天鶴　만약 하늘을 비껴 나는 학이 된다면
飛到秦京叫一聲　한양에 날아가서 한껏 울어보리라.

　1. 秦京: 한양

152. 醫閭山次人韻　의려산에서 사람의 운에 차하다

來如相待去如迎　올 땐 기다리는 듯 갈 땐 맞이하는 듯
勢欲南奔又北走　형세가 남으로 뛰고 또 북으로 달리네.
但見幽營靑未了　단만 幽州와 營州에 푸름이 끝나지 않음을 보지만

151

今人那得古人情　　지금 사람이 어찌 옛 사람의 情을 얻으리요.

1. 幽營: 幽州와 營州. 舜이 처음으로 12주를 설치했는데 幽州·營州는 동이족이 거하
는 곳이었다고 한다. 醫巫閭山은 幽州의 진산이다. 유주와 영주는 요동 지역이다.

153. 謝朴吉怊送酒　　박길초가 술을 보냄에 사례하다

玉粳仙釀遠提携　　좋은 쌀로 빚은 仙酒를 멀리서 가지고
風雨人從碧水西　　비바람 속에 碧水 따라 서쪽으로 왔고야.
正爲此翁行草草　　정히 이 늙은이 行世 초라하다 하여
更煩楊浦訪寒棲　　거듭 번거롭게 양포의 누추한 곳까지 찾아주나니.

154. 初月　　초생달

初月依依下塞雲　　초생달 아슴푸레 구름 속으로 내려갈 제
邊城一閉正黃昏　　邊城이 한번 닫히니 바로 황혼일세.
干戈敢說新停酒　　戰時라 감히 이별의 술을 말하랴만
衰疾那堪更別君　　병중에 또 그대와 이별함을 어찌 견디이리.

1. 新停: 지명. 이별의 장소를 비유.

155. 吟秋　　가을에 읊다

152

愛看秋色轉淸酣　　가을 색 더욱 맑아짐을 사랑스레 보느니
盡日西風冷着衫　　종일 서늘하게 서풍이 옷깃에 스미네.
吟罷百年無限意　　百年의 한없는 뜻을 읊고 나니
暮雲含雨過江南　　저녁 구름이 비 머금고 강남을 가나가네.

156. 戲贈兪相 兪相泓相與公開話, 兪曰某有可笑, 某之一婢生得一女甚有姿色,
家居于外, 時時來謁, 某謂夫人曰, 某性明慧, 欲使之收衾枕何如, 夫人曰不可無侍護
之人, 令某婢供使令甚好, 異日岳丈過見, 夫人言其故, 岳丈曰汝何誤也, 我已有桑中
之戲也 不佞色沮不敢言, 無何一少胥得之, 置在松峴一高樓, 出入鎖其門, 不佞每過
之, 目渺渺而不能已也, 公遂於座上口占一詩曰　　　　　유정승에게 희증하다
(유정승 홍이 일찍이 공과 더불어 한가히 담화를 나누는데 유의 말이 "제게 가소로
운 일이 있습니다. 저의 한 여비가 딸 하나를 두었는데 자색이 매우 아름답습니다.
그런데 그 집이 밖에 있으므로 때때로 와보는 것이었지요. 그래서 제가 부인에게
이르기를 某女가 성질이 明慧하니 그로 하여금 금침을 보살피게 하는 것이 어떠하
오, 하였더니 부인의 말이 모시는 이가 없어서는 안 될지니 그를 시키는 것이 매우
좋다고 했습니다. 다른 날 장인이 찾아와 보게 되어 부인이 그 연유를 말하니, 장인
은 말하기를 '너는 어찌 잘못하느냐. 내가 이미 桑中의 戲가 있었다.'고 했다는 것
입니다. 나는 기가 막혀서 감히 말도 못했는데, 얼마 후에 한 젊은 서리가 그녀를
얻어다 송현의 한 高樓에 두고 출입할 적에는 그 문을 자물쇠로 걸어두니 내가 매
양 지나가면 눈이 가물가물하여 견디지 못할 지경입니다." 하므로 공은 마침내 좌
상에서 시 한 수로 읊다.)

佳期誤向夫人謀　　부인과 모의한 좋은 기약 잘못되었으니
唯諾雖勤竟謬悠　　허락이야 잘 했지만 끝낸 그르쳤다네.
却使靑娥來夢寐　　도리어 靑娥를 꿈속으로 오게 하느니

望中明滅夕陽樓　　바라뵈는 그 樓가 석양 속에 가물거리네.

1. 不佞: 자기의 겸칭.
2. 無何: 얼마 안 되어 혹은 아무 문제가 없음.
3. 岳丈: 장인을 말함.
4. 桑中: 정든 남녀의 밀회. 시경의 桑中이라는 시제 내용에 淫奔한 소재를 읊었으므로 이름.

157. 昭陽江送月嶽仙契　　소양강에서 월악선계에 보내다

崖寺跏趺六月中　　벼랑가에 절은 육월의 가부좌라
伯陽仙契呂家風　　위백양의 仙法이요 여동빈의 기풍이네.
西下孤舟留不得　　서로 가는 외론 배를 머물게 못하니
忽忽未暇問參同　　하도 바빠 참동계 물을 겨를조차 없어라.

1. 魏伯陽, 呂洞賓: 모두 道家의 流.
2. 參同는 參同契를 이름인데 위백양이 저술한 鍊丹法.

158. 贈許讚 玉果人, 答牛溪書中, 有稱道語　　허찬에게 주다(옥과 사람, 우계에게 회답한 편지에 칭도한 말이 있다.)

高人不出長蒿萊　　高人이 出仕하지 않고 길이 초야에 묻혔나니
臨水柴扉日午開　　물 곁의 柴扉는 오후에야 열였고야.
客舍門外三十載　　客舍 문 밖에 삼십 년을 지내면서도
不知隣有詠歸臺　　이웃에 詠歸臺가 있는 줄 몰랐네.

1. 稱道: 칭찬하여 말함. 道는 言.
2. 蒿萊: 거칠게 자라 무성한 풀. 황초가 우거진 풀.
3. 客舍: 여관.
4. 詠歸臺: '교향으로 은근함을 읊는 누대'라는 뜻으로 은자를 비유함.

159. 次思齊堂安處順韻 二首   사제당 안처순의 운에 차하다 2수

天末蒼蒼方丈山	하늘 끝 아스라이의 方丈山에
謫仙人與白雲還	謫仙이 흰 구름 더불어 왔고야.
傳家更有永思子	가업을 전하는 永思子 또 있어
竹裏琴書身獨閒	대숲 속에 琴書 읽으며 홀로 한가하네.

1. 傳家: 대대로 가문에 전함.

160.

江上茅茨傍碧山	강 위 떳집이 푸른 산을 곁하나니
忘機鷗鳥恣飛還	機心을 잊어 갈매기 마음껏 날아드네.
柴扉終日無人到	柴扉엔 종일 오는 이 없으니
君與白雲誰是閒	그대와 흰 구름, 누가 더 한가한지.

1. 機心: 교묘히 속이는 마음.

161. 次金剛叔成遠韻   김강숙(성원)의 운에 차하다

南華山畔歡娛日　　남화산 두둑에서 기뻐하며 즐기던 날
屈指如今二十霜　　손 꼽아보니 하마 20년이네.
此會莫言鬢鬢改　　이 자리에 귀밑머리 바뀌었다 마오려
引杯看劒意猶長　　술 들며 칼을 보니 뜻이야 아직도 深長하나니.

162. 挽韓師傳胤明　　한사부 윤명의 만사

潭老秋翁去不回　　潭老 秋翁이 가서는 돌아오지 않나니
此生悲抱向誰開　　이 인생 슬픈 회포 누구에게 열을꼬.
泉臺一閉無由見　　저승문이 한 번 닫히어 뵐 까닭 없나니
西望高陽淚滿腮　　서로 高陽을 바라면 눈물이 뺨에 가득하여이다.

　　1. 泉臺: 모혈 또는 저승

163. 高陽山齋有吟寄景魯 李希參號, 魯翁又字好古 十首　　고양의 산재에서 읊어 경로에게 부치다(이희삼의 호는 노옹이요 자는 호고이다. 10수)

畫伴寒蟬夜伴蛩　　낮엔 쓰르라미 짝하고 밤엔 귀또리 짝하니
莫言深谷少人蹤　　깊은 골에 사람의 발자취 적다 마오려.
自從中歲交遊廢　　중년부터는 교유를 폐하여
旣學無情又學慵　　이미 無情은 배웠고 또 게으름도 배웁나니.

　　1. 寒蟬: 쓰르라미. 해질녘에 '쓰르람, 쓰르람'하고 움.

164.

余之痛飮甚於哭	나의 痛飮은 우는 것보다 심하니
不必黃龍是酒場	꼭 황룡만 酒場은 아닐지네.
待得妖氛霽城闕	성궐에 요망한 기운 사라짐을 기다려서
五雲深處奉君王	五色雲 깊은 곳에 우리 군왕 모시리.

1. 黃龍: 당나라 술 마시던 명소.

165.

人非康節豈行窩	소강절 아니거든 어찌 行窩가 있으리
醉後高眠卽我家	취한 후에 자면야 바로 내 집이네.
明日禹灣乘釣艇	내일 禹灣에서 낚싯배에 오르리니
功名回首等炊沙	功名을 돌아봄은 모래로 밥 짓기랑 같으리.

1. 高眠: 高臥. 세속의 累를 벗어나서 마음 내키는 대로 삶.
2. 行窩: 宋史 邵雍傳에 호사가가 따로 집을 지어 雍(康節은 諡號)의 사는 바와 같이
   집을 꾸며 두고 그 찾음을 기다렸다. 그래서 行窩라고 하였다 한다.
3. 等은 같다는 뜻.
4. 炊沙: 炊沙作飯 모래로 밥을 지음. 아무리 노력해도 성과가 없는 헛수고를 이름.

166.

絡石盈庭老鳳仙	돌 얽힌 뜰엔 오랜 봉선화 피었고
土階茅屋任蕭然	흙 계단 茅屋엔 쓸쓸함 서려있네.
時時載酒驪江去	때때로 술 싣고서 여강을 가면은
江水悠悠月滿船	강물 유유히 달빛이 배에 가득하여라.

167.

去時風雪來時雨	갈 땐 풍우요 올 땐 비이러니
古驛荒村草屋寒	荒村 옛 역에 草屋만 쓸쓸하이.
此路年年長作客	이 길에서 해마다 늘 나그네 되더니
始安東畔有溪山	비로소 계산의 동쪽 두둑에 편히 쉬는고나.

168.

小兒輕別不沾巾	아이는 이별 가벼이 여겨 수건 젖지 않지만
老子多情更戀人	늙은이는 정이 많아 더욱 사람이 그리워.
江上一杯回白首	강 위 한잔 술에 흰머리 돌리느니
客愁如草望中新	나그네 시름 풀과 같아 보는 중에 새롭고나.

169.

去國遲廻笑此行	머뭇거리며 서울 떠나던 일 웃었더니
此行終是戀春城	이 걸음 끝낸 春城을 그리워하네.
江南處處非無竹	강남이라 곳곳에 대 없는 건 아니지만
恐得三閭澤畔名	굴원의 澤畔이랄까 두렵고녀.

1. 國은 수도. 서울.
2. 屈三閭: 楚나라 굴원은 三閭大夫였는데 귀양살이하면서 澤畔에서 行吟하였다. 택반의 이름이란 귀양 간 충신의 명성을 비유함.

170.

百觴猶未破愁城　　백잔 술이 오히려 愁城을 못 깨뜨리니
飮到參橫又日橫　　밤새껏 술 마시고 해 지도록 술 마시네.
浮世別離非怪事　　덧없는 세상에 이별이란 괴이한 일 아니건만
暮年岐路重含情　　晚年에 갈림길에서 더욱 情이 더해라.

> 1. 參: 二十八宿의 하나. 서쪽에 있으며 세 별로 이룸. 參橫은 별이 비끼도록, 곧 밤이
> 다하도록의 뜻.

171.

峽裏風濤半夜雷　　산협의 바람과 물결 밤중에 우레 같아
旅遊秋枕夢頻回　　나그네 가을 베갯가에 꿈이 자주 깨는고야.
衰年每失佳人約　　노년에 벗과의 언약을 매번 잊어버리니
只待天明不待來　　날 밝길 기다릴 뿐, 오는 건 기다리진 않네.

172.

閒居無事理壺觴　　한가롭게 지내니 일 없어 술이나 벗하나니
始覺人間日月長　　비로소 인간사 日月이 긺을 알겠네.
萬事欲抛塵土裏　　만사를 塵土 속에 버리고져 하나니
世人莫笑此人狂　　세인들이여 이 광인을 비웃지 마시길.

173. 贈默佳人　　묵가인에게 주다

聞汝能辭三十斗　　들으니 그대가 삼십 말(斗)을 사양했다니

心如冰玉敢磷緇　　빙옥 같은 마음을 감히 변하게 하랴.

唯須滴露嘘雲處　　모름지기 이슬 떨어지고 구름 생기는 곳에

寫出春風無限思　　봄바람이 무한한 뜻을 쏟아내나니.

1. 磷緇: 磷은 닳아 없어지는 것이고, 緇는 검게 변하는 것이다.
2. 寫는 瀉의 뜻.

174. 題碧澗堂 沙村翁小草廬, 在雙溪之上瑞石之下, 一日翁以手筆題廬之北壁 曰碧澗堂, 翁去後, 其子孫追慕請詩, 惻然悲吟, 書與師古, 師古其孫也 **벽간당에 쓰다**(沙村옹의 작은 초가가 쌍계 위쪽 瑞石의 아래에 있는데 하루는 옹이 손수 '벽간당'이라 써서 초가집 북쪽 벽에 붙였다. 옹이 가신 후 그 후손이 추모하여 시를 청하므로 측연이 悲吟하여 사고에게 써 주었다. 사고는 그 孫이다.)

碧澗冷冷瀉玉聲　　푸른 산골물 서늘서늘 옥소리 쏟나니

五更秋枕酒初醒　　五更이라 가을 베갯가에 술이 갓 깨었네.

沙翁去後增嗚咽　　沙翁이 떠나간 후엔 더욱 목매여

風樹興懷不忍聽　　풍수의 감회 차마 듣지 못할레라.

1. 風樹興懷: 周나라 사람 고어가 보모가 죽은 후에 노래하기를 '나무는 고요하고자 하나 바람은 그치지 않고, 자식은 봉양하고자 하나 어버이는 기다려주지 않네.(樹欲 靜而風不止 子欲養而親不待)'라 하였음.

175. 自高陽向漢陽路中 四首　고양에서 한양으로 향하는 도중에　4수

塞外曾爲射鵰將　　일찍이 변방 밖에선 수리 쏘던 장수이더니
草間今作畜鷄翁　　지금은 풀 사이에 닭 기르는 늙은이네.
君年未老吾方壯　　그대 아직 늙지 않았고 나도 지금 젊으니
他日黃龍酒一中　　다른 날 黃龍에서 술 한번 취해 보리다.

1. 黃龍: 당나라 술 마시던 명소. 酒場의 비유.

176.

北嶽望郎天下士　　북악의 그대는 천하의 선비요
湖南軆相一生愁　　호남의 나는 일생이 수심이네.
孤館小燈仍曉坐　　외론 客舍 작은 등에 새벽토록 앉았느니
數杯淸涕萬行流　　몇 잔 술에 맑은 눈물 만 줄기로 흐르네야.

1. 望郎: 예조의 郎官
2. 軆相: 조선시대 都軆察使

177.

一聲長嘯倚東皐　　한껏 긴 휘파람 불며 동쪽 언덕에 기대었나니
萬事如今入二毛　　온갖 일로 이제 반백이 되었네.
偶抱一痾人謂馬　　우연히 한 병을 얻어 사람들이 사마상여라 하고
適成三逕或云陶　　마침 三逕을 이루니 혹은 도연명이라 하네.

1. 二毛: 반백의 머리.
2. 司馬相如: 전한의 문인 일찍이 소갈병이 있었음.
3. 三逕: 陶潛의 〈歸去來辭〉에 "세 오솔길은 묵어가는데 솔 국화는 그대로 있네.(三逕
就荒 松菊猶存)"라 하였다.

161

178.

萬事悠悠付綠樽　　만사를 유유히 술잔에 맡기나니
此行無補聖明君　　이 몸일랑 성군께 도움이 못되네.
春明門外千行淚　　봄의 밝은 문 밖에 천 줄기 눈물이러니
爲雨蕭蕭響夜分　　비가 되어 부슬부슬 밤중을 울리어라.

　　1. 夜分: 밤중.

179. 霞堂四欠與龜峰分韻而作　　하당의 네 가지 흠(구봉과 더불어
나누어 지었다.)

白日嫣然松竹叢　　낮에 松竹 속에서 상긋 웃나니
元來物色不相同　　원래부터 物色과는 같지 않아라.
前灘正對輪蹄路　　앞 여울이 車馬길과 바로 대하고 있으니
合作行人照眼紅　　행인의 눈에 붉게 비치게 함이 적합하겠네.
　　右請移植紫薇花外灘上 (우는 자미화를 外灘 위로 이식하기를 청했다.)

　　1. 合作: 適合하다의 뜻.

180.

不向春天競桃李　　봄날에 이화와 다투지 아니하고
却將紅艷寄霜風　　붉은 빛 띄고서 서리바람에 부치다니.
豈知傍有松千樹　　어찌 알리요 그 곁에 천 그루 솔이 있어
一色蒼蒼四序中　　사계절 내내 한 색으로 푸르른 것을.

右請拔去松間楓樹新栽 (우는 솔 사이에 새로 심은 楓樹를 뽑아버리기를 청하다.)

1. 却將: ~로써. 변계량의 시구에 "뛰어난 재주로도 여러 번 낙방했네(却將絶藝屢見 屈)"가 있음.

181. 附龜峰詩　　구봉에게 부치는 시

題品如何失重輕　品題가 어쩌다 경중을 잃어서
牧丹紅紫近中庭　홍자색 모란이 안뜰에 가까운지.
蒼髥古栢疎籬外　성긴 울타리 밖 푸른 수염의 오랜 잣나무
半夜風來有怨聲　밤중에 바람 불면 원망하는 소리를 내나니.
　右籬外不合黜遠栢樹 (우는 울 밖으로 멀리 잣나무를 축출한 것이 합당치 않다는 것)

1. 題品: 高下優劣의 판정.

182.

剖竹泠泠水有源　대나무 쪼개어 물 받으니 물은 근원이 있고
池邊瑤草細相分　못가에 아름다운 풀은 가늘게 서로 나뉘었네.
無雲擬見全天影　구름이 없어 온 하늘빛을 볼 수 있으련만
莫遣靑絲惹縠紋　푸른 실로 하여 주름 무늬 생기게 하지 말기를.
　右池邊不宜亂植芳蓀 (우는 못가에 芳蓀를 난식하는 것은 옳지 않다는 것 이다)

1. 擬見: 볼 수 있으련만. 견줄 의.
2. 遣: ~하게 하다.
3. 縠: 명주 곡. 縠紋은 주름이 잡힌 고운 명주처럼 주름이 생김을 의미함. 芳蘇로 하여 물 위에 주름이 생겨 하늘빛이 제대로 보이지 않음을 타박하는 내용.

183. 弓王故都見杜鵑花 以下庚辰關東伯時　궁왕의 고도에서 두견화를 보다(이하는 경진년 강원 감사가 되었을 때에 것이다.)

春風三月鐵原城	봄바람 이는 삼월의 철원성에
弓氏遣基草未生	弓裔의 유적엔 풀 아니 돋았네.
惟有冤禽雨中血	오직 두견이 비 속에 피를 토하니
滴來多少野花明	多少 떨어져 들꽃이 붉게 물들었네.

184. 襄陽妓有紅粧者戲賦一絶　양양 기생 홍장에게 절구 한 수 희부하다

紅粧何必鏡湖間	홍장이 어찌 꼭 경포대에만 있으랴
千載安詳此地還	천년 전 安詳이 이 땅에 돌아왔다네.
不復扁舟勞遠望	멀리서 편주 다시 오길 바라지 말고
一宵同倚玉欄干	하룻밤 나와 함께 옥난간에 기대어 보시지.

1. 紅粧: 연지를 찍은 화장, 전하여 미인의 뜻함. 여기서는 기생의 이름으로 쓰였는데, 강릉에 있었던 옛 기생을 이름이 같은 襄陽 기생에게 빗대어 표현하였다.
2. 鏡湖: 강릉 鏡浦의 이칭.

安詳: 신라시대에 '永郞·述郞·南郞·安詳'을 四仙이라 한다. 『東人詩話』에 "朴惠肅
信이 젊어서부터 명망이 있었다. 강원도 按廉使로 있으면서 강릉 기생 紅粧을 사랑
하여 애정이 매우 깊었다. 임기가 차서 돌아갈 참인데, 府尹 趙石磵云仡이 홍장이
벌써 죽었다고 거짓으로 고하였다. 박은 슬피 생각하며 스스로 견디지 못하였다.
府에 경포대가 있는데 形勝이 관동에서 첫째이다. 부윤이 안렴사를 맞이하여 뱃놀
이하면서, 몰래 홍장에게 화장을 곱게 하고 고운 옷을 입게 하였다. 별도로 배 한
척을 준비하고, 늙은 官人으로서 수염과 눈썹이 희고, 모습이 處容과 같은 자를 골라
의관을 정중하게 하여, 홍장과 함께 배에 실었다. 또 채색 額子에다, '신라 적 늙은
安詳이 천 년 전 풍류를 아직 못 잊어, 사신이 경포에 놀이한다는 말 듣고, 꽃다운
배에 다시 홍장을 태웠노라.(新羅聖代老安詳. 千載風流尙未忘. 聞說使華遊鏡浦. 蘭
舟聊復載紅粧.)'라는 시를 적어 걸었다."라는 내용이 보인다. 이 시는 조운흘의 이
시구를 빗대어 지은 듯하다.

185. 眞珠人　　진주인

眞珠館裏眞珠人	진주관 속에 사는 진주인
邂逅相逢是夢裏	꿈속에서나 서로 해후하나니
離別時多會合稀	이별은 자주고 회합은 드물어
海門咫尺猶千里	지척의 海口도 오히려 천리 밖이여라.

　1. 海門: 海口

186. 昭陽江水西歸入漢　　소양강 물이 서로 돌아 한강에 들어오다

| 昭陽江水西歸處 | 소양강 물이 서로 돌아드는 곳, |

長籥一聲人倚樓　　긴 피리 한 소리에 사람은 樓에 기대었네.

直欲乘舟問三島　　곧바로 배 타고 三島를 찾고 싶지만

却疑三島隔神州　　도리어 삼도가 신주에 막혔을까 의심스러라.

1. 三島: 三神山으로 蓬萊山, 方丈山, 瀛洲山을 말한다.
2. 神州: 중국. 혹은 신선이 있는 곳.

187. 贈丁滄浪嚴壽　　　정창낭(암수)에게 주다

濯纓濯足是誰子　　갓끈 씻고 발 씻는 이 누구냐면

水濁水淸爲是君3)　　水濁와 水淸의 바로 그대로세.

料得主人難狀處　　아마도 주인의 형용키 어려운 것은

一輪明月掩荊門　　둥그레 밝은 달 속에 닫혀진 사립문이리.

1. 濯纓濯足: 굴원의 〈漁父詞〉 "창랑의 물이 맑으면 내 갓끈을 씻고, 창랑의 물이 탁하
   면 내 발을 씻는다.(滄浪之水淸兮 可以濯吾纓 滄浪之水濁兮 可以濯吾足)"이라 하였
   다.
2. 料得: 추측하여 앎. 料量.
3. 難狀處: 형용하기 어려운 것.

188. 題李丹丘崇慶詩軸 丹丘初號楓潭, 楓潭在利川金淵里, 淸江第三子耇俊,

爲丹丘後　　이단구(숭경)의 시축에 쓰다(단구의 처음 호는 풍담인데 풍담

---

3) 『松江集』에 "水濁水淸君是君"이라 되어 있지만 宋達洙의 『守宗齋集』에 소개된 松江詩
에는 "水濁水淸爲是君"으로 되어 있다. 『송강집』에 있는 '君'자는 '爲'자의 오자임으로
'爲'자로 대체하였다. 또 3구도 『守宗齋集』에는 "料得至人難狀處"라 하여, '主人과 至
人'으로 단어의 차이를 보인다.

은 이천 부연리에 있음. 청강의 셋째 아들 구준이 단구의 후사가 되었음.)

鶴隣何處謫仙在	학의 이웃 어느 곳에 적선이 있는고
八載重尋舊路疑	팔년 만에 거듭 찾으니 옛 길이 의심스러라.
門掩萬山花影裏	문 닫힌 만산의 꽃 그림자 속에
一溪寒瀑隔林知	한 시냇물 차가운 폭포를 숲 너머에서 알겠네.

189. 送梁鼓巖之任娥林縣 居昌別號, 鼓巖名子徵, 字仲明 양고암을 보내어 아림현 任所에 가다(아림은 거창의 다른 이름. 고암의 이름은 자징, 자는 중명)

天語丁寧送遠臣	임금의 말씀이 정녕 遠臣을 보내옵나니
聖心惟在活窮民	오직 窮民을 살리려는 성심이시리.
三綱小學勤提誨	삼강과 소학 부지런히 가르쳐서
須念今朝榻下陳	오늘 아침 聖意의 진술 모름지기 생각하리.

   1. 榻下: 임금의 자리 아래.

190. 瀟灑園題草亭   소쇄원 초정에 쓰다

我生之歲立斯亭	나 나던 해에 이 정자 세웠으니
人去人在四十齡	사람이 가고 올 제 40년이나 되었네.
溪水泠泠碧梧下	시냇물 졸졸 흐르는 벽오동 아래

客來須醉不須醒　　객이야 오시거든 모름지기 취하여 깨지나 마시길.

1. 泠泠: 물의 맑은 소리.

191. 村居漫興 此三首有親筆半草粧留簡帖 　　촌거만흥(이 세 수는 친필
半草로 간첩에 장식되어 남아 있다.)

身如獨鴈遠離羣　　몸은 멀리 무리 잃은 외기러기 같은데
江漢茫茫隔暮雲　　江漢은 아득아득 저녁 구름에 막혔네라.
歸夢猶知天北路　　돌아갈 꿈은 오히려 북쪽 하늘 길을 알아
夜深和雨過前村　　깊은 밤 비와 함께 앞 마을을 지나네.

192.
向夕前林鳥赴羣　　저녁 무렵 앞 숲에 새들 모여들고
路迷天寒藹停雲　　희미한 길 추운 하늘에 뭉게구름이 머흘해라.
山人久怪燈花喜　　산인으로 燈花 빛남을 괴상히 여겼더니
京信無端落海村　　서울 소식 뜻 밖에 海村에 떨어졌네.

1. 停雲: 도연명의 〈停雲〉이라는 시가 있는데 친우에 대한 그리움을 절절히 표현한
데서 나온 말이다. 그 시에 "머물러 있는 뭉게구름, 때맞춘 보슬비 먼 곳 친구 생각
에 머리 긁으며 서성댄다(藹藹停雲 濛濛時雨 良明悠邈 搔首延佇)." 하였다.
2. 燈花: 불심지 끝이 타서 맺힌 불똥.

193.

禁庭珂珮別鵷羣　　대궐 뜰에 패옥 찬 백관을 이별하고
一病支離臥白雲　　병으로 시들부들 흰 구름에 누웠지야.
欲識故人棲息地　　벗의 사는 곳 알고 싶다면
竹裏茅屋俯江村　　대 울타리 띳집의 강촌을 굽어보기를.

1. 支離: 支離滅裂.

老驥悲鳴戀野羣(此下缺)

늙은 준마 슬피 울며 들의 무리를 그리워하네.

194. 戲贈大笑軒趙宗道號　　대소헌에게 희증하다(조종도의 호)
眞狂子大笑軒　　참으로 광인인 대소헌!
客於人世聖於酒　　세상엔 객이지만 술에선 酒聖이네.
芝輪過去奉留之　　지나가는 芝輪를 만류하나니
九十春光正花柳　　구십일 봄빛이 정녕 꽃과 버들에 있네.

1. 芝輪: 신선이 타는 수레를 말함.

195. 詠懷大駕駐義州時　　마음을 읊다(大駕가 의주에 머물 때)

三千里外美人在　　삼천리 밖에 고운님이 계신데
十二樓中秋月明　　열두간 樓에 가을 달은 밝고나.
安得此身化爲鶴　　어찌하면 이 몸이 학이 되어

統軍亭下一悲鳴　　통군정 아래에서 한껏 슬피 울어보올까.

196. 登花石亭 此詩及 '山形背立本同根'絶句, 同爲懸板　　화석정에 오르다(이 시와 '산형은 등지고 섰지만 본래 뿌리는 하나'의 절구는 함께 현판이 되었다.)

傷心花石獨登臨　　마음 상하여 화석정 홀로 오르니
人物凄凉想古今　　人物 처량하야 古今을 상상하네.
絃管寂寥山鳥噪　　풍악은 고요하고 산새는 지저귀는데
溪林惟有搗寒砧　　시냇가 숲엔 오직 차가운 다듬잇돌 소리뿐.

197. 過麟山驛有吟 麟山驛在義州, 李淸江濟臣, 以金燧等不卽行刑, 定配義州以卒, 臨終吟出師未捷身先死之句　　인산역을 지나며 읊다(인산역은 의주에 있음. 청강 이제신은 김수등의 관련으로 의주에 정배되어 마침내 죽었는데 임종할 때에 '출사가 민첩하지 못하여 신이 먼저 죽는다' 하는 글귀를 읊었음.)

佳人莫問淸江事[4]　　그대 청강의 일일랑 묻지 마오려
欲說淸江淚自潛　　청강을 말하려 하면 눈물이 절로 잠기네.
中夜戀君千里夢　　밤중 님 그리는 천리의 꿈이
北歸應度萬重山　　만 겹의 산을 넘어 북으로 돌아가리니.

198. 贈別南東岡赴完山尹 二首　　남동강이 완산 府尹으로

---

4) 문집엔 '佳一作傍'이라고 되어 있음.

부임할 때 증별하다 2수

南紀雄藩豊沛鄉	남쪽의 雄鎭은 풍폐의 고을
快心梅月屬東岡	시원한 매화 달이 東岡에 비치네.
公庭盡日鳴山鳥	관청 뜰엔 종일 산새가 지저귀고
歌管聲中吸玉觴	노래소리 속에 옥술잔을 마시이네.

1. 豊沛: 全州가 이태조의 先鄕이므로 한고조의 고향인 풍패를 비유해 쓴 것임.
2. 雄藩: 雄鎭. 강성한 藩鎭

199.

身遭盛世官躋尹	좋은 시대를 만나 벼슬이 府尹에 올랐으니
器遇盤根刃發硎	어려운 일을 만나도 잘 드는 칼로 베듯 하리.
早晚交翁化蜀日	조만간 交翁이 촉을 다스리는 날엔
賜書爭覩下天庭	대궐에서 내려준 글을 다투어 보리라.

1. 器: 器量. 盤根: 서리서리 얽힌 뿌리 혹은 처리하기 어려운 일.
2. 發硎: 숫돌에 칼을 새로 갈아 잘 듦을 이름. 고을 정사를 능수능란하게 처리할 수
   있을 것이라는 말이다. 《莊子》養生主에 "지금 내가 19년 동안 칼을 잡고서 수천
   마리의 소를 잡아 왔는데, 칼날을 보면 지금 막 숫돌에서 꺼낸 것처럼 시퍼렇게
   날이 서 있다.(刀刃若新發於硎)"라 하였다.
3. 文翁: 한나라 사람. 蜀의 군수가 되의 선정을 베풀었다.

〈별 집〉

200. 剛叔示以其先祖所製七言一絶謹次 己巳 강숙이 그 선조가
지은 칠언일절을 보여주므로 근차하다 _{기사년}

手裁松竹尙平安	손수 심은 송죽이 아직도 편안하니
金姓人家枕一山	김씨 일가가 한 산을 베고 있고야.
溫飽要須知所本	모름지기 생계는 근본을 알아야 하느니
昔人躬稼備艱難	先祖께서 몸소 농사지어 간난을 대비하셨네.

  1. 溫飽: 따뜻이 입고 배불리 먹음. 먹고 사는 일.

201. 題保閒堂 _{庚午}   보한당에 쓰다(경오년)

生世身閒旣不易	세상에 나서 한가롭기란 쉽지 않지만
得閒能保固應難	얻은 한가로움을 보존키도 진실로 어렵네.
松江我亦專閒趣	송강 나 역시 오로지 한가로움에 뜻이 있어
野水閒雲伴釣竿	들물과 한가로운 구름에 낚싯대 벗한다네.

202. 次水月亭韻 _{曾爲鄭渫記亭詩有懸板 二首}   수월정 운에 차하다
(일찍이 정접을 위하여 亭에 기하였고 시도 현판에 있음. 2수)

浮世功名五十年	덧없는 세상 功名에 50년을 지내다가
歸來四壁客無氈	돌아오니 네 벽뿐이라 손님께 줄 담요조차 없네.
惟有松風與杉月	오직 솔바람과 삼나무달이 있어
取之應不費文錢	취하여도 응당 돈이 들지 않으리라.

1. 無氈: 杜甫의 〈戱簡鄭廣文兼呈蘇司業〉 시에 鄭虔의 빈한한 생활을 형용하여 "제명을 삼십 년 동안 떨쳤건만 찾아온 손님은 추위를 덮을 담요조차도 없어라.(名三十年 坐客寒無氈)"라 하였다.

203.

烟霞深鎖岳陽天	烟霞에 깊이 잠긴 악양의 하늘은
正以鴻濛未判前	꼭 홍몽이 판명되기 전과 같아라.
分明方丈神仙子	분명히 방장산의 신선께서
隔斷漁樵晉客船	漁樵한는 晉客의 배를 막으셨으리.

1. 鴻濛: 천지 자연의 원기. 혹은 천지개벽 이전을 이름.
2. 晉客: 도연명의 桃花源記에 晉나라 어부가 무릉도원을 찾았다는 고사에서 인용.

3부

五言律詩

(41수)

1. 次息影亭韻　　식영정 운에 차하다

幽人如避世	幽人이 세상을 피하여
山頂起孤亭	山頂에 외론 정자를 세웠고야.
進退朝看易	아침엔 易을 보아 진퇴를 정하고
陰晴夜見星	저녁엔 별을 보아 陰晴을 아네.
苔紋上古壁	이끼 무늬는 해묵은 벽을 오르고
松子落空庭	솔방울은 빈 뜰에 떨어지네.
隣有携琴客	이웃에 거문고 가진 객이 있어
時時叩竹扃	때때로 대사립을 두둘기나니.

2. 風樹亭　　풍수정

水國連朝雨	水國엔 아침마다 비 오고
山村盡日風	山村엔 온종일 바람 부네.
落花香片片	떨어진 꽃은 조각조각 향기로운데
飛絮雪濛濛	버들개지는 눈처럼 푸슬푸슬.
節序春將盡	節序는 봄도 다하려는데
功名夢亦空	공명은 꿈에서도 없나니
何人是我友	어떤 이가 바로 내 벗인고 하면
漁戶兩三翁	고기 낚는 두셋 늙은이라네.

1. 節序: 절기의 차례.
2. 飛絮: 바람에 날리는 버들개지.

3. 次老杜韻　　늙은 두보의 운에 차하다

霽月光初滿	갠 날의 달빛은 가득도 하련만
頑雲撥不開	잔뜩 낀 구름은 헤쳐도 걷히지 않네.
今宵好風景	오늘밤 풍경 좋으니
何處有亭臺	어느 곳에 누대 있는고.
盛會難頻得	성한 모임이 자주 있는 게 아니니
佳辰不再來	좋은 날도 다시 오진 않으리.
如何老杜句	어찌하여 老杜의 구절은
一詠一回哀	한 번 읊으면 한 번 슬플까.

1. 撥: 덜 발.

4. 江村醉後戲作　　강촌에서 취한 후에 짓다

此日先生醉	오늘 내가 취하여
狂奔暮水濱	미친 듯 저물녘 물가로 달리느니
應同浮海志	응당 바다에 떠갈 뜻이지
不比赴湘人	굴원에 비하자는 건 아니네.
籌妾攀衣泣	아내는 옷 당기며 울고
篙師倚棹嗔	뱃사공은 노 기대어 화를 내나니

悠然發長嘯　　유연히 긴 휘파람 불어서

萬里振蒼旻　　만리 창공에 떨치우네.

1. 先生은 자신에 대한 자칭.
2. 浮海: 『논어』의 '도가 행해지지 않으면 뗏목을 타고 바다에 떠가리라(道不行 乘桴浮
   于海)'를 들어 비유한 것임.
3. 赴湘人: 楚나라 굴원이 소상강 멱라에 빠져 죽었음으로 이름.
4. 篙師: 뱃사공

5. 春日與二三子會酌　　봄날 두세 제자와 모여 마시다

五十年前事　　오십 년 전에 일들일랑

蒼茫醉後天　　취후의 아득한 하늘일레.

春花洛城滿　　봄꽃은 洛陽城에 가득하고

雪水石崖懸　　눈 녹은 물은 돌 비탈에 걸리었네.

莫恨靑樽臥　　술잔이 누었다 한하지 마시길

方酣白日眠　　바야흐로 낮잠이 무르익었나니.

殷勤二三子　　은근한 두세 제자들

何處可終焉　　어느 곳에서 몸을 마치일까.

6. 挽李僉正克綱　　이첨정(극강)의 만사

義以同源重　　의는 근원 같아 중하여지고

情緣數見親　　정은 자주 보아 친하였나니

南湖一分手　　南湖에서 손잡고 헤어진 후
良覿杳無因　　아득하여 좋이 뵐 인연 없었네.
幽問胡爲遽　　저승길 어찌 그리 갑자스런고
浮生摠不眞　　덧없는 생 모두 참이 아닐지니
百年雙谷宅　　백년이라 쌍곡의 유택에
回首益沾巾　　머리 돌리면 옷깃에 눈물 더할 뿐.

　　1. 幽問: 訃音

7. 用鄭文晦韻贈李延祚　　정문회의 운을 사용하여 이연조에게 주다

今日爾曹困　　오늘날 너희들이 곤해 있으니
何年天綱開　　어느 해에 천망이 열리이요.
楚萍須遇聖　　楚萍도 모름지기 공자를 만났고
豊劒會逢雷　　豊劒도 마침 뇌환을 만났느니
淬賤聊安命　　미천해도 오로지 命에 편안하여
行藏且付杯　　행장일랑 다만 술잔에 맡기고서
松山與竹塢　　솔 산과 대나무 언덕 더불어
暮齒共徘徊　　늘그막에 함께 노니려나.

　　1. 天網: 하늘이 악인을 잡는 그물을 비유. 노자의 『도덕경』에 "하늘의 그물은 넓고
　　　넓어서 성글지만 놓치지 않는다(天網恢恢疎而不漏)."라 하였다.
　　2. 楚萍: 楚昭王이 강을 건너다 말[斗]만한 萍實(水果의 일종)을 얻었는데 공자에게
　　　물으니 '覇者가 얻는 것'이라 하였다.
　　3. 豊劒: 豊城縣의 보검으로 龍泉劒, 太阿劒이 묻혀 있었는데 雷煥이 紫氣가 있음을

180

보고 발굴했다.

8. 次壽翁韻   수옹의 운에 차하다

世事那堪說	세상일을 어찌 말하리
他鄕亦可留	타향에서도 또한 살 수 있나니
捲簾看月色	발 걷어 달빛을 보고
倚枕聽溪流	베개에 기대어 시냇물 소리도 듣노라.
病眼濛濛霧	병든 눈엔 흐릿흐릿 안개가 끼고
霜毛箇箇秋	센 머리엔 히끗히끗 가을이네.
歸心逐波浪	돌아갈 맘만 물을 좇아
日向漢江頭	날마다 한강가로 가나니이다.

9. 追次洪太古韻奉別金學士信元   홍태고의 운에 추차하여 김학사(신원)와 봉별하다

北郭眞如夢	北郭은 참으로 꿈과 같나니
東城又隔年	東城에서 또 한 해를 보내네.
浮生今已矣	덧없는 생도 이제 다했나니
老淚獨潛然	늙은이 홀로 눈물에 잠겼네라.
天上修仙籙	천상에선 仙籙을 고치려니
人間了俗緣	인간의 속연일랑 다했고나.

181

荷衣與蕙帶　　荷衣에 蕙帶랑 하고서
來去駱山巓　　낙산 꼭대기로 가리이꼬.

1. 仙錄: 선계에 있는 신선들의 인명 장부 혹은 신선의 비결이 담긴 책.
2. 荷衣: 연잎으로 만들었다는 옷이고 蕙帶는 蕙草로 만든 띠로 다 신선이 입는 옷이다.
　또는 고결한 사람이나 은자의 옷.

10. 金沙寺　　금사사

十日金沙寺　　십일을 금사사에서 지내니
三秋故國心　　나라 걱정에 삼년을 지낸 듯.
夜潮分爽氣　　밤 밀물은 시원한 기운을 나누고
歸鴈有哀音　　돌아가는 기러기는 슬피 우니네.
虜在頻看劍　　오랑캐 남아 있어 자주 칼을 보나니
人亡欲斷琴　　知音이 죽음에 거문고 줄 끊고 싶어라.
(自註指高而順)　　(고이순을 가리킴.)
平生出師表　　평생에 읽은 출사표를
臨亂更長吟　　난리에 임하여 다시금 길게 읊나니.

1. 斷琴: 춘추 시대 楚나라 사람 鍾子期가 伯牙의 거문고 소리를 잘 이해하였는데, 그가
　죽자 백아가 거문고 줄을 끊고 종신토록 연주하지 않았다는 고사로서 知己를 잃은
　슬픔을 말한 것임.
2. 出師表: 촉한의 제갈량이 魏나라를 치려고 출병할 때 後主 劉禪에게 올린 글.

11. 次肅寧寓酒母家　　숙녕에 가서 주모의 집에 우거하다

客裏還遙酒	나그네 생활 속에도 도리어 술을 만나니
床頭萬瓮雲	床머리 만 항아리에 좋은 술 있네.
飜思吏部飮	吏部에서 술 마시던 일 생각나니
欲作孔融樽	공융의 술잔을 만들고 싶구나.
久雨苔侵席	오랜 비에 이끼는 자리를 침노하고
微風柳映門	미풍에 버들 그림자 문에 어른거리는데
幽懷誰與說	그윽한 회포랑 누구와 이야기 하리요,
隣舍兩三君	이웃집에 두셋 친구랑!

1. 雲: 盛多의 뜻으로 진하고 맛있는 술[濃酒]의 비유. 소동파 시에 "自撥床頭一甕雲"이
   있고, 임억령의 시에 "湖上新醪一瓷雲"이 있다.
2. 飜思: 돌이켜 생각하다.
3. 吏部: 중앙 관청의 하나. 문관의 任免, 勳階 등에 관한 사무를 맡음.
4. 孔融: 후한의 학자. 漢室을 구하고자 했으나 성공 못 하고, 누차 조조를 간하다가
   미움을 사서 피살되었음. 공융이 일찍이 간신을 제거하고자 사람들을 모아서 잔치
   를 열어 의논하였는데 그때의 술잔을 비유하여 이름.

12. 挽人 二首　　벗의 만사 2수

絶塞頻傳札	먼 변방에선 자주 편지하였고
江都共攀杯	江都에선 함께 술 들었지.
亂離空涕淚	난리 속에 헛되이 눈물 흘리고
岐路且徘徊	기로에서 또다시 배회하였네.
不謂纔旬月	뜻밖에 겨우 한 달 새에
居然隔夜臺	문득 저승으로 나뉠 줄이야.
蒼茫廣石里	아슬한 廣石里여

何處寄餘哀　　어느 곳에 이 남은 슬픔 부치올까.

1. 不謂: ~줄 몰랐다(~여기지 않다), 생각을 못하다.
2. 旬月: 만 1개월.
3. 夜臺: 墓穴.
4. 居然: 문득, 도리어 혹은 편안한 모양.

13.

城闕今灰燼　　성궐은 이제 재만 남았고
名園已草萊　　이름난 동산도 풀뿐이네.
當時翠松下　　당시의 푸른 소나무 아랜
無復縞衣來　　학이 다시 아니 오네.
屋掛三更月　　집 위엔 三更의 달이 걸리고
臺餘一樹梅　　臺엔 한 그루 매화만 남았나니
傷心石溪水　　마음 상케 하는 돌 시냇물만이
依舊綠如苔　　여전히 이끼처럼 부르고나.

1. 縞衣: 희고 고운 명주 옷. 여기서는 학의 비유.

14. 次西坰燕山途中韻　　서경의 연산 도중의 운에 차하다

地盡幽燕界　　幽燕의 경계에서 땅은 다하고
天廻斗極春　　하늘엔 북극성의 봄이 돌아오네.
玉階頒鳳曆　　玉階에선 달력을 나누어 주고
瓊閣起鷄人　　瓊閣에는 鷄人이 일어났네.

正覺羣陰釋	정녕 뭇 그늘을 풀림을 깨닫고
方看一氣新	바야흐로 한 기운 새로움을 보나니
君恩與帝力	임금의 은혜와 상제의 도움에
涕淚滿衣巾	눈물이 옷자락에 가득하여이다.

1. 玉階: 대궐 안의 섬돌.
2. 鳳曆: 달력. 봉황은 天時를 안다 하므로 이름.
3. 鷄人: 官名으로 새벽에 百官을 불러서 깨우는 직임.

〈속 집〉

15. **次壽翁韻** 柳順善號, 丁亥至月閉關日, 蟄菴居士拜, 以下亂前作 三首

수옹의 운에 차하다(유순선의 호. 정해 동짓달 閉關日에 칩암거사라 拜
함. 이하는 亂前의 작임. 3수)

萬里秦城客	만리 밖 秦城의 나그네
三年楚郡留	삼년이나 楚郡에 머물렀네.
美人天共遠	미인은 하늘과 함께 멀고
徂歲水同流	세월은 물과 함께 흘러가나니
夢斷麒麟閣	기린각의 꿈은 깨어지고
吟悲蟋蟀秋	귀뚜라미는 가을을 슬피 우네.
防身一長劍	몸을 지키는 긴 칼 하나에
世事入搔頭	세상일엔 머리만 긁나니.

1. 麒麟閣: 漢宣帝가 功臣像을 그려서 기린각에 걸었는데 모두 12인이었다. 곧 공신이
   됨을 이름.

16.

行藏聊守拙	행장은 오로지 담박함을 지키고
勳業謝封留	훈업은 留侯로 봉한 것 감사하나니
暫得仙家法	잠시나마 선가의 법을 얻어서
猶爲靜者流	오히려 靜者의 流가 되었네.
壺中玩日月	壺中에 해와 달을 감상하며
象外度春秋	物象 밖으로 봄 가을을 보내네.
不用牛山客	우산의 나그네랑 되지 말기를
閒愁白盡頭	괜한 시름으로 머리만 하얗게 세리니.

1. 守拙: 拙樸함을 지킴. 처세에 옹졸한 줄 알면서도 그 옹졸함을 고치지 않고 지금
   처해 있는 分福에만 만족함.
2. 封留: 漢나라 장랑이 삼만 호의 侯를 사양하고 留侯로 봉해 줄 것을 자원하였다.
3. 靜者流: 청정한 도를 깊이 터득하여 세상에 초연한 사람으로, 보통 隱士나 승려를
   가리킨다. 『呂氏春秋』의 審分에 "도를 얻은 자는 반드시 고요하게 되고, 고요하게
   되면 알음알이를 내지 않는다.[得道者必靜 靜者無知]"라 하였다.
4. 壺中: 신선 장신이 항상 병 하나를 허리에 달고 다니는데 천지로 화해서 그 가운데
   해와 달이 있고 밤이면 그 안에서 잤다 하였음.
5. 牛山: 晏子春秋에 제경공이 牛山에 노닐다가 낙조를 보고 눈물을 흘렸다 한다.

17.

未挽龐公去	떠나는 방덕공을 만류치 못했나니
誰令孔父留	그 누가 공소부인들 머물게 하리.

一花元並蔕	한 송이 꽃은 원래 그 꼭지와 어울리지만
萬水不同流	만 가닥 물은 그 흐름 같지 않네.
斬竹仍開舍	대나무 베어내어 집을 짓고
燒畬且待秋	묵은 밭 일으켜 가을을 기다리느니
於良亦足矣	아 이만해도 기쁘고 족하지 않은가,
白玉久簪頭	白玉簪이야 오래도록 꽂아보았나니.

1. 龐公: 龐德公은 東漢사람으로 일찍이 峴山의 남쪽에 살고 城市에 들어오지 않았으며, 劉表가 자주 청했으나 굴하지 않고 처자를 거느리고 鹿門山에 올라가서 採藥不返 하였음.
2. 孔父: 孔巢父. 이백과 더불어 竹溪六逸의 한 사람으로 벼슬을 사하고 돌아가 숨어 살았음.
3. 화사(燒畬): 산의 풀을 불살라 개간한 火田.
4. 白玉簪: 벼슬살이를 상징. 杜甫의 〈樓上〉이라는 五言律詩 첫머리에 "천지간에 부질없이 머리만 긁적이며, 백옥의 비녀를 자꾸만 뽑는구려.[天地空搔首 頻抽白玉簪]"라는 하였다.

18. 又次壽翁韻   또 수옹의 운에 차하다

別鶴招難至	갔던 학은 불러도 이르지 않고
眞仙去不留	신선은 떠나서 머물지 않네.
戀君雙鬢髮	님 그리워 두 귀밑은 하얀데
歸海衆川流	바다로 돌아가니 뭇 내가 흐르네야.
蓮燭鸞坡夜	한림원의 밤에 金蓮燭 밝히고서
銀船鳳沼秋	중서성의 가을엔 은술잔 들었건만,
病來慵轉甚	병들에선 게으름 더욱 심해져

一月不搔頭 　한 달을 머리도 빗지 않았네야.

右自述 (우는 자술)

1. 蓮燭: 金蓮燭. 당나라 영호도가 한림승지로 있을 때 궁중에서 夜對하다 촛불이 다되니 帝는 금련촉을 내려주었다고 한다.
2. 鸞坡: 한림학사를 이름. 당나라 덕종이 翰林學士院을 金鸞坡로 옮겼기 때문.
3. 鳳沼: 鳳凰池를 이름. 中書省을 지칭한 것임. 혹은 대궐 안에 못.
4. 銀船: 술그릇을 이름. 백거이의 시에 '銀船酌慢巡'이 있음.

19.

海國人長病 　바닷가 사람은 오래도록 병을 앓고

峰菴樹獨留 　산봉우리 암자엔 나무만 홀로 남았네.

全家七十口 　온 집안 일흔 식구

一日東西流 　하루아침에 동서로 流離되다니.

無食敢求飽 　먹지 못하니 어찌 배 부르며

無衣常畏秋 　입지 못하니 늘 가을이 두려워.

隨身有舊犬 　나를 따르는 옛날의 개가 있어

愁恨對垂頭 　머리 드리우고 마주앉아 시름하나니.

右歎兄(우는 형을 한탄함)

20. 次息影亭韻 　식영정 운에 차하다

秋山落葉滿 　가을 산에 낙엽은 가득한데

何處問君亭 　그대의 정자를 어디서 물을꼬.

一水低殘月	물 위엔 쇠잔한 달이 나직하고
中天耿小星	중천엔 작은 별이 이네.
蟲音滿幽室	벌레소리는 깊숙한 방에 가득한데
樹影散空庭	나무 그림자는 빈 뜰에 흩어졌네.
時復攬衣出	때로 다시 옷자락 걷고 나와서
手開巖畔扃	손수 巖畔에 빗장을 여나니.

21. 次洪太古迪寄韻 號荷衣官舍人   홍태고(적)가 부쳐준 운에 차하다
(호는 하의, 벼슬은 사인)

蓬山舊儔侶	봉산의 옛 친구가
千里寄書音	천리 밖에서 글월을 보내왔네.
霄漢仙蹤杳	하늘의 신선 자취는 아득도 한데
江湖酒病深	江湖에서 酒病만 심해졌네.
鵷行隨玉輦	원행으로 玉輦도 따랐고
鵝隊傍山陰	거위 떼의 산음에도 접했더니
回首十年事	돌이켜보면 십 년 전의 일
茫茫傷客心	아득아득 나그네 마음만 상하네라.

1. 霄漢: 하늘
2. 鵷行: 조정에 늘어선 관리의 행렬.
3. 山陰鵝隊: 왕희지가 거위를 좋아하여 산음에 도사가 좋은 거위를 기르고 있음을
   알고 찾아가 사려하니 도덕경을 써주면 전부 주겠다 함으로 半日에 다 써주고 채롱
   에 담아 가지고 왔다 한다.

22. 寄智堂上人 二首　　지당 상인에게 부치다 2수

愁多鬢映雪	시름 많아 귀밑에 눈이 비치고
病久眼生雲	병이 오래어 눈에 구름이 생기네.
舊醉迷千日	옛 취하던 일 천일이나 희미하고
新詩減十分	새로 시 지으면 흥이야 십분 감소했네.
閉門生太拙	문 닫고 사니 너무 적막하고
浮海志徒勤	바다에 떠갈 뜻만 간절할 뿐.
憔悴玉川子	초췌한 옥천자여
風塵長憶君	風塵에 길이 그대를 생각하나니.

23.

山下飛疎雨	산 밑에 성근 비 나리우고
山中多白雲	산 중엔 흰 구름 많나니
一重人不到	거듭 찾아오는 이도 없는데
千里路還分	천리 길이 다시 나눠지네.
學道正如此	도를 배움이 꼭 이와 같으련만
求詩何太勤	시 구하는 건 어찌 그리 부지런한고.
歸掩石頭室	돌아가 石頭室 닫고 있으면
他年吾訪君	다른 해에 내가 그대를 찾아가리라.

1. 一重: 다시 한번, 거듭.
2. 石頭室: 석두화상의 방. 석두화상이 세상에 나갔다가 다시 돌아와 문 닫고 수도하였다 함.

24. 挽柳深甫　　유심보의 만사

獨許非常調	홀로 비상한 음조를 지녔거니
渾疑異色人	정녕 남 다른 이였네.
詼諧雖應俗	익살이야 비록 俗世에 따르지라도
氣岸肯同塵	기개야 감히 塵世와 같으리요.
縱飮仍添病	술 실컷 마시어 병을 더하고
傷兒竟隕身	아이 잃은 슬픔에 끝내 몸을 망쳤나니
東風吹旅櫬	동풍이 객지의 상여를 불어주어
萬里落南瀕	만리 남쪽 물가에 떨어지네.

1. 渾疑: 온통 그렇게 여겨지다.
2. 氣岸: 의기. 기개.
3. 落南瀕: 水路를 통해서 旅櫬(객지의 상여)을 落鄕시킴을 이름.

25. 次瀟灑園韻 二首　　소쇄원 운에 차하다.

林壑隱雲表	林壑이 구름 너머에 있어
生君道者心	그대의 道心을 생기게 했네.
風松送靈籟	솔바람은 신령한 소리를 보내 주고
月竹散淸陰	달빛의 대나무는 맑은 그늘을 흩뿌리네.
爰以淺深酒	이에 얕고 깊은 술로
遂成長短吟	마침내 길고 짧은 吟詠을 이루네.
山人豈無友	산인이 어찌 벗이 없으리

時下兩三禽　　때때로 두세 마리 새가 나려오나니.

26.

耿介高蹤客　　지조 있는 고상한 선비가
山中獨掩扉　　산중에 홀로 사립문 닫았나니
水因靑嶂合　　물은 푸른 산봉우리와 어울리고
籬以紫藤圍　　울타린 자줏빛 등넝쿨이 둘렀구나.
非是隱淪志　　숨어 살자는 뜻은 아니지만
自然車馬稀　　車馬가 자연히 줄었나니
此間有眞樂　　이 사이 참된 낙이 있어
幽事未全微　　幽事가 아주 적은 건 아니라네.

　　1. 耿介: 지조가 굳어 변하지 아니하는 모양. 혹은 덕이 빛나고 큰 모양.
　　2. 高蹤: 고상한 행적.

27. 贈梧陰　　오음에게 주다

一別年應換　　한번 이별 후 해 바뀌었더니
三年路益迷　　삼 년이라 길 더욱 희미하네.
客心春鴈北　　객의 마음은 봄 기러기 북쪽에 있고
歸夢漢江西　　돌아갈 꿈은 한강의 서로 가네.
黃閣多新面　　황각엔 새 얼굴 많고
靑山有舊棲　　청산엔 옛 집이 있나니

寧同問津叟   차라리 나루 묻는 늙은이처럼

長與白鷗兮   길이 흰 갈매기와 더불었으면.

1. 黃閣: 재상의 관서.
2. 寧同: 차라리 ~처럼, ~같이.
3. 問津: 도연명의 〈桃花源記〉에 "武陵에 사는 어떤 어부가 桃花源에 갔다가 나와서 그 고을 태수에게 말했는데 태수가 사람을 시켜서 찾아보게 하였으나 길을 찾지 못하였다. 高士 劉子驥라는 사람이 그 말을 듣고 직접 찾아 나섰다가 결국은 찾지 못하고 병들어 죽었다. 그 뒤로는 나루를 묻는 자[問津者]가 없었다." 즉 問津이란 세속을 떠나 이상향으로 가고 싶음을 뜻한다.

28. 自江南還石堡戊子   강남에서 석보로 돌아오다(무자)

免作江南鬼   강남의 혼을 면했더니

還爲石底龜   도리어 돌 밑에 거북이 되었네.

曉朝輸噓息   이른 아침을 噓息으로 보내거니

天地入期頤   천지도 백세에 들었네.

夢幻看人事   인간사를 夢幻인양 보고

行藏付酒巵   행장이야 술잔에 맡겼느니

溪橋舊白髮   溪橋의 오랜 늙은이

髣髴二天詩   두 하늘이 있다는 시와 비슷하구나.

1. 噓息: 日氣를 먹는 것.『淮南子』에 "거북이 해 기운을 먹고서 장수를 하는 까닭에 양생하는 이들이 햇빛을 먹으며 본받고자 하였다.(龜噓日氣而壽 故養生者服日華 所以效之)" 퇴계의 시에 "身似靈龜能噓息 心如寒水正恬波"라는 구절이 있다.
2. 期頤: 百歲를 뜻하는데, 전하는 천수를 누리는 것을 이름.『禮記』曲禮上에 "백 년은 인간이 살 수 있는 최고의 수명이니, 자손들은 최대한으로 봉양을 해야 마땅하다.[百年曰期頤]"라는 말에서 나온 것이다. 여기에 '入期頤'란 한 평생을 거의 다 살

았다는 뜻.

3. 二天: 남의 특별한 은혜를 하늘에 비겨 이른 말. 後漢 順帝 때 蘇章이 冀州刺史로
부임했을 적에 '옛 친구가 그의 관할 구역인 淸河의 太守로 있으면서 불법적으로
부정행위를 범한 사실'을 적발하고는 그 친구를 불러 술을 같이 마시면서 화기애애
하게 옛날의 우정을 서로 나누었다. 그 친구가 은혜에 고마워하며 "사람들은 모두
하나의 하늘을 가지고 있지만 나은 유독 두 개의 하늘을 가지고 있다.[人皆有一天
我獨有二天]"고 하자, 소장이 "오늘 저녁에 내가 자연인으로서 옛 친구를 만나 술을
마시는 것은 私恩이요, 내일 기주 자사로서 사건을 처리하는 것은 公法이다." 하고
는 마침내 그의 죄를 바로잡아 처벌하였다고 한다. 이 시에서는 술 세계와 실제
세계로 二天이 있음을 비유한 것이다.

29. 次東關韻奉贈西止翁鄭仁源西遊庚寅   동관 운에 차하여
사지옹(정인원)의 西遊에 차하다(경인)

春回山木變	봄이 돌아오니 산에 나무도 변하고
雪盡谷流添	눈이 다하여 골짝 물도 불었네.
別苦杯心凸	이별의 괴로움에 술잔은 우북하고
詩豪筆穎尖	시는 호방하여 붓끝이 날카롭네.
羈愁集白首	객지 시름은 흰머리에 모이고
靈籟自蒼髥	신령한 소리는 소나무에 울리나니
醉犯金吾禁	취하여 금오위의 금지를 범할지라도
君嫌我不嫌	그대는 꺼리나 나는 아니 꺼린다오.

  1. 蒼髥: 소나무의 異名.
  2. 金吾: 金吾衛를 말함. 통행금지 위반자를 다스렸음.

194

30. 挽具修撰 忭,時爲太常正　　구수찬의 만사(이름은 변, 당시 태상정이
되었음)

苦行人皆識　　고행은 사람들이 모두들 알았지만

高懷世莫知　　높은 회포는 세상이 몰랐네.

一官多物議　　한 벼슬에도 物議가 많아서

百里久棲遲　　백리 고을에 오래도록 머물렀다네.

舊業尋湖甸　　옛 업이라 호남을 찾아와

殘生寄酒巵　　남은 생을 술잔에 부치었더니

傷心太常篆　　마음 상케 하는 태상의 篆字

春草洛西碑　　봄 풀 속 洛西의 비석에 있고나.

　1. 物議: 세상 사람의 평판 혹은 세상 사람의 비난.
　2. 百里: 사방 백 리의 땅. 여기서는 守令의 이칭으로 쓴 것임.
　3. 棲遲: 은퇴하여 삶. 遊息.
　4. 太常正: 奉常寺에서 제사와 諡號의 의정에 관한 사항을 관장한 堂下官으로 정3품이
　　다.

31. 追次洪太古韻, 奉贈一壑金學士 信元, 壬辰秋, 以下亂後作　　홍
태고의 운에 차하여 일학 김학사에게 봉증하다(이름은 신원. 임진
가을, 이하는 난후의 작임.)

甚矣吾衰也　　나의 쇠약함 너무 심하니

頭霜眼亦花　　서리 앉은 머리에 눈에도 꽃이 피었네.

露從今夜下　　서리는 오늘 밤을 따라 내리고

月向故園斜　　달은 고향을 향해 비끼었네.

匹馬黃牛峽　　필마는 황우협을 달리고

孤舟碧海涯　　외론 배는 푸른 바닷가로 가나니

那堪喪亂際　　어찌 견디리 이 난리 중에

更此別懷加　　다시 이별의 회포마저 더하다니.

1. 眼花: 老眼이 와서 눈에 불똥 같은 것이 어른어른하는 것.

32. 送副使金公瓚先下湖南視師時在江都　　부사 김공(찬)을 보
내어 먼저 호남으로 내려가서 視師하게 하다(이때 강도에 있었다.)

始識諸君飮　　비로소 그대들의 술 마심을 알겠거니

聊寬此日愁　　애오라지 오늘의 슬픔을 풀자는 것이지.

亂離雙白鬢　　난리 중에 양 귀밑머리 하얘졌느니

滄海一孤舟　　외론 배 한 척에 몸을 싣네.

絶塞君王遠　　변방에 임금님은 멀고

危途歲月流　　위태로운 길에 세월만 흐르거니

隋家賀若弼　　수나라의 하약필처럼 적을 멸하고

歸詠錦江樓　　금강루로 돌아와 시나 읊조렸으면.

1. 視師: 군대를 시찰함.
2. 賀若弼: 수나라 文帝 때에 吳州摠管이 되어 대군을 거느리고 강을 건너 陳나라의
金陵을 취하고 陳나라를 멸하였음. 그는 칼을 집고 강물을 건너면서 "해를 가린 구
름을 쓸고서야 돌아오리라."라고 맹세하였다 한다.

196

33. 客夜惜別　　나그네 밤의 석별

我豈輕離別	내 어찌 이별을 가벼이 여기려만
人無惜去留	사람들은 가고 옮을 애석치 않네.
渾疑竊屨客	신 훔치는 이로 의심하는데
敢借代言牛	감히 말을 대신할 소를 빌리올까.
夜雪迷長道	밤에 눈 내리어 먼 길은 희미하고
江冰閣小舟	강은 얼어 작은 배를 멈추게 했나니
干戈死生際	난리라 죽고 사는 이때에
獨立萬端憂	홀로 서서 만 가지를 근심하여이다.

1. 閣: 멈추다.(擱)
2. 竊屨:『맹자』진심편에 '신이 없어지자 혹자가 맹자의 제자들을 좀도둑으로 의심하였다." 근거 없는 의심을 뜻함.
3. 代言牛: 할 말을 대신한 소. 함흥차사가 父情을 일깨우기 위해 소와 송아지를 몰고 함흥으로 갔음. 소는 父子之情의 말을 대신한 것임.

34. 奉從事二妙　　나를 따르는 두 소년에게 주다

從事諸從事	종사여 여러 종사여
長歌痛哭年	길게 노래하는 통곡의 해로세.
君王杳沙塞	임금님은 아득히 변방에 계시고
宗社委腥羶	종묘사직은 추하게 버려져 있네.
已有平戎策	이제야 오랑캐 평정할 계획 있어
方開動樂船	바야흐로 풍악 울리며 배 움직이나니

何人是元結　　그 누가 바로 원결인가

欲乞中興篇　　중흥의 글 한 편 얻고 싶나니.

1. 從事: 모시고 섬기, 혹은 刺史의 속관.
2. 元結: 당나라 天寶새대 사람으로 大唐中興頌을 지었다.

35. 失題 二首　　실제 2수

恩波流浩蕩　　은혜로운 물결 널리널리 흘러서

品彙更昌亨　　모든 것이 다시금 창성하리니.

玉輦當春省　　玉輦은 봄을 맞아 백성을 살피고

靈泉應世淸　　靈泉은 세상이 응해 맑아졌네.

乾坤開泰運　　천지엔 태평의 운이 열리고

日月繼离明　　일월은 태자에 이어졌음에

板上題詩賀　　판자 위에서 시를 지어 하례하느니

榮陞古郡名　　옛 고을의 이름이 영예롭게 오르리라.

1. 离明: 군왕의 명철함 혹은 태자의 등극(세습)을 뜻함. 离자는 離자와 같다.『주역』
離卦 象傳에 "밝음이 둘인 것이 離이니, 대인이 이를 보고서 밝음을 이어 사방을
비춘다.(明兩作離 大人以繼明 照于四方)" 하였다. 또 說卦傳에 이르기를, "이는 불
이 되고 해가 된다.(离爲火爲日)"라 하였다.

36.

我臥淹漳疾　　나는 병 들어 누었는데

君收截海翰　　그대는 바다 가른 서한을 받았네.

百年聊此日　　백년에 오로지 이 날

萬事苦無歡　　만사가 모두 기쁘지 않거니

壯志頻看劒　　장한 뜻에 자주 칼을 보며

淸尊獨倚欄　　술 마시고 홀로 난간에 기대었나니

待他王子起　　王子陽 일어서는 날 기다려서

竊效貢公彈　　貢公의 彈冠을 본받으련다.

1. 彈冠: 손가락으로 갓의 먼지를 턺. 전하여 벼슬에 나아갈 준비를 함.
2. 西漢의 王吉이 관직에 임명되자 친구 貢禹도 덩달아 갓의 먼지를 털고 벼슬길에 나설 준비를 했다고 한다.『漢書』에 "王陽在位 貢公彈冠"라 하였다. 王陽은 王子陽 (字)의 준말이다.
3. 竊效: 가만히

37. 宣川次壁上韻　　선천에서 벽상의 운에 차하다

何處蓬山客　　어느 곳인가 봉산의 나그네

乘槎海上過　　뗏목 타고서 바다 위를 지나느니

詩爲無盡藏　　시는 무진장 읊었고

酒是大方家　　술도 대방가이네.

雨後靑天遠　　비 온 뒤 청천은 멀고

愁來白髮多　　시름으로 백발은 더욱 많네.

那堪舍人頂　　어찌 견딜꼬 舍人峯의 꼭대기서

獨立望京華　　홀로 서서 서울을 바라는 마음.

1. 大方家: 세상의 賢人. 江湖의 군자. 識者.

38. 愛蓮堂 在平壤懸板尙在　　애련당(평양에서 지은 것인데 현판이 지금 도 있음.)

曾爲關外使	일찍이 관문 밖에 사신 되어
飛步上池堂	나는 걸음으로 池堂에 올랐거니
五月芙蕖滿	五月이라 연꽃이 가득하여
三更枕席香	三更의 침석까지 향기로웠네.
隔年仙夢斷	격년 사이 仙夢도 깨어지고
重到客襟凉	다시 오니 객의 마음 처량해라.
曾把如船葉	마침 배와 같은 잎을 지고서
留連酌玉漿	옥장을 부어 마시며 묵어가네.

　1. 玉漿: 신선의 음료수로 여기서는 좋은 술을 말한 것임.

39. 失題　　실제

不信最奇絶	최고의 절경이라 믿지 않았더니
及來心轉淸	와서 보니 마음 더욱 맑아지네.
泉爲玉溜出	샘은 옥방울 되어 솟고
山作石屛橫	산은 돌병풍 되어 둘렀네.
縱被浮名縛	비록 뜬 이름에 얽혔다지만
猶能勝地行	오히려 좋은 곳에 다닐 수 있네.
無由永今夕	이 밤 길게 늘릴 길 없어
策馬問前程	말 채찍 하여 앞길을 묻는다.

〈별 집〉

40. 遊南岳聯句   남악에서 놀 때의 연구

衣草人三四	초의 입은 서너 사람
於塵世外遊龜峰	塵世 밖에서 노닐고 (귀봉)
洞深花意懶	골짝인 깊어서 꽃의 뜻 게으르니
山疊水聲幽栗谷	산 첩첩에 물소리 그윽하네. (율곡)
斷嶽盃中畵	끊어진 산악은 잔 속에 그림이요
長風袖裏秋松江	긴 바람은 소매 속에 가을이네. (송강)
白雲巖下起	흰 구름 바위 밑에서 일어나나니
歸路駕靑牛牛溪	돌아가는 길엔 靑牛 타고 가리이꼬. (우계)

41. 霞翁以舊書出示   하옹의 옛 편지를 내어 보이다

三十年前札	삼십 년 전의 편지를 보니
丁寧紙上言	종이 위에 쓰인 말 간곡도 하네.
墨痕新似昨	墨痕은 어제와 같이 새로운데
交義老彌敦	交義는 늙어서 더욱 돈독하네.
未可輸塵蠹	먼지나 벌레에게 줄 게 아니라
端宜示子孫	마땅히 자손에게 보여야지.
親朋滿天地	친한 벗이야 천지에 가득하지만
雲雨手能飜	손 뒤집어 구름 되고 비 된다네.

1. 手能飜: 두보의 '빈교행'에 나오는 말로 '손을 뒤집어 구름을 만들었다가 손을 엎어 비도 만든다.'하였다. 세태에 따라 쉽게 변하는 우정을 말함.

4부

七言律詩

(83수)

1. 送辛君望宣慰使之行   신군망 선위사의 행을 보내다

作客天南歲欲頹	남쪽에 객이 되어 한 해가 저물거니
望鄕無日不登臺	대에 올라 고향을 아니 바란 날 없었네.
前山向夕層陰結	앞산은 저녁 되어 층층이 그늘지고
古木逢秋病葉摧	고목은 가을 되어 병든 잎 꺾이었네.
關路此時分去住	관문 길에서 이제 떠남과 머묾으로 나뉘나니
塞垣何處獨徘徊	변방 어디메서 홀로 배회하려나.
羈心正似霑霜菊	객지 심사 정히 서리 맞은 국화 같나니
節過重陽苦未開	중양절 지났어도 괴로워 아니 피누나.

2. 西湖病中憶栗谷   서호의 병중에 율곡을 그리다

經旬一疾臥江干	병이 들어 열흘이나 강가에 누었더니
天宇淸霜萬木殘	하늘의 맑은 서리에 온갖 나무 이울었네.
秋月迥添江水白	가을 달 멀리 비쳐 강물은 희고
暮雲高幷玉峯寒	저녁 구름 높이 떠 쓸쓸이 玉峯과 어울렸네.
自然感舊頻揮涕	자연히 옛 감회에 자주 눈물 나나니
爲是懷人獨倚闌	그리운 이 생각에 홀로 난간에 기대었네.
霞鶩未應今古異	저녁놀과 따오기는 고금이 다르지 않은데
此來贏得客心酸	이 걸음은 객의 스산한 마음만 얻었고야.

1. 江干: 강가. 江畔. 干 물가 간.
2. 霞鶩: '落霞與孤鶩齊飛' 해질 무렵의 물가 풍경. 落霞는 낮게 뜬 저녁놀, 鶩은 따오기.

3. 次思菴韻　　사암(박순)의 운에 차하다

身如病鶴未歸山　　이 몸은 병든 학되야 산으로 못 가느니
溪老松筠谷老蘭　　시내엔 늙은 松竹이요, 골짝엔 늙은 蘭이라.
漢水秋風愁裏度　　한강수의 가을바람은 근심 속에 지나고
楚雲鄕路夢中漫　　楚雲의 고향 길은 꿈속에서 흩어졌네.
人情閱盡頭全白　　人情이란 모두 겪어서 머리는 전부 희였고
世味嘗來齒更寒　　세상 맛은 맛볼수록 이 다시 시려라.
遠憶松江舊釣侶　　松江에 낚시하던 옛 벗들 멀리 추억하노니
月明搖櫓下前灘　　밝은 달에 노 저어 앞 여울로 내려갔었네.

　1. 楚雲: 초나라 구름. 남방의 구름.

原韻1)　　　원운

琴書顚倒下龍山　　琴書 쥐고 허둥지둥 용산을 내려가느니
一棹蕭然倚木蘭　　노 하나의 쓸쓸한 목란배에 기대었네.
霞帶夕暉紅片片　　놀은 저녁 빛을 띠어 조각조각 붉고
雨增秋浪碧漫漫　　가을 물결은 비 더하여 아실아실 푸르네라.
江蘺葉悴騷人怨　　강리의 잎은 파리하여 시인이 원망하고
水蓼花殘宿鷺寒　　물여뀌꽃은 시들어 잠든 해오라기가 춥구나.
頭白又爲江漢客　　머리 센 이 몸이 또한 江漢의 객이 되어
滿衣霜露泝危灘　　서리 이슬에 젖으며 급한 여울을 올라가네.

---

1)　이 시는 박순의 시 〈自龍山歸漢江舟中口號〉로 『思菴集』과 신흠의 『晴窓軟談』에는 2구
　　가 "一棹飄然倚木蘭"로 되어 있어 약간의 글자 차이를 보인다.

1. 騷人: 굴원이 離騷를 지었기 때문에 시인을 의미함.
2. 蘺: 천궁이리. 江蘺는 천궁이의 다 자란 것.

4. 客中述懷   객중 술회

吾將耄矣幾時退	내 장차 늙어가니 어느 때에 물러날지
才與不才關不關	재주야 있건 없건 관계치 않으리.
毁譽任人心亦定	평판이야 사람에게 내맡겨 마음 정했으나
安危付命淚方乾	안위일랑 命에 부쳐 눈물도 말랐네라.
隻溪峽裏乾坤大	척계의 산협 속엔 천지는 넓고
萬竹林中日月閒	萬竹의 숲 속에 日月은 한가하거니
漁夫牧童相爾汝	어부와 목동과 서로 너나들이 하며
幅巾藜杖且盤桓	폭건에 여장 깊고 오며가며 하여이다.

1. 盤桓: 뜻을 결정하지 못하고 머뭇거리는 모양. 혹은 머뭇거려 멀리 떠나지 아니하는 모양.
2. 幅巾: 머리를 뒤로 싸 덮는, 비단으로 만든 頭巾. 隱士 등이 쓰는 것.
3. 藜杖: 명아주로 대로 만든 지팡이.

5. 西山漫成   서산에서 우연히 읊음

明時自許調元手	밝은 시대라 정승감 자부했더니
晩歲還爲賣炭翁	늘그막에 도리어 숯 파는 늙은이 되었네.
進退有時知有命	進退는 때가 있어 命 있음을 알겠고

是非無適定無窮　　是非는 적합함 없어 끝없이 이어지리.
膏肓未備三年艾　　고향의 병들어도 삼 년 쑥 못 구하고
飄泊難營十畝宮　　방랑의 삶이라 열 이랑 집도 못 갖추었네.
惟是老來能事在　　오직 늙어감에도 능사 있느니
百杯傾盡百憂空　　백잔 술 모두 비워 백 가지 근심을 잊고져.

　1. 膏肓: 심장과 격막 사이의 부분 혹은 고치기 어려운 중한 병.

6. 新院山居寄示習齋 權公名壁 二首 신원에 산거하며 습재에게
부치다(권공의 이름은 벽이다.) 2수

邇來門徑謝鉏荒　　요사인 문 앞길을 다듬지도 않았나니
爲是輪蹄異洛陽　　車馬 잦은 서울과 다르지야.
借問山中半日睡　　묻노니 산중의 반나절 잠이
何如陌上一生忙　　일생 길 위에서 바쁨과 어떠하뇨.
墻根樹密身逃暑　　담 밑엔 나무 짙어 더위 피하고
石竇泉寒齒挾霜　　돌움엔 샘이 시려 이에 서리 낀 듯.
時把桑麻話田父　　때때로 양잠하며 농부와 담소하거니
不知西嶺已頹光　　서산에 이미 해 진 줄도 모르네라.

　1. 邇來: 요사이. 근래.
　2. 謝鉏荒: 황량해진 길을 호미질하기를 사양하다.
　3. 桑麻: 뽕나무와 삼. 전하여 養蠶과 紡績.

208

7.

每憶松江舊業荒	매번 생각건대 송강의 舊業 황량해져
鍛爐中散離山陽	풀무장이 혜강도 산양을 떠났으리라.
消殘物外烟霞想	物外의 자연에 대한 그리움도 사라지고
辦得人間卯酉忙	인간의 벼슬살이에만 바쁘네라.
一歲九遷都夢寐	일년에 아홉 번 옮기던 일 모두 꿈같은데
修門重入幾星霜	대궐에 거듭 들어간 적이 몇 해던고.
春糧更適南州遠	春糧 가지고서 다시 南州로 멀리 가나니
宣政無由覲耿光	선정전의 성덕을 뵈올 길 없어라.

1. 稽中散: 晉나라 사람 혜강이 中散大夫를 사직하고 山陽에 숨어 풀무장이를 하였음.
2. 烟霞想: 노을과 안개에 대한 느낌 곧 산수를 사랑하는 마음. 은거하는 마음.
3. 耿光: 밝은 빛. 聖德의 형용.
4. 卯酉: 옛날 관인은 묘시에 입직하고 유시에 퇴근하였다.
5. 修門: 대궐을 이름.
6. 春糧: 장자 소요유 편에 '適百里者 宿春糧'이 있음. 먼 길을 가기 위해 양식을 찌어서 준비함을 이름.

8. 冬至　　　동지

客裏又逢冬至日	객지에서 또 冬至를 맞아
閉門高臥悄無人	문 닫고 누웠느니 쓸쓸히 사람 없네.
年華忽忽那能駐	세월은 홀홀히 가는데 어찌 멈추이리
燈火悠悠自可親	등불만 유유히 절로 친하여라.
草屋風霜淹土窟	초가의 풍상으로 토굴에 머무나니

玉墀環珮隔楓宸　　환패 울리던 옥 계단의 궁궐은 막혔네라.
羈心正似橫天斗　　나그네 마음이 정히 하늘에 비낀 별과 같아
深夜光芒北照秦　　깊은 밤 북쪽 서울로 비추이네.

　1. 光芒: 광선. 빛.
　2. 高臥: 한가롭게 편안히 누워 있음. 은거함.
　3. 年華: 세월.
　4. 楓宸: 제왕의 궁전. 옛날에 궁중에 단풍나무를 많이 심었으므로 이름.
　5. 秦은 진나라 서울. 서울의 비유.

9. 望洋亭　　　망양정

驚濤擊石怒雷騰　　놀란 물결 돌을 치니 성난 우레 튀겨나고
餘沫吹人骨戰兢　　남은 포말 사람에게 불어 뼈가 부들부들.
刬却玉山飛片片　　玉山 깎아내어 조각조각 날리우고
折來銀柱落層層　　銀柱 찍어내어 층층이 떨어지네.
腥傳海雨魚龍鬪　　비린내가 海雨에 전하니 魚龍이 다투고
光射扶桑日月升　　광채가 扶桑을 쏘니 日月이 오르네야.
行盡關東一千里　　關東의 일천리를 다 다니고
望洋亭上獨來登　　홀로 와서 망양정에 오르나니.

　1. 戰兢: 戰戰兢兢.
　2. 扶桑: 동쪽 바다의 해 돋는 곳에 있다는 神木. 혹은 그곳.

10. 次鎭川板上韻　　진천 판상의 운에 차하다

身如倦馬苦難前	몸은 치친 말과 같아 진정 나아가기 어렵고
心似藏弧不復弦	음은 감쳐진 활 같아 다시 줄 매기 어려워라.
金闕玉樓星象表	금궐 옥루는 별자리 곁이고
棘裏茅屋海雲邊	가시울타리 떳집은 바다구름 근처이네.
關河近臘催春信	관하엔 섣달 가까워 봄소식을 재촉하고
草樹連村起夕烟	초목 잇닿은 촌락에 저녁연기 솟고야
白髮漸多人已老	백발이 점점 많아져 이미 늙었나니
不知何日是歸年	어느 날이 돌아갈 해인지 모를레라.

1. 金闕玉樓: 신선이 사는 곳.

11. 春雪　　봄눈

春陰漠漠結重雲	봄 그늘 아득아득 짙은 구름이 맺혔는데
片片隨風灑更飜	조각조각 바람 따라 뿌렸다 뒤집었다 하네.
柳絮入簾疑有跡	버들개지는 발에 들어 자취 있는 듯한데
梅花落地更無痕	매화꽃은 땅에 떨어져 다시 흔적도 없네.
瓦溝檜頂須臾事	기왓골 화나무 꼭대기에 잠깐 새 일이더니
漁戶江村一半昏	강촌 어부의 집이 반이나 저물었네.
想得武珍山下屋	아마도 저 무진산 아래의 집은
竹裏蕭瑟掩柴門	소슬한 대 울타리에 사립문 닫았으리.

1. 瓦溝: 기와집의 지붕의 낙숫물 통. 기왓골.

12. 次梧陰示韻 二首　　오음이 보여준 운에 차하다

名利場中足是非	名利를 찾는 곳엔 시비 가득하니
百憂叢裏鬢毛稀	백 가지 근심 모두 모여 귀밑머리 성글었네.
何妨犀帶更韋帶	犀帶를 韋帶로 고친들 어떠하며
欲把朱衣換白衣	朱衣를 白衣로 바꾸고도 싶노라.
節序逢春懷杳杳	계절은 봄이 되야 회포 아득아득한데
簾櫳到曉月依依	발 친 창에는 새벽 되어 달빛이 어슬어슬 하고나.
人間何事何人意	인간에 어느 일이 어찌 사람의 뜻이리
草綠江南歸未歸	풀 푸른 강남으로 돌아갈지 못 가려는지.

1. 犀帶: 무소뿔로 장식한 허리띠. 韋帶는 장식이 없는 평민용 가죽띠.
2. 朱衣: 붉은 빛깔의 公服. 또는 붉은 옷을 입는 직위. 白衣는 無位無官의 사람.

13.

五十六年知已非	오십육 년이나 알고 지냄도 이미 글렀나니
長安陌上故人稀	장안의 길 위엔 벗님이 드물어라.
淸官寄信先揮手	淸官이 서신 하면 손 먼저 젓지만
酒客通名欲倒衣	酒客과 이름 통하면 옷도 거꾸로 입고져.
小院草靑誰共踏	작은 뜰의 푸른 풀은 뉘와 함께 밟을지
短檠燈影許相依	짧은 등가의 등잔불 그림자와 서로 의지했네.
春來不厭聞禽語	봄이 와서 새소리 듣는 건 싫지 않지만
只恐啼鵑又喚歸	두견이 울면서 또 돌아가자 부르까 두렵고나.

1. 短檠: 짧은 등잔걸이(燈架).

14. 寒食日待漏出城　한식날 물시계 소리 기다려 성을 벗어 나다

卯年寒食雨淋淋	토끼해의 한식날 비가 주룩주룩
泥水街衢一膝深	거리엔 흙탕물 한 무릎이나 깊었네.
崇禮門前待漏意	숭례문 앞에서 시간을 기다리고
宣仁路上駐車心	선인로 위에서 수레를 멈추었지.
池塘靑草何時歇	연못의 푸른 풀은 언제나 다하려는지
閶闔紅雲不可尋	대궐의 붉은 구름은 찾을 수가 없어라.
惟是戀君心獨在	오로지 임 그리는 마음만 호젓이 남아
夜來歸夢華山陰	밤 되면 꿈속 화산의 북쪽으로 돌아가네.

1. 閶闔: 천상의 문. 전하여 대궐 문.
2. 山陰: 산 북쪽.(江陰은 강 남쪽)

15. 鷗浦漫興　구포의 흥치

槐花陌上繁蟬集	길 위 회화나무 꽃에 매미들 모여 있고
荷葉樓中小醉醒	연잎 우거진 樓에서 살짝 취했다 깼네.
高閣晩涼乘雨至	높은 누각에 저녁의 서늘한 기운 비 타고서 오는데
亂岑斜日隔雲明	뭇 봉우리에 비낀 해는 구름 너머에서 밝아라.

年荒未可收妻子	흉년이라 처자도 거두지 못하거니
世難那能卜此生	어려운 세상에 이 생을 어찌할지.
慙愧海天雙白鷺	부끄러이 바닷가에 한 쌍의 해오라기만
滄波萬里去來輕	만리의 창파를 가벼이 오가네.

16. 槐山挹翠樓次韻示主人 三首   괴산 읍취루에 차운하여 주인에게 보이다 3수

何處仙遊集小亭	어느 곳 신선들이 이 작은 정자에 모였는가
紫霞香霧蘂珠城	붉은 놀 향기로운 안개의 예주성일레.
吹殘玉笛山花落	옥피리 불고 나니 산꽃이 떨어지고
彈罷瑤琴嶺月生	옥거문고 타고 나니 재 위에 달이 솟네.
萬古鳥忙須擧酒	萬古는 새처럼 바쁘니 모름지기 술을 들고
群賢水逝合忘情	현자들은 물처럼 가 버리니 마땅히 情을 잊네.
丹丘見說深如海	듣기에 丹丘는 깊기가 바다와 같다 하니
我欲移家隱姓名	나는 집을 옮겨 이름을 숨기고져.

1. 蘂珠城: 예주궁. 예궁. 도가에서 하늘에 있다는 신선이 사는 궁전. 향초가 무성한 궁전이라는 뜻.
2. 丹丘: 신선이 사는 곳. 밤도 낮같이 환하다 함.

17.

| 好事當年搆此亭 | 당시의 호사자 이 정자 지을 적에 |

碧山如畫對層城	푸른 산 그림인 듯 層城을 대하였지.
千章古木軒前繞	천 장의 고목은 처마 앞을 둘렀고
三伏淸風枕上生	삼복의 맑은 바람은 베개 위에 이네.
滿地莓笞民少訟	뜰엔 이끼 가득하고 백성에겐 송사 적으니
半天歌吹客多情	중천에 노랫소리에 객의 마음 살갑네.
由來得失槐安國	본디 부귀가 있고 없고는 헛된 꿈이려니
獨有人間飮者名	세상엔 유독 술꾼만 이름을 남기어라

1. 槐安國: 개미의 서울. 당나라 순우분이 자기 집 남쪽에 늙은 회화나무 밑에서 술에 취하여 잤는데 꿈에 괴안국 남가군을 다스리어 20년간이나 부귀를 누리었다가 깨었다는 고사. 南柯一夢. 부질없는 꿈을 뜻함.

18.

西遊憶上統軍亭	서쪽에서 놀다 통군정에 올랐을 적에
鴨綠江流繞塞城	압록강은 흘러서 邊城을 둘렀더라.
千里勝筵空往跡	천리 밖의 좋은 잔친 헛되이 지나간 자취려니
一時豪氣已殘生	한 시절 호기는 이미 쇠잔하여라.
關河有路頻驚夢	산과 강에는 길이 있어 자주 꿈을 깨우는데
存歿無端更愴情	삶과 죽음은 단서 없어 더욱 슬퍼라.
常愧惡詩磨不得	연마하지도 못한 졸시가 늘 부끄러워서
東槎集裏舊聯名	동사집 속의 옛 이름들을 들쳐보나니.

1. 憶은 추억한다는 뜻.
2. 關河: 산과 강(山河) 혹은 변방.
3. 東槎集: 皇華集. 중국 사신이 왔을 때 그들을 접대하며 지은 시문집.

19. 枕碧亭次亡兄韻　　침벽정 망형의 운에 차하다

亡兄詩句壁間留	죽은 형의 시구가 벽 사이에 남았거니
小弟今來淚迸眸	작은 아우 이제와 보고 눈물이 솟네.
千里海雲誰祭墓	바다구름 천리 밖이니 누가 墓祭를 받들지
一年寒食獨登樓	일년의 한식날에 홀로 누에 오르네.
堤邊細柳垂垂綠	둑가에 실버들은 츠른츠른 푸르고
波上輕鷗點點浮	물결 위 가벼운 갈매기는 점점이 떠있네.
風景宛然人事改	풍경은 이처럼 완연한데 사람은 바뀌었으니
醉生愁死定誰優	취해 삶과 시름에 죽음 어느 것이 나을꼬.

20. 贈漆江翁金判校彥琚 二首　　칠강옹에게 주다(김판교 언거) 2수

少年豪氣盡朋簪	젊을 적 호기 있게 벗들 모여서
萬事悠悠酒淺深	萬事에 유유히 맘껏 술 마셨지.
蓬館舊遊渾似夢	蓬萊館에서 옛 놀던 일 꿈만 같으니
碧天明月奈如今	푸른 하늘과 밝은 달은 지금엔 어떠한고.
衡茅晝掩誰相問	대낮에도 사립문 닫혔나니 누구와 물을까
篇翰時成獨自吟	이따금 시 지으면 혼자서 읊노라.
憔悴一春經歲病	봄 되어 오랜 병에 더욱 초췌하니
漆江烟雨若爲尋	칠강의 안개비 속에 어떻게 찾으려나.

1. 朋簪: 朋輩.
2. 衡茅: 형문. 모옥 곧 누추한 집.

3. 篇翰: 시문 혹은 서책.

4. 若爲: 如何. 어찌하면.

21.

白頭梳短不勝簪	흰머리 빗질도 짧아 비녀를 이기지 못하니
一臥江南歲月深	한 번 누운 강남에 세월도 깊었어라.
某酒賓朋二三四	바둑과 술 함께 하던 벗 두서넛
水萍身世去來今	오가는 지금의 신세 부평초 같네.
郊原霽色宜春望	들엔 비 개어 봄 구경키 좋커니
風詠高懷入醉吟	고상한 회포를 취흥에 읊노라.
始信人間仙境在	人間에 선경 있음을 비로소 믿나니
海中蓬島不須尋	바다 속 봉래산일랑 찾지 않으리.

1. 風詠: 吟風詠月의 略語.

2. 去來今: 왔다가 갔다가 하는 지금이라는 뜻. 다른 뜻으로는 '과거, 현지, 미래의 三世'를 이름. 소식의 시에 "一彈指頃去來今"의 시구가 있다.

22. 客懷   객의 회포

文武非才愧聖明	문무에 재주 없어 성군께 부끄럽나니
銅章雖貴亦伶俜	銅章이 비록 귀하다지만 그 역시 시들부들.
夢中屢得西州信	꿈속에선 자주 서주의 서신을 받지만
天外遙瞻北極星	하늘 밖 멀리에 북극성만 바라보네.
秋晚海田鴻不到	늦은 가을 바닷가 밭엔 기러기 아니 오고

夜深山澤酒初醒　　밤 깊은 산의 못에선 술마저 갓 깨었네.
客懷多少誰相問　　多少의 나그네 심정 누구와 나누리
惟有莎鷄咽小庭　　오직 작은 뜰에 베짱이만 울고 있을 뿐.

1. 銅章: 銅魚符를 말하는 것으로 벼슬아치의 신표.
2. 伶俜: 零落한 모습. 혹은 외로운 모양. 방랑하는 모양.
3. 莎鷄: 베짱이. 일설에는 귀뚜라미라 함.

23. 次廣寒樓韻　　광한루 운에 차하다

江客悠悠獨倚樓　　강 나그네 유유히 홀로 樓에 기대었나니
水晶簾捲玉闌頭　　수정발 걷고서 옥난간 머리에 섰고야.
渚晴鷗鷺來還去　　물가는 개어 갈매기 백로 오거니 가거니
日暮牛羊散不收　　날은 저무는데 소와 양들은 흩어져 거둘지 않네.
蓼水遙看秋後淨　　멀리 여뀌꽃 물가 가을 후 맑아졌음을 보느니
竹輿時復雨中遊　　때때로 대나무수레 타고 비 속에서 노니네.
傍人欲問吾行止　　그대여 내 살아감을 묻고 싶거든
須向淸都上面求　　모름지기 청도 위쪽에서 찾으시기를.

1. 淸都: 천상을 이름. 달 세계인 광한루에 비유.

24. 靑溪洞次思菴韻　　청계동에서 사암의 운에 차하다

歲晩幽居卜斷原　　늘그막에 幽居을 끊어진 들에 정하니

218

白茅爲盖石爲門	띠로 지붕 이고 돌로 문을 만들었네.
千章樹合疑無路	천 장의 나무가 어울려 길이 없는 듯하고
三峽波深欲問源	세 골짝 물이 깊어 그 근원을 알고 싶어라.
寒竈每聞山鳥語	가난한 부엌에 매번 산새 소리 들리고
曉簷時見宿雲痕	새벽 처마엔 때로 구름 머문 흔적 보이네.
無人喚起庭前鶴	뜰 앞에 학을 불러일으킬 이 없으니
明月孤亭獨對樽	밝은 달 외론 정자에서 홀로 술을 대하네.

25. 贈別李都憲明甫名德聲　　이도헌 명보에게 증별하다(이름은 덕성이다.)

霜臺執法玉堂仙	霜臺에 법 관장하는 玉堂의 신선이여
別後流光似急川	이별 후 세월이 급한 냇물처럼 흘렀구려.
世事十年頭盡改	세상일 십 년에 머리색 모두 바뀌었으니
離懷一夕席頻遷	이별의 회포에 하루 저녁에도 자릴 자주 옮기네.
依然水寺樓中面	의연한 水寺를 누 속에서 대하느니
誦得林僧袖裏篇	숲 속에 스님은 소매 속의 시편을 외우네.
衰老向來多涕淚	늙고 쇠할수록 눈물이 더욱 많아
不堪持酒上秋筵	秋筵에 술잔 쥐는 걸 견디지 못할레라.

1. 霜臺: 御史臺의 雅稱. 어사대는 법률을 관장함으로 秋官에 배당하여 霜이라 함.
2. 玉堂: 弘文館의 별칭. 홍문관 副提學 이하 校理·副校理·修撰·副修撰 등의 호칭.

26. 納淸亭次韻 二首　　납청정 운에 차하다 2수

海內干戈何日定	바닷가 전쟁일랑 언제나 끝나련가
斷蓬身世自飄零	메마른 쑥잎 신세 절로 나부끼느니
隔水暝烟生渺渺	물 건너 어두운 연기는 아른아른 솟고
背人斜日下亭亭	등 뒤의 비끼는 해는 뉘엿뉘엿 지노라.
常嫌到處遭簧舌	늘 이르는 곳마다 참소 받을까 꺼려지니
却笑生年直酒星	도리어 나 나던 해에 酒星을 만난 것 우스워라.
關塞萬重兼萬里	관새는 만겹에 만리를 겸했으니
望中香嶽爲誰靑	바라뵈는 묘향산이야 뉘 위해 푸르난고.

1. 斷蓬: 가을에 말라서 여기저기 날리는 쑥잎.
2. 酒星: 술을 주관한다는 별 이름. 李白의 〈月下獨酌〉 시에 "하늘이 만일 술을 좋아하지 않는다면, 주성이 하늘에 있지 않았으리라.(天若不愛酒 酒星不在天)"라고 하였다. 서거정의 시에 "天有酒星爲直星"라 하였다.
3. 關塞: 국경에 있는 關門과 要塞.

27.

衣纔盖體身常冷	옷이 겨우 살을 가리니 몸은 늘 춥고
頭不勝簪髮盡零	머리는 비녀도 못 이길 만큼 머리털 빠졌네.
去國正愁關外路	나라를 떠나려니 관문 밖 길이 정녕 서러워
送人同上水邊亭	가는 이와 함께 물가 정자에 올랐네.
經年未得南天信	해 지나도록 남쪽에서 서신오지 않아
永夜遙看北斗星	긴긴 밤 멀리 북두성만 바라보았거니
莫道此翁衰歇甚	이 늙은이 너무 노쇠했다 마오려

龍蛇袖裏劒光靑   龍蛇의 소매 속엔 아직도 검광이 푸르네라.

1. 龍蛇: 비상한 인물. 혹은 은퇴하여 明哲保身함.

28. 次韻贈李員外實之 二首   차운하여 이원외 실지에게 주다 2수

江水悠悠感逝年   유유히 흐르는 저 강물은 세월과 함께 가나니
白頭勳業愧先賢   白頭의 훈업일랑 선현에게 부끄러워라.
離懷袞袞臨岐日   갈림길에서 이별의 회포는 더욱 즈른즈른한데
苦淚潸潸發語前   말하기도 전에 슬픈 눈물 성글성글 맺혔네.
遼左海山歸鳥外   요동의 왼쪽 海山은 돌아오는 저 새 밖이요
漢陽城闕暮雲邊   한양의 성궐은 저녁 구름 가이려니
今宵恐有還鄕夢   오늘밤 꿈에 고향으로 돌아갈까 두렵거니
夢裏還鄕倍黯然   꿈속에 고향으로 돌아가면 더욱 슬플까 하여서.

1. 袞袞: 盛하게 떠오르는 모양.
2. 潸潸: 눈물을 흘리며 우는 모양.
3. 黯然: 어두운 모양. 혹은 슬퍼하는 모양.

29.

絶塞風雲異去年   먼 변방 風雲이 지난해와 다르거니
統軍亭上會羣賢   통군정 위에 賢士들이 모였네라.
微茫樹色靑天外   푸른 하늘 밖 나무 빛은 흐릿흐릿한데

隱映江光白鳥前　　하얀 새 앞의 강 빛은 아른아른하네.
愁不到來詩側畔　　시 읊는 곳이라 근심일랑 이르지 않고
興難抛去酒傍邊　　술 곁에 있어 흥이야 버리기 어렵고나.
歸程定有迎人席　　돌아가는 길에 마중 자리 있으리니
一笛淸秋響杳然　　한 가닥 피리소리 맑은 가을에 아득히 울리네.

1. 微茫: 흐릿한 모양. 모호한 모양.
2. 隱映: 겉으로 환히 드러나지 않게 비침.

30. 送聖節使洪君瑞之行名履祥　　성절사 홍군서의 행을 보내다
(이름은 이상)

離懷忽忽對淸樽　　이별의 회포에 총총히 술잔을 대하는데
風雨龍灣草樹昏　　용만엔 비바람에 초목이 어둑하네.
萬壽岡陵會慶節　　만수의 축복으로 임금 생신에 朝會하나니
二年兵甲再生恩　　이 년의 병란에 은혜가 재생함이리.
光陰荏苒隨流水　　세월은 느릿느릿 물 따라 흘러가고
鴻雁差池過海門　　기러기는 들쑥날쑥 해협을 지나가네.
燕市悲歌今在否　　우국지사의 슬픈 노래는 지금도 남았는지
爲余先弔望諸君　　날 위해 望諸君을 먼저 弔問해주길.

1. 岡陵: 『시경』 小雅의 天保에 "작은 언덕, 큰 언덕과 같아 더하는 복이 한이 없도다.
   (如岡如陵 以莫不增)"의 구절로 임금의 다복을 비는 것을 뜻함.
2. 荏苒: 세월이 천연함. 시일을 자꾸 끎.
3. 差池(치지): 서로 어긋난 모양. 가지런하지 아니함.
4. 燕市悲歌: 燕나라 저잣거리의 비장한 노래라는 말이다. 전국 시대 때 荊軻가 연나라
   태자 丹의 부탁을 받고 진시황을 죽이러 떠날 때, 그의 절친한 벗 高漸離가 筑이란

악기를 두드리며 "바람이 소슬함이여, 역수 물이 차도다. 장사가 한 번 떠남이여, 다시 돌아오지 않도다."라는 가사의 노래를 불렀다. 곧 悲慎을 담은 노래를 뜻한다.
5. 望諸君: 樂毅. 전국 시대 연나라 昭王의 장수. 趙, 楚韓, 魏, 燕 다섯 나라의 연합군을 거느리고 齊나라를 쳐서 70여 성을 빼앗았으나 소왕이 죽은 후 뒤를 이은 혜왕은 그를 중용치 아니하여 趙나라로 가서 중용되었음.

31. 送聖節使書狀官宋仁叟英耉 성절사 서장관 송인수(영구)를 보내다

湖西幕客塞西人	호서의 빈객이 변방 서쪽으로 가려니
離合紛紛一愴神	이별과 만남의 분분함에 마음 슬퍼라.
別酒莫辭連日醉	연일 취하였다고 이별주 사양 마오려
歸舟將發九龍津	돌아가는 배가 장차 구룡진을 떠날지니.
荒城古柱風烟冷	荒城의 옛 기둥엔 바람 연기 서늘하고
孤竹遺墟草樹新	孤竹의 남긴 터엔 초목만이 새로워라.
收得山河錦囊裏	山河의 경치를 비단 주머니 속에 넣었거니
世間金玉摠非珍	세상의 金玉일랑 모두 보배가 아닐지네.

1. 幕客: 幕府의 빈객으로 예우를 받는 사람.

32. 大凌河曉坐 새벽에 대능하에 앉아서

四更邊柝大河流	새벽 딱따기 소리 곁에 大河는 흐르는데
一夜思歸白盡頭	하룻밤 돌아갈 생각에 머리 모두 희었네.

不是越吟懷故土	越吟이 고향을 생각하는 것도 아니요
非關吳詠戀扁舟	吳詠이 조각배를 그리는 것도 아니리.
三宮草樹寒聲逈	三宮의 초목은 찬 소리에 아득하고
五廟風烟暝色愁	五廟의 바람 연기는 어두운 빛에 시름겹네.
聞道嶺南猶賊窟	들이니 영남은 아직도 적굴이라니
廟堂誰爲借前籌	조정을 위해 누가 前籌를 빌리려나.

1. 越吟: 전쟁에 지친 병사들이 고향 생각을 하는 것을 표현한 말이다. 전국 시대 越나라 사람 莊舃이 楚나라에서 벼슬하다가 병이 들자 자기도 모르는 사이에 무의식적으로 월나라 노랫가락을 읊조렸다는 고사에서 비롯된 것이다.
2. 吳詠: 吳나라 지방의 노래로 남방의 淸樂을 말한다.
3. 三宮: 明堂, 辟雍, 靈臺.
4. 五廟: 제후(諸侯)의 종묘(宗廟)를 가리킨 이름.
5. 前籌: 漢고조 때 韓信이 나서서 계책을 젓가락으로 설명하였음을 이름.

33. 九連城   구련성에서

薊門歸路接雲平	계문산 돌아가는 길 구름 닿아 편편한데
一騎輕躋散曉晴	경쾌한 말발굽 타고서 새벽빛을 가르네.
城擁九連山翠合	城은 九連山을 안아 산 푸름과 합하고
河分八渡渚霞明	河는 八渡河로 나뉘어 물가엔 놀이 밝네.
丹心可耐客中破	단심이야 객지라도 견뎌내지만
白髮每從愁裏生	백발은 언제나 근심 속에 생하네.
迢遞玉樓消息斷	먼 곳 玉樓엔 소식조차 끊겼나니
海天何處是神京	바닷가 어느 곳이 바로 선계일까.

1. 九連城: 의주에서 10리쯤 떨어져 있는 성.
2. 八渡河: 『薊山紀程』에 "遼東의 여러 산들은 다 여기서부터 맥이 나간다. 분수령
   밑에 물이 있는데 그 근원은 韃子 땅에서 나와 이곳에 모였다가 다시 갈라져서 八渡
   河가 된다. 서쪽으로 흐르는 것은 遼河로 들어가고 동쪽으로 흐르는 것은 鴨綠의
   中江으로 들어간다. 영의 이름을 또 金復海라고도 한다. 이곳을 지나면 또 高家嶺과
   兪家嶺 둘이 있다."라 하였다.

34. 臘月初六日夜坐 癸巳冬寓居江都時作此絶筆也　　　선달 초육일 밤에 앉아서(계사년 겨울 강도에 우거할 때 작인데 이것이 절필이다.)

旅遊孤島歲崢嶸	외론 섬의 나그네 되어 세월은 고달픈데
南徼兵塵賊未平	남쪽 변방의 戰場엔 적이 아니 평정되었네.
千里音書何日到	천리 밖에선 서신이 언제나 이를지
五更燈火爲誰明	五更의 등잔불은 눌 위해 밝았는고.
交情似水流難定	사귄 정은 물과 같아 멈추기 어려웁고
愁緒如絲亂更縈	근심 가닥은 실과 같아 흩트려도 다시 얽히네.
賴有使君眞一酒	원님에게 眞一酒 있음에 기대어
雪深窮巷擁爐傾	눈 깊은 窮村에서 화로 안고 마시노라.

1. 崢嶸: 험준한 모양. 혹은 세월이 쌓이는 모양.
2. 徼: 변방 요. 국경지대. 邊徼
3. 使君: 州의 장관. 원님.
4. 眞一酒: 인간의 고난이나 번뇌를 하나로 해소시키는 태평성대를 이루는 술.

〈속 집〉

35. 次廣寒樓韻以下亂前作   광한루운에 차하다(이하는 난전의 작임)

天上十二白玉樓	천상의 열두 간 백옥루는
銀河淸淺掛西頭	맑고 옅은 은하수의 서쪽 머리에 걸렸네.
年年七夕佳期至	해마다 칠석이라 좋은 시절 이르면
夜夜雙星怨淚收	밤마다 견우직녀 원망의 눈물 거두었지.
莫道相思是遠別	서로 그리는 먼 이별이라 마오려
從來此地有重遊	이제껏 이곳에선 다시 만남 있었네.
可憐人世隔南北	가련해라 인간 세상은 남북으로 막혔으니
碧海茫茫何處求	푸른 바다 아득한데 어느 곳에서 찾으리오.

1. 雙星: 나란히 보이는 두 별. 여기선 견우성과 직녀성.

36. 病後戲吟   병 후에 희음하다

一病經年與死隣	한 병이 해를 지나 죽음과 이웃했건만
忽然枯木暗回春	홀연히 고목에 몰래 봄이 돌아왔네.
山中更有悲歌士	산중에 어느 선비가 다시 슬픈 노래 부르리
昭代重生爛醉人	밝은 시대라 거듭 흥건히 취하도다.
湯劑轉頭輸麴蘖	탕제는 어느새 누룩술로 바뀌었고
笑談隨手換吟呻	담소는 선뜻 신음소리를 바꾸었네.
濡毫試撰河淸頌	붓을 적셔 시험 삼아 河淸頌을 지으니

佳氣葱葱繞紫宸　　좋은 기운은 푸릇푸릇 대궐을 두르리.

1. 轉頭: 고개를 돌리다. 어느새, 잠깐 사이.
2. 隨手: 손이 가는 대로. 편할 대로. 혹은 즉시.
3. 葱葱: 초목이 푸릇푸릇한 모양. 繁盛한 모양.
4. 河淸頌: 〈하청송〉은 본디 南朝 宋의 시인 鮑照가 지은 것으로, '황하가 늘 혼탁한데 상서로운 일이 있으려면 천 년 만에 한번 맑아지고 聖王이 나서 천하가 태평해짐'을 찬양한 글이다.
5. 紫宸: 천자가 정사를 보는 궁전 혹은 쉬는 궁전.

37. 次慶喜樓韻寄白麓 辛應時字君望號白麓　경희루 운에 차하여 백록에게 부치다(신응시의 자는 군망. 호는 백록)

仙人昨下閬風岑　　선인이 어제 낭풍잠을 내려가니
裂素爲衣翠作襟　　해진 하얀 옷에 푸른 옷깃이라.
烟霧樓中不見影　　안개로 다락 속에 그림자 보이지 않고
鳳笙天外或聞音　　생황소리는 하늘 밖에서 문득문득 들리네.
含情脉脉托宵夢　　즈른즈른 정을 머금고 밤 꿈에 의탁하며
倚柱依依生夕陰　　기둥에 기대면 하늘하늘 저녁 그늘이 이네.
獨向西池采荷葉　　홀로 서쪽 못에 가서 연잎을 캐나니
淸芬無路寄同心　　맑은 향기를 벗에게 부칠 길 없네.

1. 閬風: 山名. 곤륜산 위에 있는 신선이 사는 곳.
2. 脉脉: 끊이지 아니하는 모양.
3. 依依: 무성한 모양. 혹은 확실하지 아니한 모양.

227

38. 朴景進家獨坐 <small>朴漸字景進官吏議, 壬辰被倭害</small> 박경진의 집에 홀로 앉아<small>(박점의 자는 경진. 벼슬은 吏曹參議. 임진년에 왜놈에게 피살되었음.)</small>

霜落千山樹葉堆	서린 내린 千山에 나뭇잎은 쌓이는데
棘籬寒菊爲誰開	가시 울의 찬 국화는 누굴 위해 피었는가.
今年且盡客多病	올해도 다 가고 객은 병이 많나니
明月欲生人不來	밝은 달 돋으려는데 사람은 아니 오네.
無竹小軒頻問主	대나무 없는 작은 집에서 주인을 자주 묻다가
有懷秋日獨徵杯	가을날 회포에 혼자서 술을 청하느니
兒童伴我西簷坐	아이들 나와 함께 서쪽 처마에 앉아서
深夜長庚又送回	깊은 밤 돌아가는 長庚星을 또 보내네.

1. 頻問主: 주인이 돌아왔는지 자주 묻는다는 뜻.
2. 長庚: 저녁에 서쪽 하늘에 보이는 큰 별. 태백성.

39. 西湖病中憶栗谷 서호 병중에 율곡을 생각하다

君恩未報鬢先秋	임금의 은혜 갚기도 전에 머린 먼저 세어서
壯志如今已謬悠	장한 뜻 지금엔 이미 글렀다네.
松菊每懷陶令徑	도연명의 松菊길 매번 생각하나니
蓴鱸欲問季鷹舟	장계응의 배를 타고 蓴鱸를 묻고 싶네.
交遊隔世吾何托	사귐도 세상과 막혔으니 나 어디에 의지하리
名利驚心可以休	名利에 놀란 마음 가히 쉬어야겠네.
惟是槽頭看春酒	오직 술통에 봄 술을 보느니

228

月中三峽細分流　　달빛 속에 세 골짝이 가늘게 나뉘어 흐르네.

1. 謬悠: 텅 비고 멂. 혹은 황당무계함.
2. 陶令徑: 도연명. 令은 벼슬 이름(관아의 長). 도연명은 벼슬을 버리고 松菊竹 기르던 옛 고향으로 돌아갔다고 한다.
3. 蓴鱸: 蓴羹鱸膾. 순챗국과 농어회. 晉나라 張翰(자는 季鷹)이 고향의 名産인 순챗국과 농어회가 먹고 싶어 관직을 사퇴하고 고향으로 돌아갔음.

40. 新院山居寄示習齋權擘號,官參議　　신원의 산집에서 습제에게 보내다(권벽의 호, 벼슬은 참의)

野院蕭條草樹荒　　시골집 쓸쓸하여 초목은 황량한데
亂蛙無數叫斜陽　　뒤섞인 개구리 수없이 석양에서 우네.
臨岐更覺親朋少　　갈림길에 임해 벗 적음을 다시금 깨닫고
感物偏傷節序忙　　사물을 느낌에 세월 빠름이 무척 마음 아프네.
身厭葛衫凉換暑　　몸은 갈포 적삼 싫어지니 더위는 서늘해지고
面慙銅鏡髮垂霜　　얼굴은 구리거울 부끄럽나니 머리에 서리 내렸네.
龍泉尙有干霄氣　　용천검은 아직도 하늘 찌를 기운 있어
匣裏時時見紫光　　갑 속에 때때로 붉은 빛이 보이어라.

41. 宿桂林兄江亭 名瑠, 於公姊兄, 尹任甥姪, 尹元衡動危言. 竟死　계림형의 강가 정자에서 묵다(이름은 유, 공에게 자형이고, 윤임의 생질임. 윤원형의 위언으로 마침내 죽었다.)

王孫畵閣抗楊花	왕손의 화각이 양화도에 솟았나니
一水中分兩岸沙	한 가닥 물이 양 모래 언덕으로 나뉘었네.
落月滿天飛白雪	지는 달빛은 하늘 가득히 날리우는 흰 눈이요
宿雲鋪地走靑蛇	묵은 구름은 땅에 펴져 달리는 푸른 뱀인 듯.
菱歌相間棹歌發	마름노래 사이에 뱃노래도 일고
帆影遠隔山影斜	돛 그림자는 멀리 산그늘 너머에 비끼네.
四十二年如去鳥	사십이 년이 가는 새와 같으니
浮生不飮奈愁何	덧없는 생에 술이 아니면 이 시름을 어찌하리.

1. 畵閣: 아름답게 단청한 누각.

42. 述懷　술회

十年前事悔何追	십 년 전 일을 뉘우친들 어찌 따르랴
白首窮廬謾自悲	백발로 초라한 오두막에서 공연히 스스로 슬플 뿐.
鷄肋正宜輸俗客	계륵은 마땅히 속인에게 보내졌고
蛾眉今已付餠師	미인은 이미 떡장수에게 주어졌네.
香凝燕寢窓燈冷	향기 응긴 잠자리엔 창가 등불이 싸늘한데
雪擁柴扉竹日遲	눈 내린 사립문엔 대밭 햇살이 더디네.
林巷幸無車馬跡	산골이라 다행히 거마 오지 않으니
心經一部手中披	心經 한 부를 손에 펴서 보노라.

1. 鷄肋: 조조가 漢中을 얻으려다 포기한 고사로 한중을 일러 계륵이라 하였다. 닭갈비
   는 먹을 것이 없으나 그냥 버리기도 아깝다는 말로 그리 소용은 없으나 버리기는
   아까운 경우를 이른다.

2. 蛾眉: 누에나방의 촉수처럼 초승달 모양으로 길게 굽은 아름다운 눈썹. 혹은 미인.
3. 餠師: 떡 파는 사람.『全唐詩話』에 寧王이 떡장수의 처를 빼앗아 살았는데 묻기를 '네가 아직도 餠師를 생각하느냐'하니 말없이 눈물만 흘리기에 드디어 餠師에게 돌려주었다 한다.
4. 燕寢: 편히 쉬는 좋은 잠자리나 방. 혹은 천자가 쉬는 궁전.

43. 喚仙亭次韻在順天　　환선정 운에 차운하다(순천에 있음)

杯水難容萬里船　　한 움큼의 물이 만리의 배를 용납키 어렵듯이
今時豈合古人賢　　지금 사람이 어찌 옛 어짊과 같으리오.
層城枯木三秋後　　높은 성의 마른 나무는 三秋의 뒤요
大野閒雲落景前　　큰 들의 한가한 구름은 落照의 앞이네.
往事再尋頭盡白　　지나간 일을 다시 찾으니 머리 모두 하얘지고
玆遊一罷夢應牽　　이 놀음 한번 파하면 꿈이 응당 이끌리리.
空江夜久生明月　　빈 강에 밤은 깊어 달은 밝은데
笙鶴如聞降列仙　　笙鶴의 소리 들이는 듯 여러 신선 내려오려나.

1. 笙鶴: 周靈王의 태자 晉이 신선이 되어 학을 타고 피리를 불며 하강하였다 한다.

44. 次梧陰示韻 二首　　오음이 보여준 운에 차하다 2수

行藏竊比鄭當時　　행장을 정당시와 은근히 비한다면
落拓何如杜牧之　　큰 기상이야 두목지와 어떠한지.
直以醉鄕消歲月　　단지 醉鄕으로 세월을 보낼 뿐

敢言昭代策安危　　밝은 시대에 어찌 안위를 꾀한다 하리.
能抛台鼎難抛俗　　삼정승 던질 순 있어도 俗趣는 버리기 어렵고
已廢交遊不廢詩　　교유야 폐했어도 시는 폐하기 어렵고야.
莫道柴門欠絲管　　사립문에 풍악 없어 흠이라 마시길
四山松檜雨中吹　　사방 산에 솔바람 소리 빗속에 불거니.

1. 鄭當時: 漢나라 관리. 이름은 莊. 항상 驛馬를 四郊에 두어 故人을 遊門하였고 손이
   오면 귀천을 가리지 않고 환대하였다. 무제 때에 大司農이 되었다가 손의 累로
   낙직되었음.
2. 落拓(낙탁): 기상이 큼.
3. 杜牧之: 만당의 시인. 시를 잘하여 小杜라 일컬음.
4. 醉鄕: 취중의 별천지.
5. 台鼎: 발이 세 개임으로 삼정성을 이름.(위의정, 좌의정, 영의정)
6. 絲管: 絲竹. 거문고와 퉁소. 현악기와 관악기. 전하여 음악.

45.
骯髒從前不中時　　강직함은 지금껏 시속엔 맞지 않았고
向來高論欲卑之　　이제까지의 高論도 이젠 낮추어야겠네.
三牲非樂一簞樂　　고기 성찬은 아니 즐거워도 한 도시락밥은 즐겁고
蜀棧不危平陸危　　험준한 잔교는 아니 위험해도 평지는 위험하네.
事到奈何須得酒　　일이 어찌할 수 없을 땐 모름지기 술 마시고
語猶詮次合忘詩　　말을 대려 조리 있게 하려면 의당 시를 까먹네.
只嫌半夜無眠處　　다만 잠 안 오는 밤에 싫은 건
三籟悠然自送吹　　三籟 소리 유연히 절로 불어옴이네.

1. 骯髒: 꼿꼿한 기개, 강직한 모양.
2. 三牲: 犧牲으로 쓰는 세 가지 짐승. 소·양·돼지. 혹은 부모에게 드리기 위해 정성껏

만든 음식. 美食. 盛饌.

3. 蜀棧: 蜀道. 四川省으로 통하는 험준한 길. 촉의 棧道. 전하여 경치가 좋고 또 험준함을 이름.

4. 平陸: 평지

5. 詮次: 확실하게 정한 순서. 차례대로 말을 다 하는 것.

6. 三籟: 天籟, 地籟, 人籟를 이름. 우주 만물의 모든 자연의 소리.

46. 題靜虛軸次霽峰韻　제봉의 운에 차하여 정허의 시축에 쓰다

巖棲屈指十回春	은거의 삶을 손 꼽아보니 십 년이라
謝笏重來白髮新	벼슬 사양하고 다시 오니 백발이 새롭고야.
水石朋儔雖可愛	水石과 친구들이야 비록 사랑스럽지만
蓬萊消息杳難因	봉래산 소식은 인연하기 아득만 하네.
山風夜起愁枯竹	산바람 밤에 일어 마른 대는 시름겨운데
嶺月初生是美人	재 위에 갓 돋은 달은 곧 미인일레라.
詩卷藥鑪仍不寐	시집과 약화로 벗하여 잠 못 드는데
屋頭寒磬報淸晨	지붕머리의 寒磬은 맑은 새벽을 알려주누나.

47. 挽玉峯白彰卿　옥봉 백창경의 만사

海內悠悠知己少	천하가 넓고 넓어도 知己는 적건만
惟君與我夙心親	오직 그대와 나 일찍이 마음으로 친하였지.

湖山未遂連墻約　　湖山에서 담 이웃하며 살자던 약속 못 이루고
幽顯飜成隔路人　　幽明이 뒤집히어 길 막힌 이가 되었고나.
紫陌風埃歌激烈　　도성의 풍진에 노래는 격렬하고
錦城烟雨淚酸辛　　금성의 연우는 눈물에 스산코나.
遺孤受托非無意　　남겨진 아이를 부탁받아 뜻 없는 건 아니지만
奈乏劉家德義新　　劉家의 덕의를 새롭게 할 만하진 못함을 어찌하리.

　1. 紫陌: 서울의 도로를 이름.
　2. 幽顯: 저승과 이승. 幽明.
　3. 奈乏劉家: 유비의 아들이 그 아버지만 못했음에 비유.

48. 別王天使敬民　　왕천사(경민)을 이별하다

家住江南萬里餘　　만리 밖 강남에 집이 있으니
秋風客路意何如　　가을바람 나그네 길에 심정이 어떠한지.
纔聞鶴馭來仙蹕　　학 몰고서 신선이 왔다고 하더니만
忽見鸞簫過碧虛　　문득 鸞簫 소리가 푸른 하늘을 지나네.
消息幾時逢驛使　　어느 때 驛使 만나 소식을 받으올까
蓬萊無復迓雲車　　봉래산 구름수레 마중할 길 다시없네.
相思賴有黃岡句　　서로 믿고 그리는 황강의 글귀가 있으니
別後爭傳水竹居　　이별 후 水竹의 삶을 다투어 전하리라.

　1. 黃岡: 호북성 황강현 동쪽에 있는 산 이름. 소식의 적벽부에 나오는 黃泥之阪이 있는
　　곳. 黃岡句는 〈적벽부〉를 이름.

234

49. 槐山挹翠樓次韻示主人 三首　　괴산 읍취루 운에 차하여 주인에게 보이다　3수

醉後悠悠獨上亭	술 취하여 유유히 홀로 정자에 오르니
眼前無地着愁城	눈앞엔 시름 느낄 곳 없어라.
乾坤逆旅飜千劫	천지라는 여관은 천겁에 바뀌고
造化鑪錘鑄萬生	조화옹의 풀무는 만물을 만들고나.
久謂彭殤元同貫	오래 살건 빨리 죽건 원래 한 꿰미니
莫言臧穀不同情	이것이나 저것이나 같지 않다 마시기를.
年來笑殺箕山叟	근래엔 기산의 늙은이가 우습거니
言實支離又說名	말도 실상 지리한데 이름까지 설명하네.

1. 着愁: 근심이 달라붙음. 李荇의 시구에 "遠遊無地着愁顔"가 있음.
2. 彭殤: 장수와 단명.
3. 笑殺: 대단히 웃음.
4. 臧穀: 사내종과 어린아이. 둘이 모두 양을 치다가 양을 잃었다. 한 사람은 책을 보다가 한 사람은 장기를 두다가 잃었다 한다.
5. 箕山翁: 巢父와 許由. 요임금이 왕위를 양위하고자 했으나 사양하고 기산에 은거하였음.

50.

一別梧根舊驛亭	오근의 옛 역정에서 헤어졌느니
使車何處駐山城	사신의 수렌 산성 어느 곳에 머물렀는고.
連峰雨裏黃花老	뭇 봉우리 빗속에 황국화는 시들고
斷鴈聲中白髮生	외기러기 우는 속에 백발은 생기어라.

235

末俗豈知高士志　속인이 어찌 선비의 뜻을 알며
少年寧識老夫情　소년이 어찌 늙은이의 정을 알리요.
聞君晚學養生法　들으니 그댄 늘그막에 양생법 익혔다 하니
爲善應須無近名　선을 행하면서도 응당 이름 좋음은 없으리라.

> 1. 近名: 명예를 추구함. 『장자』養生主에 "좋은 일을 하면서도 이름을 가까이 하지
>   않는다.(爲善 無近名)"라는 말이 나온다.

51.

水北山南處處亭　물 북쪽에 산 남쪽이라 곳곳엔 정자인데
舊遊沼遞武珍城　옛 놀던 무진성은 멀기만 하네.
天開瑞石祥龍蜿　하늘은 瑞石을 열어 상스러운 용이 꿈틀거리고
地匝長松爽籟生　땅은 長松을 둘러 있어 바람소리 이네.
麋鹿未拋靑草性　미록이라 靑草 좋아함 못 버리고
鵠鸞終是碧霄情　난새라서 끝내 푸른 하늘 그리네.
從今息影無何有　이제부터 안식함 외에 무엇이 있으리
家失形容史失名　집에선 모습 잃고 史錄엔 이름 잃나니.

> 1. 瑞石: 光州. 서석산은 무등산의 별칭.
> 2. 息影: 그림자를 쉬게 함. 곧 활동을 그만두고 휴식함.

52. 昌道驛壁上見鄭子中詩, 攬涕之餘, 遂步其韻　창도역 벽 위에 정자중의 시를 보고 눈물을 뿌린 나머지 그 운에 따라 짓다

飆輪去此欲何之　바람수레 여길 떠나 어디로 가는가
獨立蒼茫結遠思　홀로 서서 아득히 먼 생각에 잠기었네.
千里秦城病司馬　천리 밖 秦城에 사마상여 병들었고
三年楚郡老樊遲　삼 년 동안 楚郡에서 번지가 늙었구나.
已經離別同弦矢　활줄과 화살 같은 이별 이미 겪어
可耐幽明異路岐　幽明의 길 달라졌으니 이를 어찌 견디랴.
靑鶴峯頭望仙裏　청학봉 꼭대기의 망선대 속에서
月明中夜倘相期　달 밝은 밤에 혹시나 만나려는지.

1. 飆輪: 바람을 타고 날아다니는 수레로 신선들이 타고 다니는 수레.
2. 病司馬: 한나라 司馬相如는 일대의 문장가로 일찍이 消渴病이 있었다 한다.
3. 樊遲: 공자의 제자로 공자에게 농사하는 법을 물었다고 한다. 즉 농부가 되었음을 비유.
4. 弦矢: 활줄에 화살이 얹어지자마자 헤어지듯 빠른 이별.
5. 可耐: 어찌 견디랴. 가는 何의 뜻과 통용.

53. 題雅叔林亭　　아숙의 임정에 쓰다

老夫於酒喜登場　늙은이 술 있는 곳에 기쁘게 가나니
酒味甘來宦味凉　술 맛이 달면 벼슬 맛은 시들하네.
今日君家賞蓮會　오늘 그대 집에서 연꽃 감상하는 모임이라
西池夕氣滿衣香　서쪽 못에 저녁 기운 돌 제 향기가 옷에 가득하네.
交情休說雨雲態　쉬 변하는 걸 우정이라 아니 하지만
樂事須憑長短章　모름지기 짧고 긴 시 짓는 건 즐거운 일이어라.
一別幾年重到此　이별한 지 몇 해 만에 여기에 다시 오니

竹間依舊讀書床　　대나무 사이에 옛날처럼 글 읽는 상이 있고야.

1. 雨雲態: 두보의 빈교행 '翻手作雲 覆手作雨'을 이름.

54. 挽栗谷 三首　　율곡의 만사 3수

芙蕖出水看天然　　물 위로 솟은 연꽃 볼수록 天然하니
間氣難逢數百年　　수백 년에도 만나기 어려운 빼어난 기운이리.
天欲我東傳絶學　　하늘이 이 나라에 끊어진 학문을 전하려고
人生之子紹前賢　　이 사람을 낳아서 앞 성현을 잇게 했나니
心中剩有環中妙　　마음속엔 環中의 묘리가 넉넉하고
目下都無刃下全　　눈 아래엔 솜씨에 어려운 바가 전혀 없었네.
何處得來何處去　　어느 곳에서 왔다가 어느 곳으로 가는가
此時相別幾時旋　　이제 서로 이별하니 어느 때 돌아올꺼나.

1. 間氣: 특수한 기운을 이름.
2. 環中: 공허하여 融通自在함을 이름. 장자 제물론에 '지도리가 비로소 그 환중을 얻어
　응함이 무궁하다(樞始得其環中以應無窮)'라 하였다.
3. 刃下全: 워낙 솜씨가 뛰어나 어려울 일이 없다는 뜻. 『장자』 양생편에 '庖丁의 칼
　솜씨에는 全牛가 없었다' 하였음.

55.

小學書中悟性存　　소학이란 책에서 성리의 깨우침 있었으니
聖賢資質已三分　　성현의 자질이 이미 삼분이나 있었네.
科程豈是功名事　　과거의 길이 어찌 功名만의 일이리요

翰墨無非道義源　　글월은 道義의 근원 아님이 없었네.
仙洞漫留龍麝跡　　仙洞에는 용과 사향노루의 흔적 가득하고
石潭空鎖水雲痕　　石潭엔 공연히 물구름 자취만 잠겼네라.
泉臺想有無窮痛　　황천에서도 슬픔이 다함없으리니
未報吾君不世恩　　우리 임금 큰 은혜를 못 갚아서이리.

56.

先我而來去亦先　　나보다 먼저 왔다가 또한 먼저 가니
死生何不少周旋　　생사는 어찌 조금도 조정하지 못하는가.
欲從眞歇臺邊月　　진헐대 곁의 달을 따르고자 하여
會作毗盧頂上仙　　마침 비로봉 위에 신선이 되었으리.
千劫縱灰難得子　　천겁이 비록 재 되어도 그대를 얻지 못하니
九原如作更逢賢　　저승에 간다면 다시 그대를 만날까.
無人解聽峨洋趣　　아양곡의 흥취를 알아들을 이 없으니
却爲鍾期一斷絃　　도리어 종자기 위해 거문고 줄 끊을 수밖에.

1. 九原: 춘추 때 晉의 경대부의 묘지. 후에는 묘지의 범칭. 혹은 九泉. 黃泉.
2. 峨洋曲: 백아가 거문고로 산수곡을 타니 종자기가 듣고서 '山峨峨 水洋洋'이라 하였다. 종자기가 죽자 백아는 知音이 없다하여 거문고 줄을 끊었다고 한다.

57. 次竹西樓韻 二首　　죽서루 운에 차하다 2수

關東仙界陟州樓　　관동의 선경은 삼척의 죽서루

虛檻憑危夏亦秋　　빈 난간에 기대니 여름 또한 가을인 듯.
天上玉京隣北戶　　천상의 옥경은 북쪽 窓을 이웃했고
夢中銀漢聽西流　　꿈속의 은하는 서쪽 시내에서 들리네.
疏簾欲捲露華濕　　성긴 발 걷으려니 이슬이 젖는데
一鳥不飛江色愁　　새 한 마리 날지 않아 강 빛은 쓸쓸하네.
欄下孤舟將入海　　난간 아래 외론 배는 장차 바다로 들어가려니
釣竿應拂鬱陵鷗　　응당 낚싯대에 울릉도 갈매기가 스치리.

　1. 北戶: 北嚮戶. 남쪽 사람들은 북쪽을 향해 창문을 내어 햇볕을 받아들인다는 데서
　　생긴 말로 남쪽을 이름.

58.

欲窮千里更登樓　　천리를 다 보고자 다시 누에 오르니
雲海茫茫兩鬢秋　　구름바다 아득하고 양 귀밑머린 시들부들.
何處蓬萊常五色　　그 어딘가 봉래산엔 늘 五色雲 둘렀으리니
此歸江漢定同流　　여기서 돌아가면 江漢과 함께 흐르리.
浮生有別佳人遠　　덧없는 생에 이별 있어 佳人은 멀고
往事無蹤落日愁　　지난 일 종적 없어 지는 해는 서글퍼라.
安得淸樽永今夕　　어쩌면 맑은 술 얻어다 이 저녁 늘려서
綠蘋洲渚對輕鷗　　푸른 마름 갯가에 가벼이 나는 갈매기랑 마주할까.

59. 次峒隱韻 李公義健號　　동은의 운에 차하다(이공 의건의 호)

240

漏歇東城燭盡燒　물시계 그친 東城에 촛불도 다 타니

捲來黃券坐無聊　읽던 책 덮고서 무료히 앉았네.

崎嶇世路千重曲　기구한 세상길은 천첩으로 굽었는데

湖海親朋一字遙　世間의 친한 벗은 일자 소식도 멀어라.

梅落故園春欲暮　매화 떨어진 옛 동산에 봄은 저물어 가는데

病淹京國鬢先凋　병이 들어 서울에서 귀밑머리만 먼저 세었네.

歸心正似南飛鵠　돌아갈 맘은 꼭 남으로 나는 저 고니 같나니

深夜悠悠度碧霄　깊은 밤 유유히 저 푸른 하늘을 지나가네.

> 1. 黃券: 冊. 옛날에 책이 좀먹는 것을 막기 위하여 黃蘗나무의 내피로 염색한 종이를 썼으므로 이름.

60. 失音以下亂後作 二首　　실음(이하는 난후의 작. 2수)

天公厭我多言否　하늘이 나의 말 많음을 싫어하시는지

喉挾纏風響挾嘶　목구멍에 風이 끼어 목소리 걸걸하네.

殆似寒蟬鳴暫歇　마치 가을 매미 울다 잠깐 쉬는 듯하더니

還如病鵲舌初癡　또한 병든 까치의 혀가 갓 멈춘 듯.

是非正悔呶呶習　시비 가리며 떠들던 습관을 정히 뉘우치느니

開闔方諳袞袞機　열고 닫힘이 이제야 天機의 흐름임을 알겠네.

呼馬呼牛都不應　말이라 소라 불러도 도무지 반응 없나니

臥看新月下山時　새 달이 서산을 넘을 때까지 누워서 바라보노라.

> 1. 嘶: 목쉴 시.
> 2. 袞袞: 盛하게 떠오르는 모양.

61.

口如含物舌如凝	입은 사물을 머금은 듯 혀는 엉겨붙은 듯
語欲期期黙欲仍	말하려면 더듬거리고 침묵하고자 하면 그대로 있네.
不中宮商寧中節	음률이 맞지 않으니 音節이 어찌 맞으며
未工酬酌詎工膺	수작인들 못하는데 대답인들 어찌 잘하랴.
仙家正學垂簾法	정녕 선가의 垂簾法을 배웠던가
凝坐還同面壁僧	멍하니 앉았느니 도리어 면벽하는 승과 같네.
玉麈向來無覓處	옥주는 근래 와서 찾을 곳 없나니
老夫從此謝賓朋	나는 이제부터 벗들을 사양하리라.

　1. 期期: 말을 더듬는 모양.
　2. 宮商: 궁과 상의 소리. 전하여 음률.
　3. 垂簾法: 선가에서 조식할 때 눈을 반만 감고 있는 것을 수렴이라 한다.
　4. 玉麈: 옥의 拂子. 晉나라 사람들이 淸談할 적에 손에 쥐고 흔드는 물건임.

62. 納淸亭卽事奉呈丁僉使行案　　납청정 즉사로 정첨사 행안에 봉정하다

行宮欲別魂先斷	행궁을 떠나려니 혼이 먼저 끊겼는데
天樂重聞淚自零	천악을 거듭 들어 눈물이 절로 떨어지네.
喜事增悲垂老日	노년엔 기쁜 일도 슬픔이 더해지니
旅懷多苦送人亭	나그네 마음 送人의 정자에서 더욱 슬퍼라.
年光似水悠悠去	세월은 물과 같아 유유히 흐르건만
客髮如霜種種星	나그네 머린 서리 같아 희뜩희뜩 희었구나.

焉得長安一杯酒　　어느 때 서울에서 한 잔 술로
共看南岳眼俱靑　　南岳 함께 보며 눈빛도 함께 푸르려나.

1. 行宮: 임금이 거동할 때 묵는 곳. 행재소.
2. 天樂: 궁중의 악을 말함.
3. 種種: 머리칼이 짧고 쇠잔한 모양.
4. 星: 희뜩희뜩할 성.
5. 靑眼은 반갑다는 뜻.

63. 納淸亭次韻　　납청정 운에 차하다

世上身名都夢幻　　세상의 몸과 이름이란 다 꿈이려니
眼中遊舊半凋零　　눈에 든 옛 자취는 반이나 시들었네.
愁來事業三杯酒　　시름겨운 사업엔 석 잔 술이요
老去生涯一旅亭　　늙어진 생애는 한갓 客亭이네.
進退未知朝對易　　진퇴를 알지 못해 아침에 易을 대하고
陰晴欲卜夜觀星　　음청을 점치고자 저녁엔 별을 보네.
行人無處不瀟灑　　行人이란 소쇄하지 않는 곳 없나니
淸遠香烟縷縷靑　　맑고 먼 향연기가 올올이 푸르러라.

1. 瀟灑: 깨끗하고 산뜻함. 혹은 소탈한 모양. 맑고 고상하여 세속을 벗어난 모양.

64. 醉輒失睡, 乃僕常症, 而去夜尤甚, 坐以達朝, 傍人怪而問
之, 詩以解之　　취하면 문득 잠이 달아나는 것이 나의 상습인
데 간밤에는 더욱 심하여 앉아서 새니 옆에 사람이 괴이히 여

겨 물으므로 시로써 풀다

新安酒罷夜凉多	신안에서 술이 파하니 밤기운 서늘한데
欲睡其如無睡何	잠을 자려 해도 잠이 아니 오니 어찌할까.
豈是抱醒應抱病	어찌 깨어 있으면 응당 병을 얻는지
只緣憂國不憂家	단지 나라 걱정 때문이지 집 걱정은 아니네.
虛館曙燈初隱映	빈 여관의 새벽 등은 갓 밝아 은은히 비치는데
半簾殘月正橫斜	반 주렴의 지는 달은 정히 비껴가나니
明朝不用臨靑鏡	내일 아침 거울 보아 무엇하리
未到龍灣髮盡華	龍灣에 이르기도 전에 머린 모두 희었거늘.

1. 如~何: ~어찌 할까.

65. 任學士堂後二難訪余于宣城之客舍, 用前韻謝之　　임학사(당
후) 二難(형제)이 나를 宣城의 객사로 방문하였기에 전운을 써
서 사하다

五月江城靑草多	오월의 江城에 푸른 풀은 우거졌고
賓筵不厭醉無何	빈연이 싫지 않으니 취한들 어떠리.
天涯亦有忘憂物	외진 곳에도 근심 잊는 술이 있고
亂後猶存送老家	난리 후에도 늙은이 전송하는 집이 있네.
詞伯一時雙璧至	문인으로 한 시대의 쌍벽이더니
霽河千里片銀斜	은하 천리에 片銀이 비끼었네.

相留莫恨歸鞍晚　　돌아갈 길 늦었다 한탄 마오려

客意離情且歲華　　객의 맘은 석별의 정에 또 세월까지 더했거니.

1. 二難: 형제를 이름. '難爲兄 難爲弟'에서 나온 말.
2. 詞伯: 걸출한 詞客. 시문의 대가.
3. 雙璧: 한 쌍의 구슬. 전하여 양쪽이 모두 우열을 다툴 수 없을 만큼의 똑같이 뛰어남의 비유. 여기서는 형제.
4. 霽河: 밝은 시내라는 뜻으로 은하수를 말함.
5. 歲華: 시간. 세월. 華는 해와 달의 빛. 年華. 혹은 해마다의 일정한 계절이나 시기. 세시.

66. 次韻贈李實之員外 春英號體素官監司牛溪門人 二首　차운하여 이실지 원외에게 주다(춘영의 호는 체소, 벼슬은 감사인데 우계의 문인이다. 2수)

故園無主掩柴荊　　옛 동산엔 주인 없고 사립문 가렸나니

愁外湖雲日日生　　근심 밖에 湖雲만 나날이 생기어라.

半世功名期白髮　　반평생 功名이란 백발의 기약이려니

一年胡虜撫靑萍　　한 해의 왜놈 노략질에 청평검 어루만지네.

荒榛舊路長生洞　　장생동 옛 길에 개암나무 거칠고

醉臥羈蹤細柳營　　나그네의 종적은 취하여 둔영에 누웠네.

聞道天兵方駐嶺　　들으니 明軍이 바야흐로 영남에 머물었다니

捷書應已慰宸情　　승전보는 응당 이미 임금을 위로했으리.

1. 淸平: 청평은 전국 시대 越나라 왕 句踐의 名劍으로, 薛燭의 감정을 받고서야 그것이 명검임을 알게 되었다 한다.
2. 細柳營: 한나라 장군 주아부가 세류성에 軍營을 두었음. 전하여 장군이 屯營을 두

는 곳.

67.

擧世區區一識荊	온 세상이 구구히 한 번만 만나길 원하니
仍敎後輩喚先生	인하여 후배들이 선생이라 부르네.
天心正悔涪州謫	부주의 귀양살이 임금님도 후회했나니
高見會分楚水萍	높은 견식은 마침내 楚萍을 알았네.
酒席興濃時跌宕	술자리 무르익으면 때로 질탕도 하였고
名途意倦少經營	名利엔 뜻이 게을러 경영하는 일 적었네.
無人解得剛腸在	剛腸이 있는 줄 아는 이 없으니
錯道黎渦却有情	黎渦가 도리어 정 있다고 그릇 말하네.

1. 識荊: 훌륭한 인사를 면회하여 이름이 알려짐을 비유. 이백이 한형주에게 올린 글에 '但願一識韓荊州'에서 나온 말. 韓은 형주의 태수 韓朝宗을 이름.
2. 涪州謫: 송나라 鄭이천이 부주로 귀양 갔다가 돌아온 고사에 비유.
3. 剛腸: 강직한 마음.
4. 楚水萍: 楚萍. 楚昭王이 강을 건너다 말[斗]만한 萍實(水果의 일종)을 얻었는데 공자에게 물으니 '覇者가 얻는 것'이라 하였다.
5. 會分: 分은 분별할 줄 알다.
6. 黎渦: 胡銓이 유혹당한 妖女임. 宋 高宗 때의 충신 호전(자는 邦衡, 호는 澹菴)이 金 나라와 화친만 하려는 재상 秦檜 등의 머리를 베고 전쟁을 하여 송나라 누대의 치욕을 씻자는 封事를 올리고 귀양 갔다 10년 만에 풀려 돌아올 때, 梅溪에서 자며 여관 여인을 건드렸는데, 이튿날 주인이 추잡하다 하여 밥을 주지 않고 소 먹이는 여물을 주었다. 그 뒤에 주자가 이곳을 지나다가 "십 년 동안 호해에선 한 몸이 한가하더니, 돌아오다 여와를 보니 정이 일었네. 세상길 인욕처럼 험한 것 없으니, 몇 사람이나 이로 인해 일생을 그르쳤을지.[十年湖海一身輕 歸對黎渦却有情 世路無如人欲險 幾人到此誤平生]"라는 시를 지었다.

246

68. 又用前韻   또 전운을 쓰다

幽蘭身世寄叢荊	幽蘭의 신세 가시나무숲에 부쳤나니
臭味雖殊亦一生	냄새와 맛은 비록 다를망정 삶은 하나이네.
壯志不衰霜起劍	장한 뜻은 쇠하지 않아 서리가 칼에 일고
孤蹤無定浪吹萍	외론 자취는 정처 없어 물결에 날리는 마름인 듯.
凉風漸掃回鑾路	서늘바람은 점차 환궁하는 수레의 길을 청소하고
殺氣應纏射賊營	살기는 응당 적을 쏘는 군영에 얽히었네.
從此太平知有象	이로써 태평의 상징 있음을 알게 되나니
窮荒草木動微情	궁벽한 곳의 초목들도 작은 정을 일으키리.

69. 再用前韻, 奉贈垌叟峰翁, 兼示孝移仲深實之三君子, 求和二首   거듭 전운을 써서 경수 봉옹에게 봉증하고 겸하여 효이, 중심, 실지 삼군자에게 보이어 화답하기를 구하다   2수

孤露那堪別紫荊	孤露에 형제마저 이별하니 어찌 견디리
二年鞍馬寄餘生	이 년을 말안장에다 남은 목숨 맡겼고나.
長空極目雲歸岫	긴 창공 멀리 보니 구름은 산정으로 돌아가고
獨夜無眠雨打萍	홀로 잠 못드는 밤에 비는 마름잎 두들기네.
樂地向來方占取	근래에야 바야흐로 樂地를 찾았는데
畏途何事久趨營	무슨 일로 무서운 길에 오래도록 분주한가.
年衰始覺相思苦	늙어서야 비로소 아나니 그리는 이 괴로움

強道無情是有情　　無情을 강변함이 곧 有情이리.

1. 孤露: 어려서 부모를 여읜 사람.
2. 紫荊: 콩과에 속하는 낙엽 관목으로 형제나 형제간의 우애를 나타내는 말. 京兆의 田眞 삼형제가 분가하려고 재산을 분배하다가 堂 앞에 있는 紫荊樹 한 그루를 나눌 길이 없어 베어서 세 조각으로 나누기로 하였는데, 다음 날 가서 보니 나무가 시들어 있었다. 이에 사람이 나무만 못함을 반성하고 다시 재산을 합치고 나무를 베지 않기로 하자 나무가 다시 살아났다고 한다.
3. 趨營: 무언가를 하기 위해 달린다의 뜻으로 세상사나 영리를 추구함을 뜻함.

70.

俗遠郊扉卽有荊	속세 떨어진 시골집의 가시나무 사립문
疏籬一面澗泉生	성긴 울타리 한쪽엔 산골 샘이 솟네.
行藏竊比山中木	행장은 은근히 山木에 비하노니
世事今如水上萍	세사야 지금엔 물 위에 마름 같아라.
歸夢每尋湖外路	돌아갈 꿈은 매양 湖外의 길을 찾는데
征鞍猶滯塞西營	가야할 말은 오히려 변방 서쪽 營에 머물렀네.
衰年宦味君知否	노년의 벼슬 맛을 그대 아는지
冷落眞同太上情	쓸쓸함 꼭 太古의 정과 같아라.

1. 山木: 장자에 '산에 나무는 재목이 못되어 오히려 천년을 견디었다'는 고사를 이름.
2. 冷落: 쓸쓸함. 호젓함.
3. 太上情: 태상은 太古. 無情. 忘情.

71. 孝移琢句甚精工, 非俗下科臼, 僕效嚬, 狀其詩之內不出焉
　　효이가 글귀를 조탁하는 것이 매우 정공하여 속된 투가

248

없으므로 나는 본받아 그 시의 안이 밖으로 나오지 않음을 따르려 하였다

擲金佳句軼陰何	金石 울리는 좋은 글귀 陰何를 넘었으니
遊戲篇章日日多	유희의 시문들이 나날이 많았네.
猛士銛鋒盛秘匣	용사의 날랜 칼끝 갑 속에 감추우고
美人粧額掩輕羅	미인의 단장 얼굴 엷은 비단으로 가리웠네.
三年巧笑須傾國	삼년의 미소는 모름지기 나라를 기우렸고
百勝神功要息戈	백번 이기는 神功은 싸움을 멈추었나니
若使兩陳評地位	만약 양 진의 지위를 평한다면
應虛一座待君過	응당 한 자리 비워두고 그대 지나길 기다리리.

1. 擲地作金石聲: 땅에 던지면 아름다운 金石 소리가 난다는 뜻으로 시문이 잘 되어 辭句가 아름답고 운치도 훌륭함을 이름.
2. 陰何: 옛날 남북조 시대에, 陳의 시인인 陰鏗과 梁의 시인인 何遜을 말함. 당대 시문으로 명성이 높았다.

72. 寓聚勝亭, 書示成仲深文浚　취승정에 있으면서 성중심(문준)에게 써 보이다

盈車謗集是何因	무슨 때문인지 수레에 찰 만큼 비방이 모이니
垂戒丁寧荷愛人	사랑주신 이들 간절히 훈계를 하네.
隔壁喚茶時聽語	벽 너머 차를 부르니 이따금 말이 들리고
近窓燒燭或呈身	창 곁에 촛불 켜니 혹 몸이 드러나네.

天涯寧有紅裙夢　　하늘 끝에서 어찌 미인의 꿈이 있으리

人世應無白首春　　인간 세상엔 응당 백발의 봄은 없나니

萬里相隨香一炷　　만리를 따르는 한 가닥 향불에

臥看新月下江津　　강나루 내려가는 새달이나 누워서 보리라.

　　1. 紅裙: 붉은 치마. 혹은 미인을 일컬음.

73. 夜懷 二首　　　밤의 회포 2수

不語悠悠坐五更　　말없이 유유히 五更에 앉았느니

雨聲何處雜溪聲　　빗소리 어느 곳에서 개울물 소리랑 섞이네.

窓前老驥饑猶橫　　창 앞에 늙은 말은 주려도 오히려 날뛰고

雲裏寒蟾暗更明　　구름 속 시린 달은 어둡다 다시 밝고나.

白首始知交道薄　　백발에야 비로소 아나니 사귐의 엷음을

紅塵已覺宦情輕　　홍진의 벼슬살이 뜻도 이미 가벼워졌네.

年來一事抛難去　　지금껏 버리기 어려운 일 하나 있으니

湖外沙鷗有舊盟　　호숫가에 沙鷗의 옛 맹세 있음이여.

　　1. 橫: 橫行의 뜻. 거리낌 없이 마음대로 돌아다님.

74.

客裏漫漫秋夜長　　객지의 가을밤은 즈른즈른 길기도 한데

灘聲得雨抑還揚　　여울물 소리는 비 얻어 줄다가 도로 솟네.

羈心已自驚新節　　나그네 마음이라 새 節氣에 절로 놀라는데

250

歸夢無由到故鄉　　꿈조차 고향으로 돌아갈 길 없구나.

今代幾人憂國事　　지금 시대 몇 사람이나 나라를 걱정하랴만

老來何術振王綱　　늙어지어 무슨 수로 나라 기강을 떨치우리.

差强猶有檀公策　　그래도 조금 나은 檀公의 계책이 있으니

東去瀛洲鏡面蒼　　동쪽으로 거울 푸른 영주로나 갈꺼나.

1. 差强: 조금 낫다.
2. 王綱: 임금이 나라를 다스리는 기강.
3. 檀公策: 劉宋 때의 장군 檀道濟가 지략智略이 뛰어나서 高祖를 따라 北伐할 적에 前鋒將으로 누차 공을 세워 名將으로 이름이 났는데, 뒤에 南齊의 왕王敬則이 일찍이 매우 급한 때를 당하여 어떤 사람에게 고하기를, "檀公의 三十六策 가운데 走자가 上策이었으니, 너희들은 응당 급히 도주해야 한다."고 했던 데서 온 말로, 전하여 적과 싸우다 불리하면 도주하는 것을 이른 말이다.
4. 瀛洲: 삼신산 하나. 동해 중에 있는 신선이 산다는 곳.
5. 鏡面蒼: 물빛이 거울처럼 푸름을 이름

75. 挽盧玉溪子膺禎, 戊寅冬　　노옥계 자응(신)의 만사 무인년 겨울

母恩無路答天恩　　母恩 때문에 天恩에 답할 길 없더니

萬死餘骸更國門　　만 번 죽고 남은 몸이 다시 성문에 이르렀네.

銓敍責隆罷鑑識　　등용의 책임 높아 감식에 지치었고

膏肓病革謝精魂　　고황의 병이 더하여 정혼이 고달팠네.

傳家德義千金重　　집안에 전하는 덕의는 천금같이 중했고

曠世聲名四海尊　　세상에 드문 명성은 사해가 존중했네.

未邃西林讀書願　　서쪽 숲에 글 읽자던 소원 이루지 못하니

此生長是此心昏　　이 삶에 길이길이 이 마음 슬퍼라.

1. 銓敍: 인재를 가려서 敍任함. 玉溪가 이조판서로 있었음을 이른 것임.
2. 曠世: 세상에 드묾.

76. 練光亭對月 二首　　연광정에서 달을 대하다　2수

深夜澄江靜不波	밤 깊은 맑은 강가 물결은 고요한데
桂輪升壁素華多	달은 벽에 올라 하얀 빛 가득하여라.
天邊島嶼微微見	하늘가 섬들은 설핏설핏 드러나고
樓外汀洲漠漠斜	누 밖에 물가는 아득아득 비끼었네.
超忽直疑遊紫府	저 멀리 紫府에 노니는 듯
杳冥還似泛銀河	또한 아슬히 은하에 떠있는 듯
萬家岑寂嚴城閉	嚴城은 닫히었고 뭇 집들은 적막한데
惟有沙禽掠岸過	유독 모랫가 새만이 언덕을 스쳐 지나네.

1. 汀洲: 얕은 물 가운데 토사가 쌓여 물 위에 나타난 곳.
2. 超忽: 초연히 혹은 멀리서 아득한 모양.
3. 岑寂: 적막함.

77.

緣空一鏡委金波	공중의 거울 하나 금빛 물결에 던져지니
朱箔疎纖影更多	붉고 섬세한 발에 그림자 더욱 많아라.
夜久素娥和露冷	밤 깊은 항아는 이슬 젖어 서늘하고
樓高仙桂近人斜	누 높으니 달의 계수나무 사람 곁에 비끼었네.
明籠水國迷銀界	밝음이 水國을 감싸니 은세계 아른거리고

光溢天衢沒絳河　　빛은 천계에 넘쳐나서 은하가 잠겼고나.
旅思悠悠愁不寐　　나그네 심사 유유히 시름겨워 잠 못 드는데
驚禽移樹幾飛過　　놀란 새 나무 옮기며 몇 번이나 날아가는고.

　　1. 絳河: 銀河.

78. 失題 二首　　실제 2수

投金江上結精廬　　투금강 위에 精廬를 지었느니
內相何年別玉除　　內相이 어느 해에 대궐을 떠났느뇨.
萬軸詩書橫卷秩　　만 축의 시서는 권질이 가로 놓이고
一村桑柘繞扶疏　　한 촌락엔 뽕나무 즈른즈른 드리웠네.
山蔬登案是兼味　　산나물 상에 오르니 이것이 겸미이며
漁父滿船非索居　　어부는 만선하니 쓸쓸한 삶 아니어라.
聞道望京新揭號　　들으니 望京이란 새 칭호를 걸었다 하니
暮年吾欲賦歸歟　　노년에 나도 돌아감을 읊고 싶구나.

　　1. 精廬: 학문을 닦거나 책을 읽는 곳. 學舍 또는 書齋.
　　2. 內相: 한림학사의 미칭.　玉除: 옥으로 잘라 만들거나 옥으로 장식한 계단. 혹은
　　　조정.
　　3. 扶疏: 초목의 지엽이 무성한 모양.
　　4. 歸歟: 벼슬을 그만두고 고향으로 돌아감. 공자가 陳에서 '돌아가자 돌아가자(歸歟
　　　歸歟)'라고 읊은 데서 유래.

79.

身世年來水上萍　　신세가 요즘 와선 물 위에 마름이거니

功名如酒醉還醒　　功名은 술과 같아 취했다 도로 깨는고야.

新貴舊交皆眼白　　새 귀인 옛 친구 모두들 백안시하는데

西陽東竹盡山靑　　서쪽 볕 동쪽 대는 온 산이 푸르네야.

候人林逕微微掃　　사람을 기다려 숲길을 푸슬푸슬 쓰는데

防虎柴扉密密扃　　호랑일 막느라 사립문은 꼭꼭히도 닫았네.

秋晚幸尋藍島去　　늦은 가을 다행히 남도를 찾아 가오니

亂松無數水泠泠　　뭇 소나무는 우거졌고 물소리는 맑기도 하네.

80. 朝天途中 三首　　명나라 길에　3수

峽天途中氣未平　　골짜기 지나는 길 기온 아니 고른데

塞天寒雨苦難晴　　변방의 찬비는 괴롭게도 개질 않네.

雲侵岳色微微白　　구름 낀 산 빛은 아른아른 흰데

川帶秋光遠遠明　　냇물 두른 가을빛은 아득아득 밝아라.

强道鄕心關客路　　억지로 관문 나그네 길에 고향 생각이나 말하지

莫言詩料慰浮生　　시 재료로 덧없는 인생을 위로한다 마시기를.

何時行到遼陽舘　　어느 때 요양관에 이르러

一上高樓望帝京　　높은 누에 한번 올라 帝京 보올까.

81.

坐對虛簷幾度更　　빈 처마에 앉아 몇 번이나 밤을 새웠나

吟詩聊作夜虫聲　　밤 벌레 소리에 애오라지 시만 읊었네.
如何客恨終難遣　　어찌해 나그네 한은 끝내 보내기 어려운지
又是秋天不肯明　　가을 하늘은 또한 밝으려도 않는구나.
亂世方知忠孝大　　난세엔 바야흐로 충효가 큼을 알지만
危途誰識死生輕　　위험한 길엔 생사가 가벼운 줄 누가 알리.
廟堂應有平戎策　　조정에선 응당 난리를 평정할 계책 있으리니
驕虜方淪海上盟　　교만한 오랑캐가 해상의 맹약을 헛되게 했네.

　1. 度更: 밤을 새우다.

82.

蔽日浮雲萬里長　　해 가린 뜬 구름 만리에 긴데
大風吹起忽飛揚　　큰 바람 불어와 문득 날아오르네.
會看妖祲收寰宇　　마침 요망한 기운 세상에 걷히니
遙望祥雲繞帝鄉　　멀리서 祥雲이 대궐에 두름을 보네.
攬轡未應羞范子　　꼬삐 잡는 건 응당 범방에게 부끄럽지 않고
埋輪早欲學張綱　　수레 묻는 건 일찍이 장강에게 배우려 하네.
平生自喜吟梁甫　　평생에 스스로 양보음 즐겨 읊었나니
不把行裝問彼蒼　　행장 꾸리고서 저 하늘에 묻지 않으리.

　1. 寰宇: 세계. 천하.
　2. 攬轡澄清: 말의 고삐를 잡고 천하를 깨끗이 한다는 뜻. 范滂은 후한 사람으로 孝廉
　　光祿 4行으로써 천거되어 淸詔使로써 冀州에 나갔는데 수레를 타고 고삐를 잡자
　　개연히 천하를 맑게 할 뜻이 있었다 함.
　3. 張綱: 후한 사람. 광릉 태수를 지냈으며 매우 충직하였다. 후한서에 여덟 사신을
　　보내어 풍속을 巡問하게 하였는데 장강이 유독 그 수레를 洛陽都亭에 묻으면서 '豺

狼이 세력을 잡았는데 狐狸 따위를 묻게 되었느냐' 하였다.

4. 梁甫吟: 梁甫吟은 楚나라 樂府의 曲名이다. 諸葛亮이 南陽에서 직접 농사를 짓고 있을 때에 梁甫吟을 즐겨 읊었는데, 양보는 태산 아래에 있는 산 이름으로, 사람이 죽으면 이 산에 장사를 많이 지냈기 때문에 또한 葬歌를 대표하는 말로 쓰이기도 한다.

〈속 집〉

83. 題翫水亭   완수정에서 쓰다

爲君寂寂訪山雲	그대 위해 고요히 산 구름 찾아왔나니
嗟我棲棲乙白紛	아 나는 허둥대다 구부정한 백발이 되었네.
但得盤中芝蕨軟	다만 소반에 연한 지초와 고사리 있다면
何須身後姓名芬	어찌 사후에 꽃다운 이름을 원하리.
千年瘦鶴俱仙骨	천년의 파리한 학은 仙骨을 갖추었고
五鬣疎松盡蘇文	오렵의 성긴 소나무는 모두가 이끼 무늬네.
醉上藍輿沙路細	취하여 남빛 가마 타고 모랫길을 가느니
孤村杳杳已迎曛	외론 마을 아른아른 이미 석양을 맞이하네.

1. 棲棲: 바쁘고 안정되지 아니한 모양.
2. 五鬣: 오엽송.

5부

排律과 古詩

(25수)

【5언 고시】

1. 霞堂凉夜　　하당의 서늘한 밤

秋夜自無寐	가을밤 절로 잠 못 들어
散步臨前楹	걸어서 앞 난간에 이르니
明月東方來	밝은 달 동쪽에 올라서
照我胸襟淸	나를 비추어 가슴을 맑히네.
凉風度溪水	서늘한 바람 시냇물 지나
時有松筠聲	때때로 솔과 대를 울리는데
悄悄無與語	시들부들 더불어 말할 이 없고
耿耿空復情	선뜻선뜻 공연히 다시 정이 이네.
還掩綠蘿帳	돌아와 녹라장으로 가리느니
令人華髮生	사람에게 흰 머리만 자라게 하누나.

1. 悄悄: 근심되어 기운이 없는 모양.
2. 耿耿: 마음에 잊히지 아니하여 염려가 되는 모양. 혹은 불빛이 반짝이는 모양.
3. 綠蘿帳: 푸른 등나무로 만든 帳.

〈속 집〉

2. 李生廷冕工詩嗜酒, 薄於世味, 病酒而齇, 因自號爲齇, 戲題 古詩三十韻, 投贈求和　이생 정면이 시에 정공하고 술을 즐기 며 세상맛에는 拙薄했는데 술病으로 인하여 코끝이 붉어지니 스스로 호를 삼아 齇라 하였다. 그래서 고시 삼십운을 희제하 여 주며 화답을 구하다

東方有一士	동방에 한 선비가 있으니
面赤心亦赤	얼굴도 붉고 마음 또한 붉어라.
愛酒不愛錢	술은 사랑해도 돈은 아니 사랑하며
好詩又好客	시를 좋아하고 또 벗을 좋아하네.
棲于京城西	서울 서쪽에 살면서
十年把一冊	십 년에 책 한 권을 잡았으니
硏窮到突奧	연구가 심오하여
人一能己百	사람의 一能에 자신은 百能이라.
紛紛名利場	어지러운 명리의 마당엔
頭掉眼亦白	머리 흔들고 눈 또한 흘기네.
吾嘗勸之仕	내 일찍이 벼슬 권했더니
笑指歸雲碧	웃으며 돌아가는 푸른 구름 가리켰네.
此物於世間	이 사람 세상에 있어
其介堅如石	그 절개 돌같이 굳고나.
訪余龍山亭	용산정으로 나를 찾아왔을 때

屬余辛卯厄	나는 신묘년의 재액을 당했나니
淸談雜詼諧	맑은 이야기 농담과 섞이어서
痛飮江天夕	江天 저물녘에 술 실컷 마시었지.
居然嶺外別	어느새 嶺外의 이별이라
萍水俱無跡	물 위 마름인양 종적 없더니
爾來龍灣城	근래에 용망성에서
對床寒暑易	寒暑가 바뀌도록 평상을 마주했네.
一語三發嘆	한번 말에 세 번 한탄하니
山河異疇昔	山河가 어제와 다르고야.
經年戎馬窟	戎馬의 소굴에서 해를 보내나니
玉輦黃沙磧	玉輦은 누런 먼지 쌓인 곳에 있고
衣冠汚犬羊	의관은 犬羊에게 더럽히어
殺氣天地積	살기가 천지에 쌓였었네.
吾君有至誠	우리 임금 지극한 정성 있어
天子垂恩澤	天子의 은택이 드리웠나니
須臾掃腥穢	선뜻 더러운 것 쓸어버리고
歸眄淸疆場	돌아보며 국토를 맑게 했네.
傳聞兩王子	전하는 소문엔 두 왕자
歸與沈遊擊	심유격 장군과 더불어 돌아오고
又聞宋經略	또 듣기를 송경락이
功成罷兵革	공을 이루어 전쟁을 파했다 하네.
老而不死幸	늙은이 죽지 않아 다행인지
再覩王業赫	王業의 빛남을 다시 보오니
霑巾嗚咽淚	수건 적시며 목메인 눈물

喜倒悲還劇	기뻐 넘어질 듯 도리어 슬픔 심해라.
鱃乎可以出	딸기코여 出仕를 하사이다
濟世非君責	세상을 구하는 일 그대 책무 아닌가.
勉爾平生學	그대께 권하노니 평생의 배움으로
歸與天下宅	천하의 집으로 돌아를 가사이다.
裁作舜衣裳	순임금의 의상을 지어내어
信手遊刀尺	손 가는 대로 刀尺을 놀리사이다.
鱃也再拜言	딸기코 거듭 절하며 하는 말이
信美非吾適	'좋으나 내게는 맞지 않네요
終當守吾拙	끝내 나의 拙樸함 지키려니
捨是更請益	그만 두고 다시 다른 이야기나 하시지요.'
先生大笑曰	내가 크게 웃으며 말하길
固哉君之癖	완고해라 그대의 性癖이여
存亡等凡楚	존망은 소국과 대국이 같으며
得失同秋奕	득실은 바둑과 같으네.
平生太玄經	평생에 太玄經 읽었어도
不必丘園帛	丘園의 束帛을 기필 못하니
吾衰萬事慵	노쇠한 나는 만사가 게을러서
久矣厭形役	세상살이 싫어진 지 오래네.
遠憶松江鱠	멀리 송강의 농어가 생각나서
欲擧王喬舃	왕교의 부석을 들고 싶나니
君看架上蒼	그대 시렁 위의 海東靑을 보시기를
每整秋天翮	언제나 하늘 날 날개를 다듬나니
鱃乎君去否	딸기코 그대는 아니 가려나.

262

舞袖妨地窄　　춤추는 소매는 땅이 좁아 걸리나니

相期天外逍遙遊　天外에 서로 만나 노릴고져

吾輩之名脫死籍　우리들 이름은 死籍에서 벗어났느니.

1. 歸與: 돌아가자고 재촉하는 말.
2. 刀尺: 사람을 進退, 任免시킴의 비유.
3. 突奧: 突은 굴뚝. 奧는 아랫목. 둘 다 깊다는 뜻.
4. 凡楚: 범은 小國이고 초는 大國이지만 흥망에서는 같다는 뜻.
5. 秋突은 바둑의 명인. 맹자에 '秋突通國之善手也'
6. 太玄經: 한 나라 揚雄이 『주역』에 비겨서 쓴 책.
7. 丘園: 언덕과 동산. 향촌. 전하여 은거하는 곳. 혹은 세상을 피해 숨어 삶.
8. 束帛: 한 묶음의 비단. 비단 5필을 각각 양끝에서 마주 말아서 한 묶음으로 한 것. 賢者에게 국왕이 旌招하면서 주는 예물.
9. 鳧舃: 신선의 신발.
10. 王喬: 王子喬. 전설 상의 신선 이름. 후한 때 왕교가 섭땅의 현령이 되어 매월 朔望에 예궐 하므로 현종이 거마를 보내지 않고 살펴보게 하였는데 왕교가 올 무렵에 동남쪽에서 오리 한 쌍이 날아오는 것을 보고 그물을 쳐서 잡고 보니 신발 한 짝만 있었다고 한다.
11. 松江鱸: 송강은 地名. 張翰이 벼슬을 버리고 고향의 농어와 蓴羹을 찾아 귀향하였음. 정철의 號도 여기서 나옴.
12. 海東蒼: 海東靑. 사냥용 매의 일종.

3. 有僧將入楓岳漫書以贈　　중이 있어 장차 풍악으로 들어가려 함으로 만서하여 주다

東溟萬里際　　동해바다 만릿가에

白玉峰巒揷　　백옥의 봉우리 꽂혔고나.

毗盧最上層　　비로봉이 맨 위층에 있어

勢欲鴻濛壓　　　기세가 온 세상 누르려 하네.
華人願東生　　　중국인은 동쪽에 태어나길 원이니
此山天下甲　　　이 산이 천하에 으뜸이리.
我昔一登之　　　나 예전에 한번 올랐느니
日月看吐納　　　해와 달을 토했다 삼키고
雷聲脚下聒　　　우레 소리 다리 아래서 시끄러워
塵世醯鷄合　　　塵世는 초파리와 어울리더라.
歸語下界人　　　돌아와 하계 사람에게 이르니
漫謂吾言雜　　　부질없이 내 말 잡되다 하네.
携筇此中行　　　막대 쥐고 이 속으로 가는
碧眼何處衲　　　눈 푸른 이는 어느 곳의 僧일까.

1. 醯鷄: 초파리. 술, 간장, 된장, 초 따위에 잘 덤벼드는 파리.

4. 代人戱別梧陰　　사람을 대신하여 오음을 戱別하다

幼歲不知別　　　어릴 적엔 이별을 모르고서
見人垂淚笑　　　우는 사람 보면 웃었지요.
自語一生中　　　스스로 말하길 일생 중에
會多離別少　　　만남은 많고 이별은 적다했는데
今來忽不然　　　지금엔 와선 문득 그렇지 않으니
人事亦難料　　　사람 일은 역시 헤아리기 어렵네요.
出門摻子裾　　　문을 나가 그대의 옷깃을 잡으니
愁腸熱如燎　　　시름겨운 속은 뜨거워 탈 것만 같아

有耳不我聞	귀 있어도 내겐 들리지 않고
有目不我眺	눈 있어도 내겐 보이지 않네요.
颯颯竹風呼	푸슬푸슬 댓바람은 울고
凄凄山日照	쓸쓸히 山日은 비추이나니
願作車中塵	원컨대 수레 속에 티끌이 되어서
隨君度嶺嶠	그대 따라 산봉우릴 넘었으면
願作案上筆	원컨대 책상 위에 붓이 되어서
隨君助吟嘯	그대 따라 吟嘯를 도왔으면
室爲照君燈	집에선 그대 비추는 등불 되고
江爲濟君棹	강에선 그대 건네는 노가 되어
如形之有影	형체엔 그림자 있듯
動靜必相要	동정을 반드시 함께 했으면.
不然生作嗚咽泉	그렇지 않으면 살아서 嗚咽泉이 되거나
不然死作界面調	그렇지 않으면 죽어서 界面調가 되거나
不然化作斑竹泣湘江	그렇지 않으면 화해서 斑竹이 되어 소상강에 울거나
不然化爲精衛入海徼	그렇지 않으면 精衛새 되어 바다로 들어가거나
君如不信四不然	그대 만약 네 가지 不然을 아니 믿으시면
聽我臨歧一聲叫	갈림길에서 한껏 울부짖는 내 소릴 들으시기를.

1. 界面調: 시조, 가곡, 가사를 읊는 곡조의 일종. 애수와 비상한 느낌을 줌.
2. 瀟湘斑竹: 堯 임금의 두 딸로 舜 임금의 왕비가 된 娥皇과 女英이 순 임금 사후에 상강에서 슬피 울다가 물에 빠져 죽었는데, 이때 흘린 눈물방울이 대나무에 얼룩져서 소상 반죽(瀟湘斑竹)이 되었다는 전설이 있다.
3. 精衛: 상상의 새. 염제의 딸이 동해에 빠져 화한 전설속의 새로 늘 서산의 목석을 물어다가 동해를 메우려 했으나 이루지 못하였다 함.

5. 閒居口占   한가롭게 지내며 읊다

浮雲過長空	뜬 구름이 긴 창공을 지나거니
一點二點白	한 점 두 점이 희구나.
流水歸北海	흐르는 물은 북해로 돌아드니
千里萬里碧	천리만리가 푸르고야.
白者何爲白	흰 것은 어찌하여 희며
碧者何爲碧	푸른 것은 어찌하여 푸르른가.
此理欲問之	이 이치 묻고져 하는데
雲忙水亦急	구름도 바쁘고 물도 또한 급하고나.

6. 江界謫中次梁青溪大樸韻   강계의 귀양지에서 양청계(대박)의 운에 차하다

黃昏有佳月	황혼에 고운 달이 있어
吾與美人期	나는 미인과 더불어 기약했지.
劍閣卒來坦	검각산도 급히 오면 평탄커늘
太行何事危	太行山이 무슨 일로 위태하리.
誰能識上古	누가 능히 上古를 알까마는
方欲問無爲	바야흐로 무위를 묻고져.
滿酌一杯酒	한 잔 술 가득 부어
共歡堯舜時	함께 요순 시절을 기뻐하나니.

7. 和藥圃詩題興雲卷 李海壽字大中, 官吏議, 全義人　　　약포의 시에 화답하여 흥운의 시권에 쓰다(이해수의 자는 대중, 벼슬은 이조참의, 전의인)

吾與藥圃仙	나는 약포신선과 더불어
生同丙申年	병신년에 함께 났거니
湖堂同比肩	호당에서 함께 어깨하고
西塞同揮鞭	西塞에서 함께 채찍을 휘둘렀네.
愚雖不及賢	愚가 비록 賢에 미치지 못하여도
懷抱卽依然	회포는 의연했나니
宜無不同焉	마땅히 같지 않음 없으련만
所事何太懸	하는 일 어찌 이리 달라졌는지.
藥老喫酒如喫緊	약포는 술 마시되 조금씩 하지만
吾則飲酒如及川	나는 술 마시기를 냇물 마시듯.
藥老終日不語如參禪	약포는 종일 말이 없어 참선하는 듯한데
吾卽終日詼諧驚四筵	나는 종일 농담이라 주위를 놀라게 하네.
今看贈雲篇	지금 운에게 준 시편을 보니
枯瘦議論偏	수척하여 의론이 치우쳤네.
雲也病如沾雨鳶	운은 병이 들어 비 젖은 솔개 같고
吾人快似看雲鶻	우리는 쾌하여 구름 본 송골매 같네.

267

鳶乎鳶乎欲戾天	솔개야 솔개야 하늘에 이르고 싶으면
須往再拜藥老前	모름지기 약포 앞에 가서 두 번 절하고
黃精采采江上田	강가 밭의 黃精을 캐고 캐어서
餌服閱歲顔色鮮	해 지나도록 먹어서 얼굴 좋아지거든
然後追陪藥老	그런 후에 약포 모시고
同上毗盧顚	비로봉 꼭대기에 함께 올라
手撫溟海鵬喝褰	손으로 바다 어루만지며 붕처럼 소리치며 떠올라라.
求我松翁一氣邊	松翁인 나를 그 한쪽 가에서 찾아서
共視萬劫流綿綿	만겁에 면면히 흐름을 함께 보자꾸나
嗟汝旣往其勉㫊	아 너는 가서 힘쓰거라.

1. 太懸: 크게 懸隔하다.
2. 喫緊: 매우 긴절함. 혹은 사태가 매우 절박함. 긴장함. 여기서는 매우 긴요하게 조금
   씩만 마신다는 뜻.
3. 枯瘦: 여위고 파리함. 수척함.
4. 戾天: 이를 려. 하늘에 이르다.
5. 閱歲: 한 해 이상이 지남.
6. 追陪: 陪行. 웃어른을 모시고 감.
7. 綿綿: 길게 이어지는 모양.
8. 勉㫊: 씀. 또는 힘쓰도록 함. 勉勵.

8. 贈別韓察訪性之　　한찰방 성지에게 증별하다

君與我同生丙申年	그대와 나는 병신년에 같이 태어났거니
生年直酒星	나던 해가 바로 酒星이라.
酒星何處落	酒星이 어느 곳에 떨어졌는가

落處是東溟　　　　　떨어진 곳 바로 동해 바다이니

東溟萬古流不盡　　　동해 바다는 만고에 흐름이 다함 없는데

人世紛紛水上萍　　　인간 세상은 분분히 물 위에 마름이네.

離合悠悠天地老　　　離別과 會合 유유하여 천지도 늙었나니

與君長醉花津亭　　　그대와 더불어 화진정에서 길이 취하여나 보리라.

　1. 酒星: 술을 맡았다는 별.

〈별　집〉

9. 安琢請賦三景走筆書之 三首　　　안탁이 삼경을 읊어 달라
하므로 필주하여 쓰다　3수

　　蓮池　　　　　연지

活水鏡樣澄　　　活水 거울처럼 맑나니

方池纔丈許　　　네모난 못은 겨우 한 길쯤 되네.

亭亭玉井根　　　우뚝 솟은 玉井의 연꽃

翠盖森相擧　　　푸른 덮게 빽빽이 서로 들었네.

淸香襲杖屨　　　맑은 향은 막대와 신발에 스미니

散步逢淸滻　　　산보하다 보면 맑은 물가에 이르네.

採採欲誰贈　　　캐고 캐서 누구에게 주리

日暮徒延佇　　　해 저물도록 오래도록 서 있거니.

10.

梅庭　　매화뜰

山家雪西圍	산집에 눈이 사방을 두루고
歲暮蒼烟合	歲暮에 푸른 연기 어울리느니
梅兄報春信	매화는 봄소식 알리느라
粲粲窺午榻	곱게 곱게 오탑을 엿보네.
喚起羅浮夢	羅浮夢 떠올리며
一笑破殘臘	한 번 웃어 남은 섣달을 깨뜨리나니
寧隨桃李蹊	어찌 桃李의 小路를 따르리
繞樹日千匝	하루에 천 번이나 나무 둘레를 도나니.

1. 午榻: 한 낮의 평상.(낮잠)
2. 粲粲: 고운 모양. 아름다운 모양.
3. 羅浮夢: 나부산은 중국 광동성에 있는데 옛날에 조옹이 술에 취하여 산 밑에서 잠이
   들었는데 꿈에 미인을 만나서 즐기고 깨어보니 큰 매화나무 아래 누워 있었다 한다.

11.

竹巖　　죽암

巖吾甚愛之	바위를 나는 무척 사랑하거니
風雨無淄磷	풍우에도 변하질 않네.
此君亦不俗	대나무도 또한 속되지 않으니
霜雪增精神	눈서리에도 정신은 더욱 또렷하네.

何須邀二仲　　구태여 二仲을 맞으리오

兩美絶可人　　두 아름다움 사람에게 매우 좋거늘.

日夕嘯其下　　아침저녁으로 그 아래서 휘파람 부노니

誰有聲色塵　　聲色의 티끌이 뉘 있으리.

1. 此君: 대(竹)의 이칭.
2. 二仲: 求仲, 羊仲을 이름. 蔣栩의 문 앞길이 三逕인데 그의 從遊는 오직 구중과 양중에 있었다고 한다.
3. 兩美: 대와 바위를 이름.

【7언배율】

〈속 집〉

12. 失題　　실제

識面曾從一命初　　일찍이 관직의 첫 임명 때부터 면식이 있어

同憂同樂十年餘　　십여 년이나 근심과 기쁨을 같이했네.

危言古劍開霜匣　　바른 말은 옛 칼이 서리 앉은 상자를 여는 듯

直氣明虹射碧虛　　곧은 기운은 밝은 무지개가 푸른 허공을 쏘는 듯

眼目豈徒穿禹貢　　眼目은 어찌 다만 우공만을 뚫었으리

股肱終始捍皇輿　　팔다리 되어 시종토록 皇威를 지키었네.

貧同原憲室懸磬　　가난은 원헌과 같아 집은 懸磬같은데

淸似鄴侯家滿書　맑기는 업후와 같아 집안엔 서책이 가득

萬事好違惟道合　만사가 잘 틀려져도 오직 도에 합하였고

半生多口與世疎　半生에 구설수 많아 세상과 성글었네.

麒麟縱被人間繫　기린이 비록 人間에 얽매였지만

金石寧爲衆楚沮　金石같은 마음이 어찌 뭇사람에게 저지되리.

末路風埃心古昔　말로의 풍진에도 마음은 예와 같았고

旅遊簪組夢鄕閭　벼슬길 다녔어도 꿈은 고향에 있었건만

無醫未起膏肓疾　의원 없어 고황의 병 못 일으키니

有淚空沾嶺海裾　눈물이 공연히 嶺海의 옷깃을 적시네.

盈篋謹驚箴儆切　상자에 가득한 간절한 잠언에 부질없이 놀래거니

伏苫何耐典刑如　거적에 엎드려 그대 있는 듯함을 어찌 참으리.

生難相訣死難餞　살아서 헤어지기도 어렵더니 죽어서 전송키도 어
　　　　　　렵나니

此恨茫茫何日除　아슬한 이내 한이 어느 날에 끝나리오.

1. 一命: 처음 벼슬길에 나온 것을 이름. 初仕.
2. 禹貢: 서경의 篇名.
3. 懸磬: 아무것도 없는 집을 가리킨다. 『國語』魯語에 "魯나라의 창고가 텅 비어서 마치 틀에 매달려 있는 경쇠와 같다." 했으므로 이른 말이다. "집이 달아 놓은 경쇠 같다(室如懸磬)."라는 것은 곧 집에 아무것도 없고 들보만이 흡사 경쇠를 걸어 놓은 磬架처럼 보인다는 뜻으로, 전하여 집이 몹시 가난함을 의미한다.
4. 原憲: 공자의 제자. 집이 매우 가난하였다.
5. 鄴侯: 당나라 李泌이 업후의 封을 받았는데 집이 부유하여 서적이 많았음.
6. 衆楚: '孟子衆楚人咻'
7. 嶺海: 고향을 떠나 있는 변방.
8. 苫: 喪人의 거적.
9. 典刑: 본보기라는 의미로 여기서는 '죽은 이'를 가리킨다.

〈별 집〉

13. 挽人 今有手墨筆帖姓名欠攷　　만인(지금 수묵이 필첩에 있는데 성명은 미쳐 상고할 수 없음.)

闌刪棋壘猶殘子	헐어진 바둑판엔 아직도 바둑알 남았는데
歷亂書堆已擁塵	어지러이 쌓인 책엔 이미 티끌만 앉았고나.
遊釣宛然雖有處	낚시 놀인 완연히 자리가 남았지만
音容眘爾只傷神	용모와 음성은 아슬하여 마음만 상하네.
孤旌隴首花侵緋	외론 銘旌의 언덕머리엔 꽃이 상엿줄을 스치고
一笛山陽淚滿巾	한 가닥 山陽笛 소리에 눈물이 수건 가득 베었네.
薦墨更誰徵禰	누가 다시 천거하여 禰衡을 부르리요
家聲空復撫徐麟	집안의 명성은 속절없이 徐麟을 어루만지네.
穿楊妙藝今難見	버들잎 쏘던 묘한 재준 이제 보지 못하나니
蕪沒遺堋草自春	잡초 우거진 遺墓에 풀만이 봄 되었네.

1. 闌刪: 한창을 지나 쇠하여 가는 모양.
2. 歷亂: 어지러워 순서가 없는 모양.
3. 眘爾: 멀리바라보다. 爾는 然의 뜻.
4. 銘旌: 葬事때 쓰는 죽은 사람의 관직, 성명 등을 적음 旗.
5. 山陽笛: 옛 벗을 생각함을 이름. 晉나라의 向秀가 山陽의 옛집을 지나다 피리 소리에 느낀 바 있어 思舊賦를 지은 고사에서 나온 말.
6. 禰衡: 요동사람으로 공융이 그를 조조에게 천거하였음.
7. 徐麟: 陳書에 서린의 母 장씨가 오색 구름이 봉이 되어 왼 어깨에 앉는 꿈을 꾸고 서린을 낳았다. 그 뒤에 중 寶誌가 그 이마를 만지며 이는 천상의 石麒麟이라고 하였다. 여기선 남겨진 아이에 대한 비유.
8. 穿楊: 활 잘 쏘는 것을 이름. 戰國策에 이르길 '양유기가 활을 잘 쏘는데 백보 밖에서 버들잎을 쏘아 백발백중하였다' 하였음.

273

9. 蕪沒: 잡초가 우거져 덮임.

14. 挽致道 _{姓名逸壬申}　　　치도의 만사_(성명은 전하지 않음. 임신년)

屈指庚交有幾人　　손꼽아 보니 동갑내기 몇이나 있나

與君童穉卽情親　　그대와 어릴 적부터 정다웠나니

曾隨嬉戱爲同隊　　일찍이 장난치며 무리를 이룰 적엔

未信賢愚是異倫　　賢과 愚가 다른 무리라 믿지 않았네.

門派共分提學後　　문파는 함께 提學의 뒤로 나뉘고

郊居相望柳溪濱　　교외의 거처는 서로 바라뵈는 버들 시냇가였지.

陶琴古寺連床慣　　절에서 床 연하며 거문고 익숙하였고

鄕約平蕪並馬頻　　들에 함께 말 달리며 향약에 자주 갔었지.

聞過自多逢益友　　내 허물 이야기하는 益友를 만나서

襲薰偏喜接芳隣　　좋은 이웃으로 접하며 향기 스미니 너무 좋았지.

泓渟悄悄涵襟宇　　깊은 웅덩이 고요히 가슴에 잠겼느니

圭玉溫溫蘊席珍　　도담스레 쌓인 규옥은 자리에 보배이리.

志士每憐成老大　　志士는 매번 늙어짐을 애석이 여기나니

中疴何意遽沉淪　　어찌하여 병이 들어 그리 급히 가셨는가.

此下疑缺　　이하는 결이 있는 듯

1. 庚交: 同庚. 동갑의 交友.
2. 異倫: 무리 륜. 다른 무리.
3. 平蕪: 잡초 무성한 들.
4. 提學: 지방의 學事를 통할하던 벼슬. 혹은 조선 때 규장각의 종 1품이나 종 2품, 또는 藝文官·弘文館의 종 2품 벼슬.

5. 聞過: 잘못을 듣다. 지적을 받아들이다.
6. 泓渟: 깊은 웅덩이.
7. 悄悄: 조용한 모양.
8. 溫溫: 온화한 모양. 혹은 윤택한 모양.
9. 圭玉: 上圓下方의 옥. 천자가 제후를 봉하는 신표이며 또 제사나 朝聘 때에도 이를 손에 든다.
10. 老大: 늙어짐.
11. 中疴: 병에 걸리다.
12. 沈淪: 零落. 죽음.

【7언 고시】

〈원 집〉

15. 挽笑菴   소암의 만사

笑以名菴笑何事	笑자로 암자 이름 삼으니 무슨 일을 웃었는고
笑殺浮生何草草	아 우습구나 浮生이 어찌 이리 허망한가.
回頭更笑世道危	머리 돌려 다시 웃으니 세상길 위태로워
一笑不休頭盡皓	한번 웃어 쉬지 않으니 머리 모두 희었네.
頭盡皓眼亦皓	머리도 모두 희고 눈마저 하얘지니
二豎忽乘扁鵲走	죽을 병 문득 들어 편작이 달아났도다.
茫茫天意不可問	망망한 天意일랑 물질 못하나
旣豐以德還嗇壽	덕은 넉넉했건만 도리어 壽는 인색했네.

275

駒城西頭松檜蒼	駒城의 서쪽 머리 松檜 푸르거니
魂兮於此歸徘徊	혼이여 여기 와서 노니시라.
笑矣乎	아아 우스워라
天地萬事一長休	천지 만사는 하나로 길이 쉬나니
死者不知生者哀	죽은 이는 산자의 이 슬픔 모르리라.

1. 草草: 근심하는 모양. 혹은 허둥지둥하는 모양.
2. 二竪: 질병 또는 병마. 晉나라 경공이 병으로 누워 있을 때 병마가 아이 둘로 화신하여 왔다는 고사에서 나온 말. 扁鵲은 고대의 명의.
3. 笑矣乎: 먹으면 한없이 웃는 병에 걸린다는 버섯 이름. 여기서는 매우 우습다의 뜻.

16. 哀泰山守   태산 군수를 애도함.

泰山守年少心則老	태산 군수 나이는 젊어도 마음은 老鍊해
與我結爲忘年交	나와 더불어 忘年의 교우를 맺었지.
東隣西社一壺酒	동쪽 이웃, 서쪽 모임에 술 한 병으로
以興而隨不待招	흥을 따를 뿐 부르길 기다리지 않네.
陶然隨處外形骸	도취해서 이르는 곳마다 모습조차 잊어버리니
世人謂狂吾謂眞	世人은 미쳤다지만 나는 眞이라 하네.
鳴琴半夜妾傳觴	밤중에 거문고 울리는데 첩이 술잔을 올리나니
倒着接羅如隔晨	탕건 거꾸로 쓰던 일 어제만 같고나.
已矣乎	아 끝났어라
浮生眞夢幻	덧없는 생이 참으로 꿈만 같나니
鬱崛靑霞松下塵	걸출한 靑霞는 소나무 아래 먼지가 되었고나.

276

1. 接羅: 두건을 이름. 이백의 시에 '倒着接羅花下迷'가 있음.
2. 鬱嵂: 울창하고 높은 모양.
3. 靑霞: 용모가 출중하거나 뜻이 고원함을 비유. 한나라 장군 반초가 미간에 十丈의 청하가 있었다 한다.

17. 未斷酒　　술을 끊지 못하다

問君何以未斷酒	그대에게 묻노니 어찌하여 술을 못 끊나.
楚國秋天霜月苦	楚國의 가을 하늘 서릿달이 괴로워라.
蘆洲水落鴈影孤	노주에 물이 빠지고 기러기 그림자 외로운데
千里秦城隔湘浦	천리의 秦城은 상포와 막혔고나.
佳人相憶不相見	佳人을 그려도 보지 못하니
風雨千林獨閉戶	비바람 이는 천 숲에 홀로 문을 닫았네.

　1. 秦城은 서울에 비하고 湘浦는 자신을 초나라 굴원에 비하여 쓴 것임. 佳人은 임금의 비유.

18. 已斷酒　　이미 술을 끊다

問君何以已斷酒	그대에게 묻노니 어찌하여 술을 끊었나.
酒中有妙吾不知	술 속에 묘리 있다지만 나는 모르리.
自丙辰年至辛巳	병진년에서 신사년에 이르기까지
朝朝暮暮金屈巵	매일 아침 매일 저녁 술 마셨지만
至今未下心中城	지금껏 마음속 愁城을 깨지 못했나니

酒中有妙吾不知　　술 속에 묘리 있다지만 나는 모르리.

　1. 金屈卮: 구부러진 손잡이가 달린 금제의 술잔.

19. 西州鶴贈徐君受用諸生韻 徐公名益時爲舒川倅　　서주의 학을
서군에게 주면서 제생의 운을 쓰다(서공의 이름은 益. 이때 서천의 원님
이 되었음.)

西州鶴何處住　　서주의 학은 어느 곳에 머물렀는고
使我隔水遙相望　　나와 물이 격하여 멀리 서로 바라네.
飛來日夕望遠堂　　낮과 밤으로 망원대에 날아오니
太守初發松花釀　　太守님 처음으로 松花酒를 열었네.
松花釀熟無別味　　송화주 익어서 별 맛은 없지만
但覺入喉香汪汪　　단지 목구멍에 들어서 향내는 자란자란.
樓前細雨壓鴻濛　　누 앞에 가는 비는 천지에 자욱한데
醉後我欲狂歌放　　취한 후에 나는 광기의 노래 부르고져.
諸生詩句挾風霜　　여럿 사람의 시구는 바람서리 스몄는지
一再吟來牙頰爽　　한번 두번 읊어보면 이와 뺨이 상쾌하네.
人生所貴是同調　　人生은 同志를 귀히 여기나니
落葉西南君莫悵　　이리 저리 날리우는 낙엽일랑 슬퍼 마오려.
扁舟期君雲夢澤　　조각배로 그대와 운몽택을 내려가서
十載煩襟期一盪　　십 년의 번거로운 가슴 한껏 씻어보았으면.
夜深共唱采蓮曲　　밤 깊어 함께 蓮 캐는 노래 부르노니
瓦甌江底金波漾　　강바닥 금빛 물결 항아리에 치런치런.

278

離君聊以贈所思　　그대와 이별함에 애오라지 생각한 바를 주는 것은
表在中心不在貺　　情表란 마음에 있지 물건에 있지 않음이네.

1. 汪汪: 물이 깊고 넓은 모양.
2. 雲夢澤: 楚의 七澤의 하나. 9백 리 사방의 큰 늪. 지금의 호북성 효강현 서북쪽이라
   함.

20. 華表柱　　화표주

華表柱鶴何在　　화표주의 학이 언제 있었던가
秋雨冥冥秋草靑　　가을비 어둑어둑, 가을 풀 푸르네라.
千載一歸喧萬口　　천년 만에 한 번 돌아와 만 사람을 들썩이니
城郭人民俱有情　　성곽과 사람들 함께 情이 도네.
鶴亦不能無心否　　학도 역시 無心이 안 되는가
來旣支離況死生　　오기도 지리했는데 하물며 生死에서랴.
曾聞丁也化爲鶴　　일찍이 들으니 丁令威가 학이 되고
更見鶴復化爲丁　　다시 보니 학이 다시 화하여 정령위가 되었다니
爲丁爲鶴無乃勞　　丁이 되고 鶴이 되는 것 차라리 수고롭나니
不如一去終雲扃　　한번 가서 구름 빗장에 마침보다 못하리라.
設使千載每一歸　　설령 천년에 매번 한 번씩 온다 해도
萬劫半在遼陽城　　만겁에 반은 요양성에 있으리니
安有眞仙不忘家　　어찌 신선이 집을 잊지 못하여
平分人世與天庭　　人世와 천상을 나누어 살으리오.
吾將沽酒遼陽市　　나는 장차 遼陽市에 술을 사서

大醉不省黃庭經　　대취한 후에 황정경일랑 살피지 않으리라.

1. 雲扃: 구름으로 된 빗장. 선계의 비유적 표현.
2. 丁令威: 정령위는 漢代의 遼東 사람으로 靈虛山에서 신선술을 배워 신선이 되어 갔다. 후에 학이 되어 요로 돌아와 성문의 華表柱에 앉았는데, 한 소년이 활로 쏘려 하자 날아올라 공중을 배회하며 이런 노래를 하고 높이 하늘로 치솟아 올라가 버렸다 한다. "새가 날아왔으니 이는 정령위라, 집을 떠난 지 천년 만에 지금에야 돌아왔다. 성곽은 전과 같으나 사람들은 예전 사람이 아니구나. 왜 신선을 배우지 않고서 무덤만 늘어 있는가?(有鳥有鳥丁令威 古家千年今始歸 城郭如故人民非 何不學仙冢纍纍)"『搜神後記』
3. 黃庭經: 도가의 경서.

〈속 집〉

21. 次玉川子送孤竹之韻　　옥천자가 보내온 고죽 운에 차하다

玉川子家本在江南	옥천자의 집이 본래 강남에 있거늘
何爲棲棲洛陽裏	어찌하여 서울에서 서성이는고.
行裝草草無定居	행장은 쓸쓸하고 거처 없으니
朝向西隣暮北里	아침엔 서쪽 이웃, 저녁엔 북쪽 마을.
長安無所親	장안에 친한 이 없으니
呼我爲故人	나를 불러 벗이라 하네.
故人無復舊容顔	그 벗이 다시 예전 모습 없으니
惟我東來君獨歡	내가 동으로 오자 그대 홀로 한탄하네.

君獨歎豈是知我者	그대의 한탄이 어찌 바로 나를 알까
我今孤露無遊方	나는 지금 孤露되어 정처 없이 노니네.
仙山東路海棠洲	仙山 동쪽 길 해당화 물가에
白鷗送我鳴沙行	흰 갈매기 나를 보내며 물가로 가는고야.
鳴沙擧目十餘里	백사장으로 눈을 드니 십여 리라
日暮沙頭喧驛吏	해 저문 모랫가에 驛吏는 시끄러운데
棠花片片落芳草	해당화는 조각조각 고운 풀에 떨어지고
花裏征人方醉倒	꽃 속에 행인은 금방 취하여 쓰러졌네.
醉倒人是觀察使	취해 쓰러진 이가 바로 관찰사라
徒御紛紛擁千駟	수종들은 분분히 천 수레를 옹위했네.
朝朝暮暮烏兎走	아침마다 저녁마다 해와 달은 달리나니
樂事百年誰敢後	百年의 즐거운 일 뉘라 감히 뒤쳐지리.
兒童拍手也不妨	아이들 손뼉 치는 것도 무방커니
昨日少年今白首	어제의 소년이 오늘엔 백발이네.
玉川子相思在何許	옥천자의 그리움일랑 어느 곳에 있는지
持此誇之慰羈旅	이걸 가지고 자랑하면 나그네 마음 위로 되려나.
誇之未足動君心	자랑하여도 그대 마음 움직이기 부족하니
去來榮落猶寒暑	榮落의 가고 옴도 寒暑같으리.
然則前言戲之耳	그런즉 앞 말은 농담일 뿐
太上無憂又無喜	太上은 근심도 없고 기쁨도 없네.
今日我問酒	내 오늘 술에게 묻노니
酒與我誰賓主	술과 나는 누가 손이고 누가 주인인고.
酒爲百味之最長	술은 百味 중에 최상이요
我是凡民之俊秀	나는야 범인 중에 俊秀로세.

此語欲問孤竹子	이 말을 고죽자에게 묻고자 하니
浮碧練光何處是	부벽루 연광정의 어느 곳에 있는지.
孤臣不盡鼎湖淚	외로운 신하는 鼎湖의 눈물 다하지 않았나니
莫道戊辰年間事	무진년 간의 일일랑 묻지 마오려.
同遊皆是第一流	함께 놀던 이 모두 다 제일류라
我亦當時最少年	나도 또한 그 당시 가장 소년으로
揮毫百紙一時盡	붓 휘둘러 백장 종이 한 순간에 다하니
後人强名仙槎篇	뒷사람이 억지로 仙槎篇이라 이름했네.
同時輩流今散去	함께 했던 무리들 지금은 흩어지어
西海茫茫音信阻	西海에 아득아득 소식조차 막혔고나.
春鸎已至人不來	봄 꾀꼬린 이미 이르렀으나 사람은 오지 않으니
我雖有酒誰共杯	나에게 비록 술 있어도 뉘와 함께 마시리.
手中杯天上月	손에 잔 들고 하늘 위 달을 보오니
年年長此別	해마다 이 이별 길기도 해라.
長此別老盡	이 이별 길어 늙음이 다했거니
人老願不逢春	늙은이 봄 만나길 원치 않네.
明年佳氣九華陌	내년에 佳氣가 서울에 가득하련만
却恐更作江南客	도리어 두렵고나 다시 강남의 객이 되올까.
萬曆庚辰首夏	만력 경진 첫 여름
蟄菴居士	칩암거사가
書于三陟之竹西樓	삼척 죽서루에서 쓰다.

1. 棲棲: 바쁘고 안정되지 아니한 모양.
2. 鳴沙: 백사장. 곧 모래와 자갈이 물살에 휩쓸려 구르는 소리를 낸다는 것에서 이름.
   徒御: 수행하는 종.
3. 烏兎 : 해와 달 곧 일월의 별칭. 해 속에는 세 발 달린 까마귀가 살고, 달 속에는

토끼가 산다는 전설에서 나온 말. 전하여 세월.

4. 鼎湖: 땅 이름. 황제가 큰 솥을 완성하고 용을 타고 하늘로 올라갔다는 곳. 혹은 임금의 죽음을 이름.

5. 仙槎篇: 皇華集. 사신들을 접대하며 쓴 시문집.

6. 九華: 궁전이나 기물에 아름다운 장식을 한 것을 이름. 구는 많다는 뜻.

7. 佳氣: 山川의 맑고 고은 기운. 혹은 경사스러운 구름기.

〈별 집〉

22. 布帆無恙掛秋風 此下科作   돛을 펴고 근심 없이 가을바람 달고 가다(이하는 科擧時의 작임)

歸去來兮胡不歸	돌아가자 어찌 돌아가지 않으리.
荊楚江山佳可遊	형초의 강산 놀기에 아름답나니
山中秋光桂自霰	산중 가을빛에 계수나무 꽃은 절로 싸라기눈이 되고
日夕江湖歸思悠	밤낮으로 江湖에 생각에 아득하네.
扁舟長掛一幅練	조각배 한 폭의 돛 높이 걸고
暮影搖蕩滄江流	저녁 그림자 흔들며 강으로 흘러라.
江流無恙抱長風	강 흐름에 근심 없이 긴 바람 안았으니
櫓聲雅軋蘆花洲	갈대꽃 물가에 노 젖는 소리 삐걱 삐걱
長安何處日邊遙	장안이 어디메요 대궐이야 아슬한데
短棹滄波歸興幽	짧은 노 푸른 물결 돌아가는 흥이 그윽해라.
年來來作宦遊人	근래에 와서는 벼슬길 다니느라

283

旅食東南萍水浮　동남의 떠돌이 살이 물에 뜬 마름일레라.

佳山佳水去來身　아름다운 산과 물 오가던 이 몸이

十稔紅塵今白頭　십 년의 홍진 속에 이젠 백발이 되었구나.

乾坤風雨客味酸　천지의 비바람에 객지 맛이 스산하니

半世功名還可羞　반평생 功名일랑 도리어 부끄러워라.

鴻驚天末夜有霜　하늘 끝 밤 서리에 기러긴 놀라고

鯉魚風冷芙蓉愁　가을바람 서늘하여 부용은 시름겹네.

荊門烟樹剡溪月　사립문의 연기 낀 나무와 섬계의 달

夢入鄉山秋色稠　꿈에 고향 산천 보오니 가을색이 짙구나.

歸心暗牽舍人興　돌아갈 마음 은근히 舍人의 흥을 끄니

拂袖可泛吳江舟　소매 떨치고 吳江에 배 띄울 만하리.

休官行色一葦船　벼슬 없는 행색에 一葦船 타고서

水國風烟勞遠眸　水國의 바람과 연기에 멀리 바라보기도 피로해라.

檣烏飛起宿霧中　돛대의 까마귀는 짙은 안개 속에 날아가고

別浦茫茫歸路脩　別浦는 아득아득 갈 길은 멀기도 해라.

凉生蘋末帆影忙　마름 끝에 서늘바람 이니 돛 그림자 빨라지고

一葉滿載江南秋　一葉片舟에 江南의 가을 가득히 실었고야.

遙看山在水雲外　멀리 보니 물과 구름 밖에 산이 있어

解纜端可窮冥○　닻줄을 풀면 마침 깊은 곳에 이르리.

閑中詩興望中饒　한가한 시흥에 바라봄이 넉넉하니

鱸膾蓴羹非我求　농어회 순채국 내 구하는 것 아니네.

名區從此晚計在　이름난 땅에 이제부터 晚年의 계획 있으리니

宦海浮榮波上漚　벼슬길의 뜬 영화는 물결 위에 거품일레.

傍人休道○　그댄 이르지 마오려

海客無心隨白鷗　海客이라 무심히 백구를 따르나니.

1. 日邊: 대궐 부근.
2. 宦遊: 관리가 되어 타향에서 지냄.
3. 鯉魚風: 음력 9월의 철바람. 가을바람.
4. 檣烏: 돛 위에 매단 까마귀 모양의 風向計를 말한다. 시에선 풍향계가 돌아가는 것을 檣烏가 날아가는 것으로 비유함.
5. 舍人: 조선 때 의정부에 소속된 정 4품 벼슬. 혹은 자기에게 딸린 친족 관계를 나타내는 겸칭. 현귀한 집 자제를 이르는 말.
6. 一葦船: 작은 배.
7. 宦海: 관리의 사회. 官場.

23. 老病有孤舟 辛酉榜第五名　병든 늙은이에게 외로운 배가 있어(신유방에 다섯 번째)

茫茫宇宙此生涯	망망한 우주에 이 생애
日月不爲畸人留	일월은 畸人 위해 머물지 않네.
居然老病忽相催	어느덧 늙음과 병은 문득 서로 재촉하느니
萬事人間成謬悠	인간 萬事가 그릇되었네라.
還丹已誤麓門期	還丹으로도 녹문의 기약 이미 틀렸고
一劒未倚崆峒秋	한 자루 칼로 공동산에도 의지하지 못하였네.
行裝何處任漂泊	행장은 어느 곳이든 방랑에 맡기우고
蓬轉萬里惟孤舟	떠도는 쑥잎처럼 만리에 외로운 배로
天涯去住倚一棹	하늘 끝의 가고 옴을 노 하나에 기대니
一棹滿載千斛愁	노 하나에 천곡의 시름이 가득 실렸네.
窮愁何耐抵死苦	곤궁한 근심에 죽도록 괴로워 어찌 견디랴만

爲國一念無時休	나라 위한 일념은 쉬는 적 없나니
風塵兵甲滿天地	風塵에 병란이 천지에 가득하여
料理百計堪白頭	온갖 계획 세우느라 머리 하얗게 세었네.
平生勳業鏡中失	평생의 勳業을 거울 속에 잃으니
久矣夢斷伊與周	이윤과 주공의 꿈이 끊어진 지 오래네.
藜藿尙有肉食慮	명아주국 신세로서 오히려 고관의 걱정을 하니
獨夜壯氣橫斗牛	밤에 홀로 장한 기운 斗牛星을 비끼네.
誰敎瑣力整乾坤	누가 작은 힘으로 건곤을 바로잡으라 시켰던가
不許寸誠陳冕旒	조그만 정성이라도 임금께 아뢸 길 없고나.
徘徊躑躅誰與依	배회하며 머뭇거리니 뉘와 더불어 의지할까
江湖浩渺隨白鷗	넓고 아슬한 江湖에 흰 갈매기나 따를꺼나.
流離遷次影伴身	流離와 방랑에 그림자 짝하여
巫峽旅帆瀟湘遊	巫峽의 나그네 돛으로 소상강에 노닐꺼나
衷情掩抑訴無處	충정은 억눌려 호소할 곳 없나니
惟有白日臨衾裯	오직 白日이 있어 衾枕에 비추이네.
飄零死生隔弟兄	아우와 형은 흩어지어 生死가 막히었고
金玉札翰違朋儔	벗들의 금옥 같은 편지도 어긋났나니
蒼梧帝舜跪敷袵	창오산 순임금께 무릎 꿇어 옷깃 펴고
楚魂湘水吟夷猶	소상강의 楚魂을 읊으며 주저하네.
停橈蜀魂起再拜	두견이 소리에 노 멈추어 두 번 절하고
止棹北辰瞻天陬	노 멈춘 채 하늘가에 북두성 보나이다.
衰容誰念廓無歸	횡하니 돌아갈 곳도 없는데 누가 기억하랴만
一物獨荷皇恩優	한 목숨 유독 임금의 큰 은혜를 입었네.
姓名休道舊拾遺	예전에 拾遺이니 이름일랑 묻지 마오려

憔悴謾○漁人羞　　초췌한 모습 부질없이 어부에게 부끄럽나니.
誰云鼎鼐調元手　　누가 이르리 조정의 으뜸 손이
却把短棹還滄洲　　도리어 짧은 노를 쥐고 滄洲로 돌아왔다고.
孤舟盡日渡口橫　　외론 배는 종일토록 나루터에 비끼었고
濟川不被商家收　　내 건너는 임금께 노도 되지 못하였네.
江邊芳杜聊采采　　강변에 향초를 애오라지 캐고 캐어서
延佇日夕憑柁樓　　타루에 기대어 아침저녁으로 우두커니 섰나니
美人持贈杳雲端　　미인에게 전하려 해도 구름 끝이 아득하여
哀涕一任懸雙眸　　슬픈 눈물 두 눈동자에 맺었네라.
乘桴緬懷魯聖志　　뗏목을 타려했던 공자의 뜻을 생각하니
有言不行應有由　　말만 하고 못 행한 것 응당 까닭 있으리.

1. 畸人: 세상과 어울리지 않는 사람. 『莊子』「大宗師」에 "기인이란 사람들과는 잘 어울리지 못해도 하늘과는 서로 짝이 되는 사람이다.(畸人者畸於人 而侔於天)."에서 나온 말이다.
2. 謬悠: 텅 비고 멂. 그르침 혹은 荒唐無稽함.
3. 還丹: 환단은 신선이 되기 위하여 먹는 약이다. 晉나라 葛洪이 지은 『抱朴子』에, "이 약을 만들어서 조금만 먹어도 바로 신선이 되어 대낮에 하늘로 올라갈 수가 있다." 하였다.
4. 鹿門期: 後漢 방덕공이 그 처와 함께 鹿門山에 숨고 세상에 나오지 아니하였음.
5. 崆峒: 감숙성에 있는 산 이름. 두보가 吐蕃의 침략을 막기 위해 崆峒山에 주둔하고 있던 哥舒翰에게 보낸 시 〈投贈哥舒開府二十韻〉에 "몸을 막는 장검 한 자루를 공동산에서 기대고 싶네.(防身一長劍 將欲倚崆峒)" 하였다.
6. 蓬轉: 뿌리 뽑힌 쑥이 바람에 굴러다님. 사람이 정처 없이 떠돌아다님의 비유.
7. 伊尹: 은의 재상. 탕왕을 도와 걸을 쳐서 탕왕이 천하를 통일하게 하였음.
8. 周公: 周 무왕의 동생. 무왕을 도와 은의 주왕을 쳐서 周왕조를 세우고 무왕이 죽은 뒤 섭정하면서 관숙, 채숙의 반란을 평정하여 왕실의 기초를 다졌으며 제도와 예악을 정하였음. 공자가 성인으로 받드는 이로 공자가 꿈에 주공을 뵈었다 함에 비유.
9. 斗牛: 斗牛星. 二十八宿 가운데 북방의 斗星과 牛星이다.
10. 掩抑: 막음. 가림. 억누름. 혹은 마음이 울적한 모양.

11. 肉食慮: 肉食은 후록을 받는 사람. 곧 대부 이상의 벼슬아치. 몸은 비록 藜羹을 먹는 야인이지만 나라를 걱정한다는 뜻.
12. 冕旒: 면류관. 앞뒤의 끈에 꿰어 늘어뜨린 주옥. 천자는 열두 줄. 제후는 아홉 줄. 상대부는 일곱 줄. 하대부는 다섯 줄임. 여기서는 임금의 비유.
13. 夷猶: 망설이는 모양. 주저하는 모양.
14. 拾遺: 벼슬 이름. 두보가 일찍이 습유 벼슬을 지냈기 때문.
15. 鼎鼐: 솥과 가마솥. 재상의 지위에 비유. 調元手란 말과 함께 서경에 조정의 정치를 요리에 비유한 데서 유래.
16. 濟川商家: 殷 고종이 열명에게 '若濟川用汝作舟楫'라 하였음. 내가 川를 건널 때 너는 노가 되라는 뜻은 곧 신하가 되어 등용됨을 이름.
17. 柁樓: 키를 잡는 船室의 다락.
18. 乘桴: 『論語』에 '道不行 乘桴浮于海'라 하였음.

24. 小風波處便爲家 集仙仙客問生涯, 買得漁舟度歲華, 案有黃庭尊有酒, 少

風波處便爲家 　　風波 적은 곳을 곧 집으로 삼다(집선의 선객에게 생애를 물었더니 고깃배 사서 세월을 보낸다 하네. 책상에는 황정경 있고 술잔에는 술이 있나니. 풍파 적은 곳을 곧 집으로 삼다고 한다.)

江天杳杳江日遲　　江天 아득아득 강가에 해는 더딘데
江流鏡淨無纖瑕　　강물은 거울같이 맑아 조그만 티끌조차 없고나.
孤舟身世別甲子　　외로운 배 신세 세월도 잊었거니
水國處處皆吾家　　水國의 곳곳이 모두 내 집이네.
黃庭一部酒一尊　　황정경 한 부에 술 한동이라
適我所適經年華　　내 가고 싶은 곳 다니며 세월을 보내여라.
朱衣聯璧白鷗驚　　朱衣의 聯璧에 백구가 놀래고
面是故人相咨嗟　　얼굴 보니 故人이라 서로 咨嗟하네.
仙凡相去風馬牛　　仙人과 凡人이 風馬牛처럼 서로 떨어져 있는데

子從何處來歸些	그대는 어느 곳으로부터 여기에 이르렀는가.
云余俱是集賢士	'우리들은 바로 집현전 학사로
手捧象笏頭烏紗	손에는 상홀 들고 머리엔 오사모 쓰며
含香日趨玉皇前	향 머금고 날마다 玉皇前에 나아가
天語咫尺殊恩加	天語 지척에서 특별한 은총을 받았지요.
君胡爲乎寂寞濱	그대는 어찌하여 적막한 물가에
時遇大行猶龍蛇	大行할 때를 만나 오히려 龍蛇가 되셨는지요.'
悠然不答莞爾笑	유연히 대답 않고 빙그레 웃으며
引取瓦甌斟流霞	항아리 끌어안고 流霞酒 부어 마시네.
流霞斟罷意更閒	유하주 마시고 나니 뜻이야 다시 한가하여
詩中字字皆天葩	시 속에 글자 글자 모두가 천연의 꽃이로다.
塵寰局束釣船寬	塵世는 자유롭지 못하지만 낚싯밴 널찍하니
莫以有涯窮無涯	유한한 삶으로써 無涯를 다하려 마시길.
薪窮火傳醉夢酣	섶이 다하면 불이 전하여 취한 꿈이 달거니
灰寒金鼎餘丹砂	재 식은 금솥엔 丹砂만 남았네.
危如蹈刃險陟山	위태롭게 칼날 밟듯 험하게 산을 오르니
後車不復懲前車	앞 수레의 懲戒를 뒤 수레가 따르지 못해라.
君胡爲乎膏火中	그대 어찌 기름불 속에
角上蠻觸徒紛挐	달팽이 뿔 위의 만과 촉의 다툼 되었나.
飛廉戢威息纖纊	飛廉이 위엄 거두고 섬광이 그치니
馮夷窟宅恬無譁	馮夷의 굴집은 고요하여 시끄러움 없네.
來無所戀去無逐	와도 그리운 바 없고 가도 좇는 바 없거니
暮泊淸渭朝三巴	저녁엔 맑은 渭水 아침엔 三巴이네.
津無所問歧不泣	나루를 물을 까닭 없고 갈림길에서도 아니 우니

千里誰遣毫釐差　천리 길에 조금의 차이라도 누가 남기우리.
金波安處趁明月　금빛 물결 편안한 곳에 明月이 따라가고
錦浪靜時隨桃花　錦浪 고요할 때에 桃花가 따르네.
隨身琴酒共一篷　몸에 딸린 거문고랑 술을 거룻배에 함께 실었나니
物外伴侶惟魚鰕　物外의 짝일랑 고기와 새우뿐.
功名富貴是何物　공명과 부귀 이게 무엇인고
千駟萬鍾君莫誇　천 수레 만 녹봉도 그대 자랑 마오려.
此身縱榮此心病　그 몸이야 비록 영화롭다지만 그 마음은 병들었나니
鬢髮不禁吹鬖髿　머리칼, 귀밑머리 바람에 헝클어짐을 금하지 못해.
何如天外樂天放　어찌 天外에서 마음껏 노닐면서
閱盡世界沙復沙　온 세상 구경 다하는 것과 같으리.
須臾酒盡忽回棹　'잠깐새 술이 다하여 문득 노를 돌리니
水鳥依依山日斜　물새는 아른아른 산 해에 비끼었네.
天長水闊不知處　하늘은 깊고 물은 넓어 어느 곳인지 모르나니
鶴上之仙非子耶　학을 탄 신선이 그대가 아니신지.'

1. 朱衣 聯璧: 주의는 벼슬아치의 제복이고, 聯璧은 雙璧. 한 쌍의 옥. 두 사물이 나란
   히 아름다운 것의 비유. 혹은 서로 친밀하게 지내는 뛰어나게 훌륭한 두 사람. 여기
   서는 象笏을 든 두 사람의 의미로 보임.
2. 風馬牛: 風馬牛不相及의 준말로, 거리가 멀리 떨어져 있어서 만나지 못하는 것을
   비유하는 말로 쓰인다. 『춘추좌씨전』僖公 4년 조에 "그대는 북해에 있고, 나는 남
   해에 있으니, 바람난 말과 소도 서로 미치지 못하는 거리이다.〔君處北海 寡人處南海
   唯是風馬牛不相及也〕"라 하였다.
3. 龍蛇: 비상한 인물. 혹은 은퇴하여 明哲保身함.
4. 莞爾: 빙그레 웃는 모양.
5. 流霞酒: 신선이 마시는 술.
6. 天葩: 천연의 아름다운 꽃이란 뜻으로, 전하여 아름다운 詩文을 의미한다.
7. 局束: 구속되어 자유롭지 못함.

8. 窮薪: 섶이 다 해도 불은 다하지 않는다는 뜻. 『장자』에 "指窮於爲薪, 火傳也, 不知其 盡也."라 하였다.

9. 前車: 前車覆後車戒 앞차가 엎어진 것을 보고 뒤차가 경계하여 넘어지지 않도록 한다는 뜻으로, 전인의 실패를 보고 후인은 이를 경계로 삼는다는 뜻.

10. 膏火: 膏火自煎 기름불은 스스로 소멸함. 재주나 재산 때문에 스스로 화를 입게 됨을 비유. 장자에 '山木自寇也 膏火自煎也'

11. 蠻觸: 장자에 달팽이 왼쪽 뿔에 만씨, 오른쪽에 촉씨가 있어 서로 타투었다는 이야기. 하찮은 일로 서로 싸움을 비유함.

12. 紛挐: 서로 엉클어져 때리고 침.

13. 飛廉: 바람을 맡은 신.

14. 馮夷: 풍이. 河神의 이름.

15. 纖纊: 섬은 가는 비단. 광은 솜.

16. 毫釐: 자 눈 또는 저울 눈의 毫(1釐의 10의 1)와 釐(分의 10의 1). 전하여 아주 짧은 거리나 극히 적은 분량.

17. 天放: 자연 그대로임. 人爲를 가하지 아니함.

25. 聖恩歌答江湖白鷗　　　성은가에 답하는 강호의 백구

畫省夜聽蓬瀛水　　화성의 밤중에 봉영의 물소리 들나니
手搴薇花拜靈脩　　紫微花 뽑아들고 임금께 절하고야.
鷄聲曉催紫雲闕　　자운궐에 닭 울음 새벽을 재촉하고
鶴影秋孤明月洲　　명월주의 학 그림자 가을에 외롭고나.
涓埃未報雨露恩　　雨露의 은택은 먼지나 물방울만큼도 갚지 못하니
一約猶遲方外求　　方外에서 만나자고 한 약속 아직도 더디네.
人間幸逢聖明主　　세상에 다행히 성군을 만나지어
十年松江違白鷗　　십 년 동안 松江의 백구와 어긋났고나.
奔忙羈跡陌頭塵　　장안의 먼지 속에 분망한 나그네 자취

浩蕩前期沙上秋	호탕했던 예전 기약은 모래 위에 가을이네.
唐虞日月卽我朝	요순의 日月이 바로 우리 조정
玉節江東淸發謳	玉節이 江東에 이르니 맑은 노래 일어나네.
寒湖鳥語曉送誡	찬 호숫가에 새도 경계를 주나니
急流中人遲退休	급류 속에 있으며 辭職이 더디다 하네.
猩袍日晚學士班	성포 입은 학사의 반열에 해가 저물고
鷺夢雲空漁父舟	백로 꿈꾸는 구름하늘에 어부의 배이로다.
平沙十里雨霽後	평평한 십리 모랫가에 비갠 후
回笑三秋蓼月幽	三秋에 蓼月의 그윽함이 도리어 우습고나.
江湖淸趣我豈無	강호의 맑은 흥취 난들 어찌 없겠냐만
只緣天庭恩禮優	단지 天庭의 恩禮가 두텁기 때문이네.
微臣縱乏一字補	보잘것없는 신하 비록 一字 도움도 안 되지만
聖恩看同夔契儔	聖上께오선 기와 설 같은 이로 보시네.
邦謨珍重納言地	나라 살림 꾀하는 진중한 納言의 처지라
是以東華吾久留	이로써 나는 도성에 오래 머무나니
歸來一計泛泛計	돌아가 강호에 떠다닐 계획은
庶待邦家餘債酬	바라건대 나라에 남은 빚 다 갚길 기다려서.

1. 畵省: 尙書省(재상의 관서). 胡粉으로 벽에 고현, 열사의 초상을 그렸으므로 이름.
2. 蓬瀛: 蓬萊와 瀛洲를 이름. 여기에선 玉堂을 말함.
3. 靈脩: 신명이 멀리 나타나는 일. 혹은 임금의 별칭.
4. 涓埃: 물방울과 먼지. 전하여 극히 작은 것을 이름.
5. 方外: 세속을 초월한 세계. 혹은 지경 밖. 秦나라 安期生(方士, 도가에서는 해상의 신선이라고 일컬음)이 벼슬을 마다하고 훗날 방외에서 서로 만나자 하였음.
6. 玉節: 使節의 符節을 이름.
7. 退休: 사직함.
8. 蓼月: 여뀌에 비친 달빛.

9. 夔契: 堯 시대의 기와 설을 이름.
10. 納言: 임금의 말을 백성에게 전하고, 백성의 말을 임금에게 아뢰어 상하의 정을 소통시키던 벼슬.
11. 猩袍: 붉은 빛깔의 도포. 홍포.

역자 소개

김주수

1974년 부산 출생.
경성대학교 국문과 졸업. 한국학 중앙연구원 한국학 대학원 졸업(문학박사).
저서로는『한시의 그늘에 서서』와『바람에 떨어진 고금』과『내 영혼의 사색록 쓰기』
와『베풂의 법칙』이 있고, 시집으로『소나무 물고기』,『바람이 숲을 안을 때』,『숨결
의 숲속』이 있음.

전) 경성대 국문과 외래교수
    한국천재독서플랜 연구소(http://cafe.naver.com/ujuhanl) 소장
블로그 http://blog.naver.com/ujuhanl
이메일 kimjoosoo@hanmail.net

송강 정철 한시전집
松江 鄭澈 漢詩全集

2013년 6월 25일 1판 1쇄 발행
2023년 2월 23일 2판 1쇄 발행

옮긴이_김주수
펴낸이_정영석
펴낸곳_**황금소나무**
주　소_서울시 동작구 양녕로25길 27, 403호(상도동)
전　화_02-6414-5995
팩　스_02-6280-9390
출판등록_제25100-2016-000064호
홈페이지_http://www.mindbooks.co.kr
ⓒ 김주수, 2023

ISBN 978-89-97508-60-0　93810